証言 ―ナガサキ・ヒロシマの声―2021
第35集

浦上川沿いでの万灯流し、2021年８月９日
（写真提供　長崎新聞社）

被爆76年―8・9 ナガサキ

（上）菅義偉首相と面会し、要望書を手渡す長崎の被爆者5団体の代表（8月9日）。
（中）「青少年ピースフォーラム」でオンラインで被爆体験を語る奥村アヤ子さん（8月8日）。
（下）長崎県宗教者懇話会による第49回原爆殉難者慰霊祭（爆心地公園、8月8日）

（写真提供・長崎新聞社）

被爆76年
コロナ禍にあっても平和を考える場を絶やさない

（撮影・草野優介）

（右上）ピース・バトン・ナガサキによる紙芝居・絵本朗読会（２０２１年８月７日〜９日）
（右中）下の川沿いに掲げられたキッズ・ゲルニカ（２０２１年８月６日〜31日）
（右下）台風の影響で延期された平和の灯（２０２１年９月25日）

（左上）被爆二世の会による浦上川花植え活動（２０２１年７月18日）
（左中）長崎平和推進協会写真資料調査部会による原爆写真展（２０２１年７月21日～26日）
（左下）ナガサキ映画と朗読プロジェクト（２０２１年７月24日～25日）

被爆76年─8・6　ヒロシマ

（上）8月6日。平和記念式典は新型コロナウイルス感染拡大のため、前年に続き、一般参列席を設けず執り行われた。
（中）慰霊碑に参拝する人々。間隔を空けて並ぶよう呼びかけられた。
（下）広島市中区基町のサッカースタジアム建設予定地（中央公園広場／爆心地から1キロ以内）。本年6月、発掘調査により旧陸軍の輸送部隊「中国軍管区輜重兵補充隊（輜重隊）」施設の被爆遺構が発見された。市内の被爆遺構では過去最大級の発掘例。

（撮影　堂畝紘子）

長崎原爆朝鮮人犠牲者追悼早朝集会、2021年８月９日（写真提供　長崎新聞社）

■表紙　２０２１年８月９日　平和式典／川上正徳
■表紙絵について……川上正徳…22
■グラビア／被爆76年―８・９　ナガサキ／
被爆76年　コロナ禍にあっても平和を考える場を絶やさない／
被爆76年―８・６　ヒロシマ
目次……6
巻頭言　核兵器禁止条約の発効と長崎の被爆者が訴えたこと……大矢正人…9

特集　資料から考える「原爆体験の継承」

原爆投下により公文書が焼失して残っていない？……四條知恵…18
地域資料と公文書をめぐる心配材料―新規オープンする郷土資料センターへの期待と不安・課題……木永勝也…23
長崎の原爆資料を残すために……山口　響…36
「原子爆弾被害状況調査」（石田穣一）について……森口　貢…44

証言

日赤救護班として、新興善国民学校救護所で働いて……中川ハルエ…48
私の被爆体験記……西村勇夫…53
今こそ、語り残しておきたい―私の「戦争・被爆体験」と「思想」の変革……山本誠一…59
在ブラジルの被爆者団体が解散へ―激動のブラジル移民の戦後史とあわせて　在ブラジル被爆者
盆子原国彦さんに聞く……盆子原国彦…89

越中哲也さんの勧めで初めて語る―「梨」が生死を分けた三菱兵器大橋工場での被爆体験 ……陣野トミ子…105
その日鉄道事故で助かった私……土井玞美子…116
母、関口ギンのこと……関口 謙…123
私の少年期―1940年代前半……山本義人…126
平和への誓い……岡 信子…138

反核・平和運動

「被爆遺構巡り」動画を制作……畠山博幸…142
福岡俘虜収容所第14分所追悼記念碑が完成……井原俊也…146
長崎安保法制違憲訴訟で政府に忖度した不当判決……関口達夫…149
山田拓民さん追悼……横山照子…152
「平和都市」広島の現在地―「平和推進条例」とその成立過程から考える……宮崎園子…155
核兵器禁止条約の《前文》が描く「新しい世界」……中村桂子…164
長崎にあって哲学する――三つの出合いを中心に……高橋眞司…170
「私は長崎、広島上空で原爆の威力を測定した」……関口達夫…178
核兵器はあってはいけない……森脇眞子…186
原爆遺跡巡り……末永 浩…189
東京五輪と新型コロナ……金 星…194
長崎・この一年を振り返る（20年8月～21年7月）……山口 響…199
〔文芸〕原爆忌俳句―第68回長崎原爆忌平和祈念俳句大会作品抄―……212

〔2021年・新刊紹介〕

〔2021年・新刊紹介〕……214
S・リーパー『核兵器廃絶への道』（シフト・プロジェクト、2021年）
笠原十九司『憲法九条と幣原喜重郎――日本国憲法の原点の解明』（大月書店、2020年）
藺信三他編『なぜ戦争体験を継承するのか――ポスト体験時代の歴史実践』（みずき書林、2021年）
長崎大学地域文化研究会『今と昔の長崎に遊ぶ』（九州大学出版会、2021年）
梅林宏道『北朝鮮の核兵器――世界を映す鏡』（高文研、2021年）
一橋大学社会学部加藤圭木ゼミナール『「日韓」のモヤモヤと大学生のわたし』（大月書店、2021年）

《資料》

広島平和宣言／松井一實…216
長崎平和宣言／田上富久…218
長崎原爆朝鮮人犠牲者追悼早朝集会メッセージ／長崎在日朝鮮人の人権を守る会…221
全国被爆者健康手帳交付数等…16／被爆者法区分図…43
■長崎の証言の会・案内…225／『証言2022 第36集』原稿募集…225
編集後記 山口 響…226

巻頭言

核兵器禁止条約の発効と長崎の被爆者が訴えたこと

大矢　正人
（長崎の証言の会運営委員）

1、はじめに

核兵器禁止条約（ＴＰＮＷ）が今年1月22日に発効し、歴史上はじめて国際法上で核兵器が違法化され、核兵器のない世界に向けて新しい時代が始まりました。ＴＰＮＷの発効は広島・長崎の被爆者、世界の圧倒的多数の政府と市民社会が共同して実現した画期的な成果です。ＴＰＮＷの成立と発効は国際政治の主人公が少数の大国ではなく、多数の国ぐにの政府と市民社会であることを示しています。

一方、世界には今も1万３０８０発の核兵器が配備・貯蔵され、人類の生存を脅かしています。すべての核保有国は核兵器の近代化計画に着手し、小型戦術核兵器の製造を再開し、これらの核兵器計画に何十億ドルもの資金を費やしています。コロナ禍で深刻化する雇用とくらしの破壊、貧困と格差の拡大、激化する災害の発生など課題が山積みしている世界において、これらの費用は人々のいのちと生活を守るために使われるべきものです。

2、核兵器禁止条約は何を決めたか

ＴＰＮＷは前文と20の条文から構成されています。前文では「核兵器の使用がもたらす壊滅的な人道上の帰結を深く憂慮」し、「核兵器の使用の被害者（ヒバクシャ）及び核兵器の実験により影響を受けた人々にもたらされた受け入れがたい苦しみと損害に留意」すること、「核兵器のいかなる使用も武力紛争に適用される国際法の規則、特に国際人道法の原則及び規則に違反」し、「人道の諸原則及び公共の良心の責務に反」

すること、核兵器の法的拘束力のある禁止は「核兵器のない世界の達成と維持に向けた重要な貢献」となると明記しています。

条文の第1条（禁止）では、締約国はいかなる場合にも、核兵器またはその他の核爆発装置の開発、実験、生産、製造、その他の方法による取得、保有または貯蔵、直接または間接の移譲、受領、使用、またはその使用の威嚇、禁止されている活動を行うことの援助、奨励、または勧誘、援助を求めること又は受けること、自国の領域又は自国の管轄もしくは管理の下にある場所における核兵器またはその他の核爆発装置の配置、設置または配備を許可することを禁止しています。

第6条（被害者に対する援助及び環境の回復）では、締約国は核兵器の使用または実験により影響を受けた自国の個人について、国際人道法及び国際人権法に従い、医療、リハビリテーション及び心理的な支援を提供すること、人々が社会的及び経済的に包容されるようにすること、汚染された自国の地域に関して、環境の回復に向けた必要かつ適切な措置をとること、第7条（国際協力および援助）では、締約国は核兵器またはその他の核爆発装置の使用または実験の被害者への援助は国際連合、国際赤十字などを通じて提供するとしています。

今年4月16日に開催されたアジア・ヨーロッパ人民フォーラムで、ＴＰＮＷの成立に尽力した国の一つであるオーストリアのハイノッチ大使は、条約について次のように述べています。「ＴＰＮＷは、ＮＰＴ（核不拡散条約）と完全に合致しているだけでなく、それを補完するものです。ＮＰＴ第6条の核軍備撤退義務の完全な履行は、禁止規範なしには不可能だからです」「核保有国と『核の傘』諸国の反対は、ＴＰＮＷの重要性をより際立たせ、２０１０年ＮＰＴ再検討会議の成果文書に記された『核兵器のない世界の平和と安全を達成する』という約束履行に彼らが消極的であることを示しています」「ＴＰＮＷに反対している国々でも、国民の過半数が条約への参加に賛成しています」「最も重要なことは、ＴＰＮＷが、核兵器のない世界は単なる希望的観測ではなく、人類の生存にとって達成可能な唯一の現実的な保証であるという希望の光となっていることなのです」

3、長崎の被爆者の果たした役割

１９５５年8月、広島での第1回原水爆禁止世界大会には海外24カ国を含め、約3千人が参加しました。この世界大会に長崎原爆乙女の会の山口美佐子さんと辻幸江さんが参加し、被爆体験を訴えました。山口仙二さんは当時のことを『山口仙二聞書　灼かれてもなお』（藤崎真二著）で次のように記しています。

「１９５６年6月23日、国際文化会館講堂に約千人の被爆者が集まり、被災協（長崎原爆被災者協議会）の発会式がありました」「初代会長には杉本さん（杉本亀吉市議）が就任。原水爆禁止運動の推進、被爆者への国庫補助による治療と自力更生の促進、遺族の生活保障要求の三項目を決議」しました。8月9日には、第2回原水爆禁止世界大会が県立長崎東高校の体育館で始まりました。海外からも8カ国と国際組織6団体の代表ら37人が出席しました。「会場は約3千人で埋まり、まさに国民運動と呼ぶにふさわしい雰囲気だったのを覚えています。長崎の被爆者を代表して訴えたのは渡辺千恵子さんです。母親に抱えられて登壇した渡辺さんは涙をこらえながら『原爆犠牲者はもう私たちだけでたくさんです。世界のみなさま、原水爆をどうかみんなの力でやめさせてください』と力の限り訴えます。会場からは大きな拍手がわき起こりました」。

海外での証言活動は１９５７年、日本原水協の代表団で長崎被災協初代会長の杉本亀吉さんがソ連、中国、モンゴルを遊説したのが最初です。そして、１９６１年には山口仙二さんがヨーロッパ9カ国を1か月半で回るという過酷な遊説を行いました。１９８２年の第2回国連軍縮特別総会での山口仙二さんの演説は後世に残るものでした。「核兵器による死と苦しみを、たとえ1人たりとも許してはならないのであります。核兵器による死と苦しみは、わたくしたちを最後にするよう国連が厳粛に誓約していただくよう心からお願いいたします」。そして最後に、「ノーモア・ヒロシマ、ノーモア・ナガサキ、ノーモア・ウオー、ノーモア・ヒバクシャ」と力を込めて訴えました。

長崎被災協は核保有国への要請行動で、ヨーロッパ、中国、アメリカ、国連などへ被爆者を派遣しました。谷口稜曄《すみてる》さんも数多く海外へ訴えに行きました。２０１０年5月7日、第8回ＮＰＴ再検討会議の時、谷口稜曄さんはニューヨーク国連本部で各国代表に演説を行いました。『谷口稜曄聞き書き　原爆を背負って』（久知邦著）は次のように記しています。「出番が近づくにつれ、胸の中に怒りが湧いてきました。被爆から65年もたつのに、まだ核兵器にしがみつく人間がいることに、です。『核兵器は絶滅の兵器、人間と共存できません』。１９４６年1月に撮影された赤い背中の写真を手に被爆体験を話した後、その言葉にすべてを込めました」。

4、日本政府の核兵器禁止条約に対する対応

ＴＰＮＷ交渉のための第1会期は２０１７年3月27日から31日まで、第2会期は6月15日から7月7日までニューヨークで開催されました。日本政府は第1会期冒頭の政府演説の時にだけ出席し、「我々はこの条約の構想は反対である。だから会議には出席しない」と言って、退席しました。日本政府の席は空席として残され、そこには「#wish you were here（あなたがここにいてほしい）」と書かれた折り鶴が置かれていました。ＴＰＮＷは7月7日の国連会議で、賛成１２２、反対1、棄権1で採択されました。

昨年12月の国連総会で、日本政府はＴＰＮＷを歓迎し加盟を求める内容の決議に反対しました。この国連総会に提出した日本決議は、ＴＰＮＷの言及がなく、核兵器廃絶を「究極的目標」にするとともに、これまでのＮＰＴ再検討会議の合意事項である「核軍備撤廃に至る自国の核軍備の完全廃絶を達成する核兵器国の明確な約束」には触れず、第6条の核軍備撤廃義務の履行に対しても、「すべての国家間の信頼醸成」、「国際の緊張緩和ならびに国家間の信頼」などの前提条件をつけています。

各国から日本決議は「核兵器の完全廃絶は信用と信頼が再構築されなければ実現しないという話に沿ったものであり、遺憾である」「達成された合意を再解釈したり、後退させたり、書き換えたりするあらゆる試みに反対する」などの意見が寄せられました。日本決議の票決は賛成１５０、反対4、棄権35であり、一昨年の賛成１６０、反対4、棄権21から支持を減らしました。

5、長崎の被爆者が訴えたこと

今年7月7日、平和公園で被爆者5団体主催による「日本政府に条約批准を迫る核兵器禁止条約採択4周年のつどい」が開催されました。

最初に、長崎原爆被災者協議会の田中重光会長は、「4年前、私たちが本当に待ち望んでいた核兵器禁止条約が国連加盟国の3分の2を超える数で採択されました。そして、今年1月22日、50カ国が署名・批准したわけです。しかし、発効はしましたけれども、まだ核兵器は1発も減っていません。これからが私たちの運動の正念場になってきます」と発言しました。

続いて、長崎県平和運動センター被爆者連絡協議会の川野浩一議長は、「この1、2年を見てみると、イギリスみたいに核兵器を増やすと宣言をした所もある。あるいは、中国みたいに核兵器を増やす国もある。こういうはざまにおいて、できあがった核兵器禁止条約を本当の核兵器禁止条約として位置づけ、これから運動していかなければならないと思うのです」。

長崎原爆遺族会の本田魂会長は、「今一番、長崎、広島の人が不思議に思うのは、唯一の被爆国である日本が核兵器の禁止条約にはっきりいって、反対側を向いているのではないかという状況です。先ず一番初めに、世界で唯一の被爆都市である日本が核兵器反対という立場を示すべきではないでしょうか」。

長崎県被爆者手帳友愛会の濱田眞治副会長は、「自国を守るために、核兵器で威嚇する国々があります。それで平和を望むのであれば、真の平和はおとずれない」「唯一の被爆国である日本の政府に対して、核保有国と非保有国に働きかけ、核兵器等の軍縮の議論を高めてほしい」。

長崎県被爆者手帳友の会の朝長万左男会長は、禁止条約に威力を持たせるための手掛かりとして、「国際的に核実験場がたくさんありますけれども、そこで被爆した人たちの生活・経済支援、医療支援が充分になされていない。こういう核被害者たちを救済・支援できるということが、禁止条約の第6条と7条に書いています」「核時代の負の遺産を締約国が一丸となって救済の組織をつくったら、これまで威張っていた核兵器国は追いつめられていくと思います」。

長崎県平和運動センター被爆者連絡協議会の川副忠子副議長は、「若い人たちが新しい運動を立ち上げていることに、私は希望を見ています。議員の禁止条約に対する賛否をとるなど、若い人たちが新しい方法で運動を展開し始めています。それに期待しながら、一緒に動きながら、本当に核兵器を地球上からなくすことをめざしていきたいと思います」と述べました。

最後に、ＩＣＡＮ長崎の宮田隆代表は、２０１３年7月5日、山口仙二さんが小浜で亡くなったことにふれ、１９８２年の国連軍縮特別総会での山口仙二さんのスピーチは今も心にしみていると述べ、「私はコロナ禍で、命をどうやって世界中が守るのかということを教えてもらっています。１万3千発の核兵器はそう簡単にはなくならないけれども、百年の大計ではなくなるのです。それが世の中の歴史ではないですか。一部の政治家という時代ではない。われわれ市民が世の中を動かすのです」と、力強く発言しました。

長崎の被爆者5団体は8月9日、長崎市内で菅義偉首相に共同の要望書を手渡し、禁止条約を「署名・批准し（国際社会において）リーダーシップを発揮すべき」と訴えました。しかし、菅首相は「現実的に核軍縮をするのが適切」として、禁止条約に署名・批准する考えがないことを示しました。

6、おわりに

世界は、ＴＰＮＷに参加するすべての国がそれぞれの国の市民社会の運動と協力して、核兵器の禁止を世界の普遍的ルールとするために行動する新たな段階に入りました。ＴＰＮＷに参加した締約国は56カ国（10月末現在）になっており、締約国が広がれば広がるほど、条約の規範の効力は強化されます。

来年3月、オーストリアのウィーンでＴＰＮＷ第１回締約国会議が開催されます。今年の原水爆禁止２０２１年世界大会で、この会議の議長を務めるオーストリアのクメント大使は次のように述べています。「禁止条約の存在は、国際社会の圧倒的多数の人々が、核の現状と人類全体の頭上にダモクレスの剣が常時ぶらさがっていることを、もはや正当であるとみなさなくなった、ということを示しています」「私たちは第1回締約国会議で、核兵器の人道的結末とリスクへの認識を再び高めるような強力な政治的メッセージを発信したいと思っています」「核兵器が戦争で使用された世界でただひとつの国として日本には歴史的役割があります。そして、被爆者が世界の認識を高め、禁止条約を実現するうえで極めて重要な役割を果たしたことから、日本の参加は重要です。日本の市民社会も、日本政府の参加を促すうえで決定的に重要な役割を果たすことができます」。10月14日、ノルウェー政府は第1回締約国会議にオブザーバー参加することを明らかにしました。NATO加盟国が会議への参加を表明するのは初めてです。

　総理大臣になった岸田文雄氏は、TPNWに関する今国会の答弁で「現実を変えるためには核兵器国の協力が必要」「唯一の同盟国である米国の信頼を得た上で、核兵器のない世界を実現する」と述べました。自らの著書でも「唯一の被爆国である日本が非保有国の先頭に立って、核保有国を批判するような印象を持たれたとすれば、それは『核の傘』を提供する米国の不信を招くばかりでなく、他の核保有国の反発も誘発し、結局は核保有国と非核保有国の溝を深めるだけで、その『橋渡し役』すらできなくなる」（『核兵器のない世界へ　勇気ある平和国家の志』）と記しています。日本政府は唯一の戦争被爆国であると言いながら、TPNWに反対し、核兵器国にNPTのこれまでの合意を迫っていません。「橋渡し役」というのであれば、先ずは第1回締約国会議にオブザーバー参加すべきです。

　日本政府が国民の期待に応えてTPNWに参加すれば、廃絶への世界の流れを大きく後押しすることになるでしょう。緊張が高まる北東アジアの情勢にも前向きな変化をもたらすに違いありません。日本政府の姿勢を変えるため、日本の市民社会は大きな役割を担っています。

［資料］ 全国被爆者健康手帳交付数等

「令和３年度版　原爆被爆者対策事業概要」より　　(2021. 3 . 31現在)

	令和２年度末								
	被爆者健康手帳					健康診断受診者証			合計（人）
	第1号（人）	第2号（人）	第3号（人）	第4号（人）	小計（人）	第一種（人）	第二種（人）	小計（人）	
1 北海道	153	51	19	9	232	1	5	6	238
2 青森	28	7	4	2	41	0	0	0	41
3 岩手	9	3	3	2	17	0	2	2	19
4 宮城	65	22	5	4	96	0	1	1	97
5 秋田	8	4	1	2	15	0	0	0	15
6 山形	9	3	0	0	12	0	1	1	13
7 福島	35	11	3	4	53	0	3	3	56
8 茨城	215	47	16	15	293	7	8	15	308
9 栃木	103	27	12	6	148	1	2	3	151
10 群馬	77	11	6	4	98	0	3	3	101
11 埼玉	1, 011	290	92	127	1, 520	6	54	60	1, 580
12 千葉	1, 227	413	112	148	1, 900	11	55	66	1, 966
13 東京	2, 992	874	276	260	4, 402	16	88	104	4, 506
14 神奈川	2, 329	625	195	189	3, 338	13	95	108	3, 446
15 新潟	57	9	4	2	72	0	0	0	72
16 富山	24	13	2	2	41	0	0	0	41
17 石川	43	13	5	3	64	0	2	2	66
18 福井	37	6	1	2	46	0	1	1	47
19 山梨	42	12	0	3	57	0	4	4	61
20 長野	60	19	4	7	90	1	4	5	95
21 岐阜	174	59	26	16	275	7	9	16	291
22 静岡	300	78	25	29	432	5	18	23	455
23 愛知	1, 160	240	123	103	1, 626	13	104	117	1, 743
24 三重	181	45	20	18	264	0	16	16	280
25 滋賀	155	60	31	10	256	1	18	19	275
26 京都	502	182	61	44	789	2	19	21	810
27 大阪	2, 976	786	291	235	4, 288	12	178	190	4, 478
28 兵庫	1, 774	565	190	145	2, 674	29	94	123	2, 797
29 奈良	302	116	28	34	480	1	12	13	493
30 和歌山	123	28	8	13	172	1	4	5	177
31 鳥取	75	84	24	7	190	0	3	3	193
32 島根	229	396	41	14	680	0	2	2	682
33 岡山	632	299	95	76	1, 102	6	10	16	1, 118
34 広島	**6, 742**	**5, 527**	**2, 480**	**867**	**15, 616**	**33**	**23**	**56**	**15, 672**
35 山口	1, 194	544	180	104	2, 022	11	23	34	2, 056
36 徳島	64	28	7	2	101	0	2	2	103
37 香川	173	34	12	17	236	0	4	4	240
38 愛媛	325	129	25	35	514	4	4	8	522
39 高知	69	23	4	8	104	1	2	3	107
40 福岡	3, 767	775	335	240	5, 117	28	210	238	5, 355
41 佐賀	482	132	86	23	723	6	36	42	765
42 長崎	**5, 212**	**1, 346**	**2, 178**	**453**	**9, 189**	**23**	**1, 444**	**1, 467**	**10, 656**
43 熊本	617	98	42	32	789	3	30	33	822
44 大分	292	108	28	25	453	1	10	11	464
45 宮崎	228	66	17	13	324	1	6	7	331
46 鹿児島	345	61	30	24	460	3	9	12	472
47 沖縄	64	25	3	7	99	0	3	3	102
48 広島市	**25, 323**	**9, 381**	**5, 104**	**2, 383**	**42, 191**	**115**	**17**	**132**	**42, 323**
49 長崎市	**17, 826**	**3, 167**	**2, 055**	**1, 006**	**24, 054**	**4**	**4, 981**	**4, 985**	**29, 039**
合計	79, 830	26, 842	14, 309	6, 774	127, 755	366	7, 619	7, 985	135, 740

特集　資料から考える「原爆体験の継承」

資料整理中の長崎原爆被災者協議会の倉庫
（2020年１月撮影）

原爆投下により公文書が焼失して残っていない？

四條　知恵
（広島市立大学広島平和研究所）

公文書について問われた時、長崎県知事はこう答える。「長崎県は公文書が被爆あるいは火災で焼失しているということで残された資料がない。したがって、そういった点については他県と異なるところがある」[1]と。原爆で焼けたために、公文書がないのは当然という回答である。確かに、長崎県庁は、1945年の原子爆弾の投下後の火災により全焼した。地域で積み重ねられてきた歴史資料をも奪う、原爆被害の理不尽さを思う。しかし、長崎県に「残された資料がない」のは、原子爆弾の投下のみが、原因なのだろうか。考えたいのは焼失した公文書ではなく、現在の公文書の扱いである。

同じく、原爆により旧庁舎が全焼した広島県の公文書の扱いを見てみる。広島県の公文書管理は、広島県立文書館が担ってきた。同館は1965年から選別収集を開始した広島県の廃棄行政文書と1968年から16年かけて事業を完了した『広島県史』の編さん資料を基盤として、1988年に開館した。広島県立文書館設置及び管理条例の第1条には、「県に関する歴史資料として重要な行政文書、古文書、その他の記録を収集し、及び保存するとともに、これらの利用を図り、もって学術及び文化の発展に寄与する」と同館の設置目的が記されている。2021年3月31日現在の同館の公文書などの所蔵点数は、行政文書6万3782冊、行政資料（各種行政刊行物）約11万862冊[2]。一方、2019年12月25日時点で長崎県が保存する「歴史的文書等[3]」は、約1500冊（このほか、移管保留分が200冊）[4]で、保留分を足しても、広島県が保存する行政文書の3%にも満たない[5]。なお、広島県立文書館の2020年度の行政文書の収集件数は

1042冊で[6]、年間収集件数を100～150冊と見込む[7]長崎県と比較すると、最大の150冊としても、こちらも15％に届かない。自治体の規模と文書収集に対する姿勢もあり、保存される文書量を一概に比較することはできないが、広島県が廃棄行政文書の選別収集を開始した1965年以降も、長崎県においては、膨大な行政文書が廃棄されてきたといえる。なお、長崎県の「歴史的文書等」の定義には、同じく重要な歴史資料となりうる行政資料（各種行政刊行物）は含まれていない。ちなみに、同じく旧庁舎が全焼した広島市の公文書管理を担う広島市公文書館の設置目的の一つには、「広島市は、昭和20年8月6日の原子爆弾被爆によって、公文書をはじめとする多くの資料を焼失しました。しかし、昭和46年からの広域合併により合併した多くの町村には、近世以降の貴重な公文書が残されていた」と合併町村の公文書の散逸防止が掲げられている[8]。原爆投下により資料を失ったからこそ、貴重な公文書を収集していくという姿勢である。

2021年7月に長崎県は、ウェブサイトで「歴史的文書等収集基準及び廃棄予定簿冊に対するご意見を募集します」と、①歴史的文書等収集基準及び収集基準の細目および②廃棄予定簿冊（令和3年3月31日をもって保存期間満了を迎えた文書）に対する意見の募集を行った。長崎県による廃棄予定文書の事前公開は初めてだったが、広報紙や報道による周知もなかったため、県の歴史資料の行く末に関心を寄せる人々のどれほどが、この意見募集に気づいただろうか。実際に十分な行政文書が収集できていないために①にも問題があるが、ここでは②を見てみよう。公開された廃棄予定簿冊のリストは、県の各部にまたがり、トータルで1316頁。全てに目を通すのも一苦労である。そして、今回が廃棄予定の行政文書リストの初公開であるということは、毎年、市民や専門家の目を通すことなく、これだけの膨大な文書が廃棄されてきたということを示している。廃棄予定簿冊の中から、原爆被害に関するものを拾い上げてみる。件名のみでは内容を把握しにくいが、例えば、文化観光国際部国際課所属の「平和関係綴」（5年保存）17件が廃棄予定とされており、その中には「日本非核宣言自治体協議会」「被爆者5団体の要望」「被爆69周年原水禁世界大会・長崎大会」などのファイル名称を見ることができる。このほか、福祉保健部原爆被爆者援護課の予算関係資料

3件（5年保存）や被爆体験者の医療に関わるもの9件（5・10年保存）、「在韓被爆者支援事業」（10年保存）、「被爆者及び被爆二世の健康診断実施に係る意向調査」（3年保存）、「原爆小頭症手当支給」（1年保存）、「在南米被爆者巡回医師団派遣事業（第4回）」（1年保存）などが目を引く。年ごとの原水禁世界大会・長崎大会の状況やその時々に被爆者団体が何を要望してきたのかは、現在および後世の調査・研究対象となりうる。在韓被爆者や在南米被爆者に関わる文書に興味を持つ支援者や研究者もいるだろう。個人情報を含む資料もあるが、文書が残りさえすれば、100年後に開示の可否を審査することもできる。文書は、時代を経て、作成時とは異なる意義を帯びてくる。しかし、まさに今、その可能性を持つ公文書を長崎県は廃棄しようとしている。

これまで、どれほどの長崎の原爆被害に関わる資料が失われてきたのだろうか。近現代史を対象とする研究者は、長崎の歴史資料のなさに呻吟する。原爆被害に関わる歴史資料は、被爆直後のみに作られたわけではない。その後の被爆者援護や被爆者運動、平和活動、そして復興の歩みも、原爆被害に関わる大切な歴史である。1960年代半ばまでは、広島県でも公文書の選別収集体制は十分ではなかった。問題は、他県で整備がなされてきた後も、長崎県で公文書の収集・保存を含む管理体制が築かれなかったことにある。広島には現在、広島県立文書館、広島市公文書館、広島大学文書館の3つのアーカイブズ機関があるが、長崎には一つもない。また、長崎県は、2017年の総務省による公文書管理条例等の制定状況調査によれば、全国47都道府県のうち公文書館未設置の14県の一つに該当し、今後の公文書館の設置予定について、唯一不要と回答している[9]。

以上のように見てくると、長崎県に「残された資料がない」原因は、原爆投下による資料の消失ではなく、むしろ、県の原爆投下後から現在に至るまでの、歴史資料を軽視する姿勢によるものだということがわかる。県は、原爆投下後に残された公文書が、散逸し、失われる状況に手を打つことなく、戦後作成された公文書をも廃棄し続けてきた。そして、公文書管理を担当する総務文書課長の「我々としては県の公文書はしっかり管理できているのではないかと思っている」という発言[10]にみられるように、積極的に公文書を収集しなかっただけでなく、率先して廃棄する主体だったにも関わらず、今もそのことを認識できていない。歴史的文書が歴史的文書とみなされてこなかったために、今も長崎県が保存する「歴史的文書等」は少ないのである。

冒頭の県知事の発言に、歴史に携わる者は唖然とする。例えば、安藤正人は、草の根文書館が必要な理由の一つに、「現代の新しい記録を未来に伝えるということ」があると述べる[11]。「残された資料がない」という発言が出るのは、今日作成された文書が50年、１００年後に歴史的文書になるという認識が欠落しているからである。「比較的最近の公文書が将来貴重な歴史資料になるというような認識は一般の人にはふつうありませんから、人一人の判断で、いとも簡単に灰にされてしまう」とも安藤は言う[12]が、残念ながら、長崎県の公文書に関する認識もこの範疇をでない。このことは同時に、公文書が廃棄される状況を許してきた長崎県民の歴史資料に対する意識の低さを表してもいる。

「残された資料がない」のならば、せめてこれから生み出される文書は、大切に後世に残さなければならない。原爆投下により多くの命を失ったからこそ、核兵器廃絶を求めて行動してきたように、原爆投下により公文書を喪失するという体験をしたからこそ、公文書を守り、残していく必要がある[13]。それは、原爆被害の歴史を残すことでもある。現在と未来の長崎に繋がる多くの人たちのために、少しでも多くの歴史資料を残したい。

1 長崎県、２０２０年、長崎県ホームページ「11．公文書管理について」『令和2年8月25日定例記者会見』。

2 広島県立文書館、２０２１年、『広島県立文書館事業年報』32。

3 県において作成又は取得された公文書で県行政及び県民生活の推移が歴史的に跡付けられるなど、歴史的文化的価値を有すると認められる文書のうち、保存期間が経過し、現用でなくなった文書をいう（長崎県、２０２１年7月26日、長崎県ホームページ「歴史的文書等収集基準」『歴史的文書等収集基準及び廃棄予定簿冊に対するご意見を募集します。』より）。

4 四條知恵、２０２０年、「廃棄されてきた長崎県の公文書」『のこす・あつめる・まもる・ひらく 長崎の近現代資料の保存・公開をもとめる会ニュースレター』1、4頁。

5 正確には、２０２０年度分と比較する必要があるが、長崎県は定期的に所蔵点数を公表していない。

6　註2参照。
7　註4参照。
8　「広島市公文書館　利用案内」リーフレット（2021年9月17日提供）。
9　木永勝也、2018年12月30日、「県、長崎市に公文書館必要――歴史資料保存の取り組みを」『長崎新聞』／総務省自治行政局経営支援室、2018年、総務省ホームページ「公文書管理条例等の制定状況調査結果」。
10　註4参照。
11　安藤正人、1998年、『岩田書院ブックレット3　草の根文書館の思想』岩田書院、49頁。
12　同前、60頁。
13　例えば、沖縄県の北谷町公文書館は、戦前の公文書が沖縄戦で全て焼失したため、「これ以上、公文書を失ってはならない」という強い思いで設立された（全国歴史資料保存利用機関連絡協議会調査・研究委員会、2015年、『電子版　公文書館機能ガイドブック――地域の記録を次世代につなぐために』、52頁）。

表紙絵について　2021年8月9日　平和式典

川上　正徳

今年の平和式典もコロナのため式典後に会場に入り、写した写真をもとに表紙の絵に仕上げました。今年奉安された名簿には昨年亡くなった姉の名前〝松尾（川上）佳子〟が記載されているのでお参りしたくて出かけました。原爆の日、姉は仁田小学校の先生でした。6月の異動でそれまでの校長先生が山里小学校へ赴任され、原爆で負傷されたので、毎日2人づつお見舞いに行っていたのですが、姉の当番の日は、残念ながら亡くなられ茶毘に立ち会ったそうです。この話を附属中学校の恩師、濱﨑均先生に話したら、文章に残しなさいと言われながら徒過してしまいましたので「附属中学校8回生と恩師の被爆体験記」を第8回同窓会50周年記念誌として発行した際、濱﨑先生方などの先生方と共に8回同窓生の中に、私の姉の被爆体験記を掲載し宿題を果たしました。

今では毎年恒例となっている献水は、私が原対部調査課で式典を担当していた時から始めたのですが、翌年、前日に桶が漏水して慌てました。平和公園の地下駐車場工事に伴う仮の式典会場の移転開催、市長の銃撃事件に伴うセンサーの設置。8月8日台風通過で前日大会テントを一旦たたみ、徹夜で立ち上げなおして式典を通常通り開催したこともありました。また、被爆50周年記念事業で詩を一般から公募したのですが、作曲家を探しに県立図書館へ行って大島ミチル氏の名前を発見して、引き受けてもらい、記念曲〝千羽鶴〟が完成しました。8月9日は毎年巡る度に様々な思い出がよみがえります。

地域資料と公文書をめぐる心配材料

――新規オープンする郷土資料センターへの期待と不安・課題

木永　勝也
（長崎総合科学大学）

本稿の目的は、新規オープンする県立長崎図書館郷土資料センター（以下、郷土資料センター）に関する期待と課題について述べることにある。長崎県の地域資料を扱う専門図書館として、来年２０２２年3月から利用開始予定であり、開館したら私も利用者として通うだろう。また、アーカイブズ機関が貧弱な長崎県のなかでは、今後に期待するところが大きいのは無論だが、同時にかなり懸念がつきまとう現状があり、各種の課題や問題点がある。

私も呼びかけ人として参加した「長崎の近現代資料の保存・公開をもとめる会」（以後、もとめる会）を２０１９年に立ち上げ活動を始めた当初から、民間資料（私文書にはかぎらないが）を受け入れる公的機関がないことには強い関心があった。また、同会での議論や取り組みのなかで、長崎での公文書管理について考えさせられたことも多い。２０１９年11月の県への公開質問状に対し、同年12月25日に回答をえた。その回答も紹介しながら、郷土資料センターの問題点・課題を整理・検討しておきたい。

1、新図書館（ミライｏｎ図書館）整備の経緯

２０２２年3月に開館（業務開始）される郷土資料センターの概要と機能について、おさえておこう。県のウェブサイトに、県立長崎図書館郷土資料センターの概要が掲載されている。完成イメージ図も掲載されているが、建設場所は、長崎市立山（旧県立長崎図書館跡地）、延床面積：１６９１・０３平米、鉄筋

コンクリート造2階建ての予定である。「室内には、6人掛けベンチシートのほか、窓際にカウンター閲覧席を14席、新聞閲覧席を2席、商用データベースや映像資料等を閲覧できる情報検索用端末席を3席配置」していくとされている。「閲覧室に入るとすぐに展示コーナーがあり、その奥にミライｏｎ図書館から取り寄せた資料を受け取る予約本コーナー及び自動貸出機を設置」していく。さらに施設として、最大１５０名程度を収容できる研修室のような空間も用意されている。

郷土資料センターの機能としては3つ記載されている。第一に「県立長崎図書館の郷土資料（地域資料）部門を担う図書館」である。第二に、ミライｏｎ図書館所蔵資料の貸出、返却といったサテライト機能である。第三に「公文書コーナーの設置」である。

こうした3つの機能をもつ施設として開館していくまでの経緯を、簡単に記載しておこう。

郷土資料センターの設置構想は、長崎県立図書館の建て替え、再整備の論議のなかで登場している。10年以上前の２０１０年2月に、「長崎県立図書館再整備検討会議」への諮問が行われ、11年3月29日に県知事への答申として、「県立図書館再整備に関する提言」が出された。この時は県立図書館をどこで再整備するかは未定であった。県立図書館が所在した長崎市内諏訪神社近くの長崎市立山１丁目で建て替える案や長崎市内で建て替え整備する案、他市町へ移転する案など、種々の議論があった。12年1月15日には長崎市長や市議会議長も参加し、約１５００人の参加で、県立図書館の長崎市での存続・再整備を求めるシンポジウムが開催された。

結局、13年3月29日に県教育委員会が「新県立図書館整備基本方針」を正式に決定し、県立図書館郷土資料センター（仮称）を長崎市に、建替え予定の大村市立図書館との合築による県立図書館（仮称）を大村市に建設することが決定される。

この後、14年7月には、大村市教育委員会・長崎県教育委員会が「県立・大村市立一体型図書館及び郷土資料センター」（仮称）整備基本計画を決定する。この計画では、「県立図書館郷土資料センター（仮称）」は「現在の郷土課の役割と機能を担う」とされ、また長崎歴史文化博物館との連携がうたわれた。また、センターが「一体型図書館のサテライト機能」を持つとされた。

この「整備基本計画」が、現時点の21年まで、新図書館や郷土資料センターの基本的性格を規定したものとなっているが、この14年に、郷土資料センターは、新しくというか積極的に「映像等資料」を扱うようになるとされ、また「公文書コーナー」の設置が規定された。

14年の「整備基本計画」策定の前、新図書館整備に関する専門家会議が開催されている。[1] この第2回会議（2月2日）から映像資料の件や「公文書コーナー」設置構想が登場している。[2] 7月の「整備基本計画」にも「3　公文書コーナーの設置について」があるが、その第3回専門家会議資料とほぼ同文である。

この後、15年から16年に図書館の基本設計及び実施設計が作成され、17年4月に県立・大村市立一体型図書館の建設着工、19年1月に竣工、10月5日にミライｏｎ図書館としてオープンした。

新図書館のオープン前、19年7月から県立図書館の郷土課の業務は県立鳴滝高等学校内のなるたき図書館で行われることになり、郷土資料や戦前・戦後の地方新聞等の閲覧業務が行われ、隣接する長崎県職員能力開発センター内に郷土課職員の執務室がおかれた。

旧館である県立図書館は解体されることとなり、書庫の一部は郷土資料センターでも書庫として利用されることとされた。郷土資料センターは、19年に基本設計及び実施設計が作成され、20年10月に着工、21年10月末に竣工した。21年10月からはなるたき図書館の郷土資料の閲覧・貸出などの業務を休止し、移転準備に入った。[3] 来年22年3月頃に、県立長崎図書館郷土資料センターの利用が開始される予定である。

2、郷土資料センターと歴史文化博物館との連携について

郷土資料センターの施設・設備概要については先に記したとおりだが、人員や予算面での概要もおさえておこう。

人員・予算面では、21年度末に開館するまでは、郷土課の職員や予算額がそのまま移っていく。21年5月時では、課長1、専門幹1、主任主事3、指導主事1の6名、会計年度任用職員（いわゆるパートタイマー職員か）が複数名である。「郷土課の事務分掌」の資

料によれば、この現状のまま移行したのであれば、次年度からは郷土資料センターの施設管理業務が新規に加わることになるため、業務委託などが行われるとしても、人員不足になるだろう。

なお「公文書コーナー」については、郷土資料センター職員（郷土課職員）の兼務でということも検討されたようであるが、県庁総務文書課によれば、次年度から、同課から午前・午後で各1名ずつ、勤務に通う予定であるという。

「もとめる会」の公開質問状で、郷土資料センターに、アーカイブズの専門知識を持った正規職員を配置する予定はあるか、と問うたが、19年12月回答時点では、「図書館法に基づく、長崎に関する郷土資料を専門的に取り扱う図書館」であり「いわゆる公文書館や文書館のアーキビストとしての職員の配置は難しいと考えています」との回答であった。「図書館」だからアーキビスト職員は不要とまでは考えていないと解することもできようが、後述のような資料収集方針や昨今の資料収集への関わりからすれば、積極的にもとめていくわけでもなさそうである。また「公文書コーナー」を設置することを考えれば、アーキビストを配置しないという方針には疑問を感ぜざるをえないし、公文書管理制度改善への〝本気度〟も感じられない現実である。

予算面ではどうか。移転前の21年度では郷土課の運営維持管理費が２８３８万９０００円、郷土資料整備研究費が１７３３万５０００円である。資料の移転もあり、２０２１年度の予算額はあまり参考にならない。前年２０２０年では、前者が８３９万６０００円、後者が６４９万８０００円であり（いずれも各年次の『要覧』から）、これがどのように変化していく（どの程度増額される）のであろうか。

さて、施設・設備に関連して、長崎歴史文化博物館との連携のことを記載しておきたい。施設ハード面での連携、運営のソフト面での連携を必然的に考える課題があった。歴史文化博物館と郷土資料センターの敷地はかなりの段差はあるが隣接している。

連携については長崎市は熱心だったようで、ハード面整備も含めた形で、18年10月22日に長崎市から県生涯学習課長あてに6項目の要望を出しているが、その中で、連携のために往来に不自由をなくすような両施設の接続を要望していた。エスカレーターやエレベーター整備は費用的に困難であるという県側の判断が示されていたことから、「より簡易な手法も含めて接続することを検討する」よう求めていた。その後、19年8月に、長崎市から、県政全体について20項目の要望がだされるが、その一項目で接続の手法として、渡り廊下の整備構想を提起した。郷土資料センターの基本設計・実施設計に、雨天時にも直接往来が可能な、また幅広い利用者に利用しやすいバリアフリーに配慮した渡り廊下の整備を検討するようもとめた。これも「費用対効果等を考えると整備は難しい」（19年8月28日『長崎新聞』記事）として取り入れられなかった。利用者が郷土資料センターと歴史文化博物館とを行き来するような状況を想定しないといった回答である。

では、ハード面が難しいのであれば、ソフト面・運用面でどういう工夫をはかるのか、ということになる。21年9月に県への情報公開請求として、連携（運営でのソフト的な）に関する検討・準備状況などがわかる資料をもとめた。県から提示された、21年8月4日付けの、生涯学習課と県立図書館連名による連携（案）では、（1）「レファレンス体制の役割分担と連携」、（2）「禁帯出資料の館内閲覧について、郷土資料センターと長崎歴史文化博物館を一体的な取り扱い」、（3）「近現代資料のデジタル化事業（新規デジタル化とデジタル化済データの共有化）」が記載されている。

両者の職員間での連携などは想像できるが、両方の利用者にとって利便性の高い連携が想像できる訳ではない。（1）は郷土資料センターが広くレファレンス業務にあたること（複写サービスを含む）を想定し、博物館はより専門的なことになる。また必要に応じて相互に連絡をとったりする。（2）はあくまでも博物館の研究員や図書館の職員が業務で資料を閲覧する必要が生じた場合、相互に持ち出しが可能になるということである。

郷土資料センターと博物館が一体的に運用されるわけではない。利用者が、たとえば、郷土資料センターで資料を見ていた際、関連する資料が歴史文化博物館にあれば、雨天であろうとなかろうと、センターの外に出て博物館の方におもむくことになる、その逆もある。それぞれで閲覧手続きを行い、資料が利用者のもとに運んでこられる訳ではない。センターが整備される前の県立図書館と博物館での時代から改善されない。

かつて、県立図書館の郷土課資料であった資料の一部が、05年11月の長崎歴史文化博物館開館にあたって移管されている、という経緯がある。同博物館は長崎県と長崎市の共同運営の施設であり、旧長崎市博物館資料を移管しているが、県立図書館が所蔵していた、近世（江戸期）資料や明治期の県庁文書などの行政資料、新聞など、大半の資料が移管された。明治期の資料に限らないが、しばしば、県立図書館と歴史文化博物館とを幾度も往復しなければならなかった状況は改善されない可能性が高い。関係する資料を一度に検索できるシステムは、運営ソフト面ではまだ提起されていない。利用者にとって、いずれにあるのか、双方にあるのか、検索すれば判明するデータベース程度は必要ではないだろうか。

（３）のデジタル化は、博物館であれ郷土資料センターであれ、人員と予算が確保されれば進むし、それは、利用者にとっても多少の利便性が期待できる。郷土資料センターにはデジタル化作業のための空間や設備が用意されるようであり、おそらくは今後進む。まだデジタル化されていなかった、昭和21（１９４６）年から27（１９５２）年の長崎民友新聞のデジタル化などは、索引・検索の問題はあるが、閲覧が簡単になれば利用者にとってはありがたい結果となる。また大正7年の各村の郷土誌（約２００点）のデジタル化も構想されている。今後広く一般公開する、せめて県内各地域の資料館などでも共有化されれば、その地域に関心をもつ人々への恩恵になるだろうが、現在は両者間での共有連携構想にとどまっている。なお、「公文書コーナー」におかれる行政資料のデジタル化も、総務文書課では検討構想されている。

3、郷土資料センターの資料をめぐって

郷土資料センターに移管される資料について述べておこう。

毎年、長崎県立図書館では毎年の現況を確認する『要覧』が作成されている。[4] 20年度末の蔵書数は郷土資料の点数が17万４４６３冊である。19年度末が17万５３４４冊、18年度末が16万９１９冊と、当然であるが増加しているし、今後も増加する。

『要覧』には一次史料・原史料をふくめ主要郷土資料として、以下のような資料群が記載されている。

（1）「長崎ゆかりの文学」資料：郷土出身作家関係資料等で2179点
（2）雲仙資料（旧雲仙公園事務所資料）約1100点
（3）植木家資料　島原鉄道創設者の植木元太郎に関する資料　2万6546点
（4）新聞　大正時代以降の郷土発行の新聞
（5）行政資料　県や市町村刊行の資料、統計、記録など（県広報など）
（6）教育関係資料　「長崎県学事年報」など、高校や大学の記念誌や紀要
（7）芳名録　大正時代以降の記帳録など
（8）地図類、その他

『要覧』にあげられた資料以外にも、本『証言』誌との関係では、（1）の文学資料のなかになるかもしれないが、福田須磨子氏関係資料があることを指摘しておこう。自筆原稿などもあり、福田の遺族や親しかった鎌田定夫・信子夫妻から寄贈された資料などであり、「生活をつづる会」の機関誌とともに重要な資料群である。

また、本館のミライｏｎ図書館にも分散しているが、藤野繁雄元参議院議員の資料がある。1947年から議員を務めていたため、戦後長崎の地域資料もあるが、戦前の産業組合関係資料がまとまって存在している。藤野の子息であり、日本近世史研究者である藤野保氏の図書類が寄贈され、県立図書館が受け入れたという。雲仙資料や植木家資料は例外のように思われ、郷土資料全体がそうであるが、こうした資料群はまとまった目録が作成されて提供されているわけではない。[5]

郷土課からの移管資料とは別に、長崎歴史文化博物館からの移管資料がある。博物館との連携の項で記した、かつて県立図書館の郷土課資料であった資料の一部が05年に歴史文化博物館へ移管された。その約1万8千冊の刊本が再度、郷土資料センターへ移管される予定である。かつて移管された古文書類などは歴史文化博物館に残るのは確実だが、郷土資料センターへ移管される「刊本」がどの範囲におよぶのかが懸念されるところである。19年11月に長崎市長崎学研究所（長崎市の文化観光部に所属する）が主宰する、長崎学ネットワーク会議が開催されたおり、臨時で出席した長崎市都市経営室から、歴史文化博物館と郷土資料セン

ターとのハード的な連携について紹介があったことに併せて、この移管資料の件が話題となった。市内・県内の大学の歴史研究者や長崎学関係研究団体などの代表者からなる会合であり、出席者からは、資料がいわゆる「泣き別れ」としていびつな形に分散しないか懸念する意見もあり、移管図書の選別は慎重に行ってほしいといった感想が述べられている。21年11月現在、移管作業が進められている。

さて郷土資料センターでの資料の収集方針はどうであろうか。

19年の「もとめる会」からの公開質問状に対する回答（12月）では、郷土資料センターは「図書館法に基づく郷土資料を専門的に取り扱う『図書館』」であるとし、図書館であることを強調している。「もとめる会」からは、長崎の近現代（明治以降）に関する歴史的価値をもった資料の収集についての取り組みを問うたが、「これまでも時代区分に関係なく、長崎県に関する図書、雑誌、新聞等を幅広く収集してきた」ことから、今後も同様に続けるという回答だった。

しかし、郷土資料センターの設置を機に、積極的な地域資料[6]の収集に乗り出す、といった印象・期待は持てない。また、近世や明治期の資料ならいざ知らず、近現代資料の寄贈を申し出たとした場合、積極的に受け入れるかと考えると、疑問・不安も生じる。資料の形態、ありようから考えてみれば、より一層である。

「もとめる会」からの質問では、資料収集の際に、出版・刊行された図書・印刷物ではない文書・記録類を中心とした歴史資料（パンフレット、チラシ、原稿、日記、手帳、手書きのメモ、書簡・はがきなど）を幅広く収集する予定はあるか、との質問項目がある。これに対して、「図書館」であることから、「資料（団体、個人により出版・刊行された資料等）」の収集を行っていく、との回答であったからである。回答からすれば、各家庭や個人の手元で集積された様々な形態の資料が郷土資料センターで積極的に収集されていくとは考えにくい。

図書館学や図書館実務関係者にはよく知られている「これからの図書館像―地域を支える情報拠点をめざして―」（文部省生涯学習政策局社会教育課、06年）では、「2　これからの図書館サービスに求められる新たな視点」のなかの「（5）多様な資料の提供」で、

「これまでの図書館は、図書の提供が中心であったが、今後は、図書だけでなく、雑誌記事や新聞記事も重視することが必要である。また、地域資料や、地域の機関や団体が発行しているパンフレットやちらしを提供することも、地域の課題解決や地域文化の保存の観点から重要となってくる」と指摘されている。

なお、「もとめる会」への回答では、「長崎ゆかりの文学」に関する資料については、個人の日記・書簡等についても「明治期以降の近現代文学全般を対象」に、「原稿や書簡、色紙、短冊、日記、署名入りの資料、写真、愛用品等」を「長崎ゆかりの文学資料収集会議」での協議を経て収集するとされた。

回答では「個人の日記・書簡等の歴史資料の収集に関して、今後の取扱いについては、歴史的価値の評価方法や収集・保存方法、県民への情報提供などの課題があると考えられ、図書館法、博物館法等に基づく各関係機関における機能を踏まえた役割分担が必要と考えております」とされてはいる。とはいえ、20年度・21年上半期に、この件についての検討・取り組みがなされた形跡はない。

「もとめる会」への回答について、19年12月に県の担当者との懇談の機会があった際、筆者は「長崎ゆかりの文学収集会議」に対応するような、〈地域資料収集会議〉といった仕組みを検討してはどうか、との意見を述べたことがあった。地域資料に関するアーカイブズ機関として、今後、資料収集の活発化（寄贈の増加だけでなく、郷土資料センターによる主体的な収集活動）が進めば、なんらかの対応が求められると考えたゆえである。21年9月に県あてに郷土資料センターの開設準備状況について情報公開請求を行ったが、その際公開された「長崎県立図書館郷土資料取扱要領」（05年12月1日から適用、11年4月1日改正）では、第4条で「稀覯《きこう》資料等の収集については、有識者で組織された会議の意向を聞くことができる」との規定もある。

次に、資料収集方針に関して、「映像等資料」の収集について述べておきたい。新図書館整備の検討過程のなかで、14年の「整備基本計画」では新図書館の新たなサービス・機能として「長崎県に関する映像等資料の収集及び提供」が、次のように述べられている。

「郷土資料センターでは、新たに長崎県に関する映像等資料の収集も行っていく。個人や報道機関等が所有する当時の記録は、再び撮影や録音ができない貴重な価値を持つ資料である。具体的には、県内地域の風景、風習及び出来事などを題材とした映像や写真、県内の各地域に伝わる歌などの音源を収集し、郷土資料の充実を図っていく。

収集した映像等資料については、県民の利用に供するとともに、可能な限りデジタルアーカイブとして広くインターネットを通じて提供していく。

また、科学技術の進歩によって、将来、収集当時の記録媒体の利用が困難になることが予想されることから、映像等の記録媒体の変化に対応した更新を行っていく。

なお、映像等資料の収集にあたっては、県民の利用に供することを前提として、個人や企業、団体等からの寄贈等を受ける際に課題となる著作権や肖像権について、承諾が得られたものを収集する。」

こうした「映像等資料」についての準備状況について、21年9月に県あての情報公開請求を行った。収集方法（デジタル変換のあり方など）、受け入れを検討する委員会やワーキンググループなどに関する検討準備状況、予算措置の見通しなどに関する資料の請求である。公開された資料やそれに関する事務方からの説明をもとにすれば、郷土資料センター開設準備が本格化している21年にも具体的な取り組みはなく、受け入れに際しての課題を検討する委員会やワーキンググループなどは準備段階での設置予定もない。

公開された資料としては、18年9月5日から「適用」（規則や細則でいえば施行にあたる）とされる「長崎県に関する映像等資料の取扱いについて」があり、そこでは収集方法として、県民等から、フィルムやテープ等の提供をつのり、複製後、提供者へ返却する、と規定されていた。県立図書館は「著作権その他法令上、県民の利用に供することができるかを確認する」とされ、また「提供者の同意を得た上で」、デジタル化により複製すること、図書館での閲覧や利用者・他館への貸し出し、館のホームページでの公開上を「期限の制限なく」「無償」で利用できるとされている。

提供者が館へ提出する「映像等資料の提供について」のひな形も用意されており、裏面には、「県立図書館チェック欄」が記載されている。映像関係では、例えば、BGMの有無の項目では、レコード製作者等の著作権の処理の「済・未済」といったチェック、人物の撮影の項目では、該当人物の人格権、財産権の処理の「済・未済」といったチェックをするようになっている。

20年11月4日付けで長崎県教育庁生涯学習課長名で、NHK長崎放送局や地元放送局などに、「長崎県立長崎図書館郷土資料センター（仮称）における映像等資料について（お願い）」が出されており、提供などへの協力が訴えられていたが、21年9月時点まで、放送局関係者との懇談や意見交換、情報交換の機会は持たれていない。

上記「整備基本計画」で指摘されている「映像等の記録媒体の変化に対応した更新」についての検討などもが必要であろうし、様々に想定される課題を検討するための試行的なデジタル化の予算確保などもないようである。次年度に郷土資料センターの業務が動き出して以降の取り組みのなかでどうなるかによるといった現状にある。

おわりにかえて

郷土資料センターの3つめの機能である「公文書コーナー」についても記載しなければならないが、2021年9月に県に対して情報公開請求をして、関係資料をえているが、回答を検討する時間的余裕がなくなったため、稿を改めたい。本誌には、四條知恵氏の一文が寄せられており、長崎県の公文書管理に関する実情の問題点が指摘されているので、参照されたい。ただ、公文書コーナーについては、鳴滝書庫にある「歴史的文書」が移管される予定となっているものの、全てが移管されるわけではないことは紹介しておきたい。1万数千冊ある現在の文書のうち、約2000冊程度しか開設時の冊数で予定されていない。他は保存文書として、行政実務の現用文書でもなく、半現用文書として、引き続き現在の鳴滝書庫（老朽化や耐震性の問題がある）に保管されていく。後年、廃棄文書となれば、本年夏に行われたように、県民の意見を聞くとして、県庁のウェブサイトに廃棄予定簿冊名が紹介される、といった扱いとなる。

さて、いわゆるアーカイブズ論の専門家ではない筆者が本稿を書こうと考えたのは、郷土資料センターが資料保存機関、アーカイブズ機関として発展・成長することを期待したからである。

一つは、現在、長崎総合科学大学長崎平和文化研究所に寄贈され整理を進めている、渡辺千恵子関係資料など、被爆者資料の最終的行方（保存活用のための収蔵機関）を考えはじめたという事情である。被爆者の高齢化という事態は、被爆者が亡くなったあと、残される関係資料をどうしていくのか、被爆者の個人資料（家文書、といってもいいかもしれない）でもある歴史資料、地域資料をどう収集・保存・活用していくのかという課題である。

江戸時代など近世期の古文書などの史料あるいは幕末明治期くらいまでの資料であれば、長崎市民、ひろく長崎県民もその保存・公開活用に、一も二もなく賛同し取り組んでもらえるだろう。古写真などへの関心の高さからも間違いないことだろう。そしておそらく大正期や昭和戦前期くらいまでなら、同様に多少の関心を持ってもらえるとも思われるが、戦後、それも高度成長期以後ならどうであろうか、という不安がある。時代が新しい・最近のものだからということで、近代、現代のさまざまな貴重な資料が調査もされず散逸しなくなっていく可能性は高いように思われる。

第二には、偶然、『新長崎市史』編さん時の資料の行方を知ったことにある。一次史料を含む歴史史料の保存などに関わる問題であり、17～18年における長崎県立図書館の移転問題や地域資料の行方とも関わる問題であった。さらに、それは市史編さん業務という行政事務に関わる公文書管理の問題でもあった。散逸の危機にあった（すでに散逸してもいる）こともあり、公文書それも歴史的公文書の保存・活用について強い危機感をもった。

最後に、資料保存運動といった観点から、地域資料を受け入れるアーカイブズ機関の現状の貧困さ、博物館や図書館の問題点や長崎での文書館の不存在など、常日頃から感じていることは多い。だからこそ、郷土資料センターには積極的かつ主体的に地域資料の収集・保存・公開に取り組んでもらいたいと考えている。そして、私だけに限らず、そうした活動に関心をもち、協力したい者は多いはずである。

「公文書」と「私文書」の区別、あるいは、行政資料と地域資料の区別はあるが、長崎県の公文書管理や地域資料に関心がある者は多い。長崎県の文化、地域の発展に郷土資料センターには期待したい。

1　会議の構成メンバーは、大串夏身（昭和女子大学）、岡島尚志（近代美術館フィルムセンター）、常世田良（立命館大教授）、渡部幹雄（和歌山大図書館長）、長崎県内からは、本馬貞夫、若木太一が参加している。2013年11月24日に第1回、翌14年2月2日に第2回、2月23日第3回が開催された。

2　資料3の「3　公文書コーナーの設置について」では以下のように記している。

県総務部では、平成12年に制定した「歴史的文書等の収集及び保存に関する要領」の中に27項目の収集基準を定めて、保存期間が満了した文書のうち歴史的、文化的価値を有すると認められるものを歴史的文書として収集、保存している。平成25年3月末時点で、約5900冊の歴史的文書を長崎市鳴滝の旧県立女子短期大学の施設に保存しているが、この施設については老朽化や耐震性の問題があり、長期的な利用が困難であるため、郷土資料センター内に「歴史的文書」の保存スペースを確保する。

また、この歴史的文書を県政の歴史を伝える県民共有の貴重な財産として、広く県民に公開していくこととし、サービスの充実を図るため、郷土資料センターと歴史的文書の利用に関する受付の窓口及び閲覧スペースの共用化を図る。さらに、今後、文書ファイルの中に収められている個々の文書の件名リストを整備したうえで、ホームページを活用したオンラインによる検索機能の付加や利用手続の円滑化のための関係規程の整備等、歴史的文書をより広く県民の利用に供するための効果的な運用について検討を行っていく。

3　なお、郷土課職員の執務は2021年11月から、竣工した郷土資料センターにうつり、ミライon図書館資料の取寄せ貸出・返却等の業務は引き続き、なるたき図書館で行われる（22年2月25日まで）。

資料の移転（書庫への配置）など郷土資料センター移転等については、業務委託の入札が行われ、9月末にナカバヤシ（株）福岡支店が650万円で落札して行うこととなっている（長崎県庁ウェブサイト「郷土資料センター移転等業務委託の入札結果」21年10月1日）。

4　ミライon図書館ウェブサイトの「図書館概要」のページに掲載され公開提供されている。館の沿革や施設概要、利用案内だけでなく、資料として蔵書状況や利用状況などが掲載されているほか、当年度の事業計画も記載されている。毎年、7～8月ごろに開催される図書館運営協議会の資料になるようである。

5　こうしたあり方は、図書館ゆえかもしれないと思われる。文書館や博物館などでは、家文書がそうであるように、史料の原秩序やまとまりが意識された整理・保存がなされていくが、図書館（長崎県立図書館に限ってかもしれないが）では、まとまりよりは分類・分散して、利用に供される傾向があるように感じられる。「長崎県立図書館郷土資料取扱要領」では、第8条で「郷土資料の分類、整理は日本十進法分類表（NDC）に準じて行う」とある。分類しての整理は利用者にとっては一長一短であろう。

6　「図書館法」や「図書館の設置及び運営上の望ましい基準」では「郷土資料」ということばが使われている。郷土資料センターの名称も「図書館」を意識したためかと思われる。本稿では地域資料という表現を多用しているが、それは「当該地域を総合的かつ相対的に把握するための資料群」で「地域で発生するすべての資料および地域に関するすべての資料」であるともされ、その意味で使用している（蛭田廣一『地域資料サービスの実践』日本図書館協会、2020年）。

長崎の原爆資料を残すために

山口　響
（長崎の証言の会）

広島・長崎への原爆投下とアジア太平洋戦争の終結から76年以上が経った。この間、とくに若い世代やメディアなどを中心に「私たちは戦争体験を直接聞ける最後の世代」だということが繰り返し指摘されてきた。それに比べると、戦争体験世代がこの世からいなくなったとしても様々な資料は遺されるし、資料は語りつづけるという側面は比較的注目されてこなかったのではないだろうか。

そこで、この文章では、長崎原爆をめぐる各種資料の現存状況を確認すると同時に、資料を残していこうとする際にぶつかる困難について、整理しておきたい。

主な資料群

２０１９年から21年にかけて、この特集に寄稿している木永勝也さん、四條知恵さん、私を含めた数名で、長崎の市民や被爆者の被爆後・戦後の体験聞き書きと、長崎原爆をめぐる諸資料の保存状況について調査を行い、その成果をこのほど、長崎原爆の戦後史をのこす会編『原爆後の75年―長崎の記憶と記録をたどる』としてまとめた（書肆九十九、２６００円＋税。店舗、オンライン書店などで購入可能）。

この節ではまず、その第2部「資料調査報告」を要約する形で、長崎原爆をめぐる主な資料群を紹介していく。

民間の保有資料で最も整理状況がよいのが、長崎総合科学大学の木永勝也さんが整理にあたっている「渡辺千恵子関係資料」であろう。「長崎原爆青年乙女の会」などで活躍した被爆者・渡辺千恵子の遺した資料を、日比野正巳が総科大に寄贈したものである。「長崎原爆乙女の会」（その後、長崎原爆青年乙女の会）が発行した『原爆だより』（のちに『ながさき』に改題）を中心として、図書・雑誌・各種パンフレット、諸団体の資料、写真、手書き原稿、書簡・ハガキ、車いすや編み機などのいわゆる「モノ資料」など、多様に残されている。長崎原爆に関わる個人の遺した資料のコレクションとしては、もっとも包括的なものであると思われる。

次に、長崎原爆被災者協議会（被災協）の資料が挙げられる。図書・冊子類、総会資料・会計資料・日誌などの事務局資料、被災協関係の個人が記録・保有などしていて被災協にそのまま置かれていたり寄贈されたりした資料がその主なものである。最後の個人資料に関しては、かつて事務局長を務めた葉山利行の遺した資料が、詳細なメモ・日誌などもあって最も包括的である。これよりもはるかに量は少ないが、杉本亀吉・谷口稜曄・山口仙二といった人々の個人資料もある。

この他に、まだほとんど手が付けられていないが、被災協で事務局長を30年以上務め、21年6月に亡くなったばかりの山田拓民さんの資料がある。

私たち「長崎の証言の会」にも、鎌田定夫・信子夫妻と川崎キクエの遺した「鎌田・川崎資料」、20年に逝去した内田伯さんの「内田資料」がある。

先述の『原爆後の75年』では、これ以外に資料を保有する民間の組織として、浦上キリシタン資料館、岡まさはる記念長崎平和資料館、長崎市婦人会、真宗大谷派九州教区長崎教務支所を特に取り上げている。

言うまでもなく、資料を保有していると思われる組織はこれだけではない。私たちは、学校や宗教、文化、メディアなど約150団体に対してアンケートを送り、原爆や長崎の戦後をめぐる資料の残存状況の把握に努めた。それぞれの団体の「過去の歩みについてわかる何らかの資料」を所蔵していると回答したのは、その3分の1にあたる47団体しかなかった（『原爆後の75年』でアンケートのまとめの考察をしているので、そちらを参照されたい）。

これらはすべて、民間で保有されている資料である。これに加えて、民間からの資料を寄贈等によって入手した公的機関がある。

最も多くの資料を保有するのは、当然ながら、長崎原爆資料館である。現物資料（被爆瓦など）が約1万1千点、記録資料約4000点、写真約4000点、美術品（絵画など）約1000点の計約2万点もあるという。しかし、これらの資料のほとんどは、通常、市民の目に触れることはない。なぜなら、これらは展示されないと表に出てこないからだ。たしかに最近では、オンラインの「長崎原爆資料館収蔵品検索」や、オンライン展示「Google Arts & Culture（長崎原爆資料館）」などがあり、資料館現地に行かなくても見ることができる資料は増えてきている。しかし、その2万点に関する資料目録が作成・公開されていないし、所蔵資料閲覧のための制度もないので、資料館の外部からは、一体どんな資料が所蔵されているのか把握する術がない。（このような十把一絡げな言い方はよくないかもしれないが）原爆「資料」館ならぬ、原爆「死蔵」館と時に批判されているのは、このためである。

なお、原爆資料館には図書室も併設されていて、秋月辰一郎や本島等の遺した書籍がそれぞれ「秋月文庫」「本島文庫」として所蔵されている。特に秋月文庫には、被爆者運動や平和行政などに関する貴重なパンフレット類などが充実している。

もう一つの公的機関として、長崎県立図書館がある。現在は郷土課、来年3月以降は「郷土資料センター」としてリニューアルされる組織が主として原爆関連資料を扱う。しかし、この組織はあくまで図書館であって、書籍（いわゆる刊本）。複製物であって、他所でも入手できる可能性のあるもの）以外の民間保有の郷土資料の収集にそれほど熱心ではない。原爆関連では「福田須磨子氏旧蔵資料」がほぼ唯一のコレクションだと言ってよいが、コレクションとしてわかる形での説明がどこにもなされていないため、資料の存在自体がほとんど知られていないものと思われる。しかも、福田須磨子資料を県立図書館が収集したのは、同図書館が収集に力を入れている「長崎ゆかりの文学」関連だからであり、文学に関係しないと思われる原爆関連の資料を県立図書館に持ち込んでも、寄贈を受け付けるかどうかは微妙だ。

もうひとつ、長崎歴史文化博物館もある。原爆資料館とはちがってオンラインの資料検索も比較的充実しているし、資料閲覧室もあるが、所蔵資料のほとんどが近世期までのものであって、昭和以降の資料はあまりない。

なお、これらの公的機関に関しては、郷土資料（民間資料・地域資料）の収集だけではなく、公文書の保存・公開の問題もあるが、それらについては本特集の四條さん、木永さんの文章で詳しく論じられているのであわせて参照されたい。

個人が資料を保有するケース

このように、資料が少ない、少ない、とは言いながらも、まったく残されていないわけではないし、今後も多くの資料が発掘される可能性は高い。しかし、発掘されるまでには——言い換えれば、個人の持ち物が「資料」になるまでには——幾重もの困難がある。ここでは、「個人が資料を保有するケース」「団体が資料を保有するケース」の2つに分けて考えてみる。

上記で見てきたような資料群は、もともとは個人所有であることがほとんどだ。人知れずこの世のどこかに存在している資料が、たいていはその所有者が死亡した後に他人の目に触れるようになるまでのシナリオをいくつか想定しておかなければならない。ここでは、原爆・被爆、あるいは、より広くアジア太平洋戦争一般に関する資料に限定する。

第一に、被爆者団体などでの活動歴がまったくない、さらには、被爆者や戦争体験者としての自意識すらほぼ希薄であった個人の資料の場合である。このような場合は、資料が表に出てくる可能性はかなり低い。なぜなら、日記や手帳、メモ類などが残されていたとしても、そこに何らかの社会的意義があると考える遺族はほとんどおらず、せいぜい、故人をしのぶ思い出の品、という捉え方になってしまうからだ。ここで言う「社会的意義」とは、その資料を見ることによってその世代の人たちの想いや彼らの生きた時代状況がわかる、さらには、それらの資料を使ってひとつの歴史像を構築することができる、という意味である。資料の保有者が存命の場合でも、「自分の人生は人様に語って見せるようなものではない」とたいていの人は考え、自分の持ち物が他人にとっては「資料」になりうる可能性が頭をよぎることはほとんどない。他人が関心を持つような人生は、NHKの番組「ファミリーヒストリー」でやっているような有名人の人生だけだと考えてしまうのである。

第二に、被爆者団体などでの活動歴はあっても、メディアに登場するような有名人ではない場合である。実際のところ、私たちが把握している元々は個人所有の資料も、そのほとんどが「有名被爆者」所有のものだ。組織の中にあって目立たず活動を下支えしてきたような方々の資料は、なかなか人目につきにくい。しかし、被爆者運動の全容を解明しようと思ったら、本当に集めなくてはならないのはこの手の資料だ。

第三は、有名な被爆者・戦争体験者の場合である。この場合は、後世のために自覚的に資料を保存している場合も少なくないが、そうであっても、それらが容易に収集対象になるとは限らない。ここでもやはり、ポイントは故人と遺族の関係である。故人と遺族との間柄がきわめて親密である場合は、故人のことを忘れられない、忘れたくない遺族が、かけがえのない思い出の品を他人にとっての「資料」とは認めないことがある。反対に、家族・親族内での故人と遺族との関係が疎遠あるいは険悪なものであった場合にも、外部の人間が資料にうまくアクセスできるとは限らない。なぜなら、このような場合、故人のことを早く忘れたい遺族が、死後にすぐ遺品をすべて処分してしまったり、あるいは、触れたくないものとして放置してしまうことが多いからである。

このように、個人が保有している（あるいは故人が遺した）資料を他者が利用できるようになるまでには、数多くのハードルを越えなくてはならない。

考えうる解決策としては、生きている間に自分のもつ資料をある程度整理しておくこと、死後に資料をどう扱ってほしいかを遺言で指示しておくことである。原爆・戦争をめぐる資料の場合、当事者が高齢化しているだけに、このことは特に緊急の課題だ。

私自身は45歳だが、あすどこかで転んで死ぬかもしれないし、うまくいけばあと50年くらい生きるかもしれない。資料保存の問題に関わるようになってからは、自分のもつ資料が死後どうなってしまうのだろう、などと時たま考える。「こんなもの誰が見るんだ」という心の声も聞こえる。しかし、他人に「資料は取っておけ」と偉そうに言うからには、自分もそれができていないとおかしい、とも思う。このメールは消しておこうか、部屋を片付けておかないと恥ずかしいな、などと余計なことで早くも頭を悩ませてしまうことにもなるが。

団体が資料を保有するケース

さて、団体の場合は、個人よりも多様な形態の資料を保有していると考えられる。たとえば、日誌、会議録、会計簿、名簿、各種のメモ、手紙・はがき、名刺、写真、カセットテープ・ビデオテープ、機関誌、各種冊子類、ビラ・チラシなどである。

それでもなお、原爆をめぐる資料が他人の目に触れるまでにはいくつかの障害がある。ここでもまた、考えうる解決策もあわせて提示してみる。

①そもそも資料など作成していない。

会議用のメモにしても議事録にしても、そのようなものをいちいち丁寧に作成し、それをきちんとファイルしている団体の方がかえって珍しいかもしれない。小さな団体になればなるほどそうであろう。

【解決策】 会議録などを、簡単でいいから自覚的に残す。

②作成していても、個人で持っている。

組織が小さい場合や創成期の場合、ワンマン組織の場合などは、事務局機能と事務局を担う個人の活動が未分化なので、本来は団体で管理しておくべき資料を個人が持っていることが少なくない。被災協や証言の会のような比較的大きな団体ですらそうである。

また、歴史が長い団体は、事務所を移転するたびに、個人宅にいったん資料を運び込んでそのままになっている、ということもあるだろう。

【解決策】 団体で保有しておくべき資料を個人で持っていないか、会員などに呼びかける。

③事務所・倉庫にどんな資料があるか把握していない。

何があるか把握していなければ、実際には存在しないのと同じである。上記で紹介した、約150団体に対する所蔵資料アンケートでも、原爆・被爆に関する資料を明らかに持っていそうなのに、「所蔵なし」と回答した団体が少なくなかった。自分たちが何を持っているか、その中に何が記録されているかをわかっていなければ、それは「資料」とはならず、したがって「所蔵なし」という回答になってしまうのもやむを得ないのかもしれない。

【解決策】組織の持ち物を棚卸しする。そこまでいかなくても、まずは机の中や書棚、倉庫などをあさってみる。

④外部に協力者がいない。

団体のもつ資料が「宝の山」であると自覚していても、たいていの団体は忙しく、資料を後世に残すところまで手が回らない。これは、資料の扱いについて頼ることができる個人や組織が外部に存在しない、あってても知らないことが一因であると考えられる。そこで最後に、資料の「受け皿」の問題を考えておきたい。

「受け皿」問題

「寄贈先がないから資料を処分せざるを得ない」という資料保有者側の言い分と、「資料を寄贈する人がいないから資料受け入れにそれほど力を入れる必要がない」という公的機関の言い分は、結局のところ「ニワトリが先か、卵が先か」の関係だ。長崎の原爆関連資料については、「資料の受け入れ先がない」こととと「資料の寄贈がない」こととの間で悪循環に陥ってしまっている。

しかし、公的な資料の受け皿がしっかりしていれば、遺品など自分の持ち物を「資料」とみなしてそれを寄贈しようかという個人は出てくるし、そうして寄贈の慣行が定着してくれば、公的な受け皿もますます充実してくるであろう。そのような「正の循環」をどこかで生み出す必要がある。

その場合、動き出すのは、個人が先でも、公的機関が先でもかまわない。ただしその際、資料を保有する個人・団体の側は、寄贈先としてどの公的機関を選定するのかを慎重に考える必要がある。県立図書館であっても原爆資料館であっても、寄贈を試みて断られた場合は、断られたという事実そのものが、「受け皿」の充実を市民が公的機関に求めていく際のひとつの素材になる。また、資料そのものは当面個人の手に残り続けるので、それほど問題は大きくならない。

それよりも困った事態は、公的機関が後先を考えずに寄贈資料を受け入れ、そのまま事実上「死蔵」状態になってしまう場合である。現在の長崎のように、公的機関による歴史資料の受け入れ・公開体制が十分に整っていない場合は、自分が資料を寄贈しようとする機関が、資料活用に熱心であるかどうかを十分に見極める必要がある。

私もメンバーの一人となっている「長崎の近現代資料の保存・公開をもとめる会」では、県立図書館や原爆資料館などの公的機関に対して、民間で保有されている郷土資料の受け入れを加速すること、すでに所蔵している資料を公開する体制を整えることなどを求めて、活動しているところだ。

この点で長崎は広島に著しく立ち遅れている。原爆投下からすでに76年。いま「受け皿」の充実を図らねば、被爆者や長崎の人びとの生きてきた記録が、次々と失われてしまうだろう。

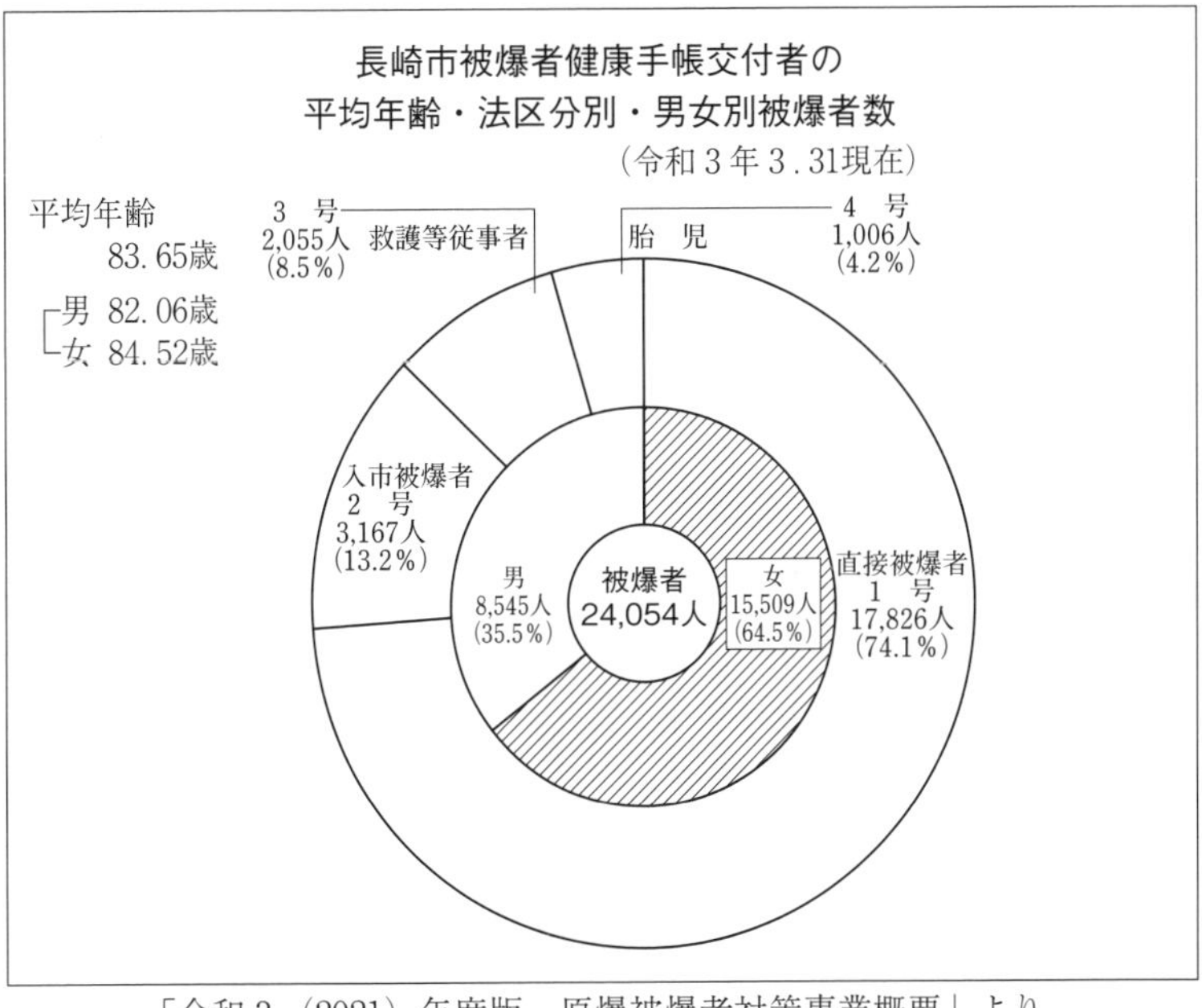

「令和3(2021)年度版 原爆被爆者対策事業概要」より

「原子爆弾被害状況調査」（石田穣一）について

森口　貢
（長崎の証言の会）

故内田伯氏の遺品整理で39ページの資料「原子爆弾被害状況調査　八・九　対長崎」を入手した。著者は石田穣一氏である。内容を見ると、第一から第六に分けて克明に記されている。

第一では、八・九当日の状況を4ページに渡って記入。第二では、被害数（家屋被害と人的被害等について）8ページ。第三では、総括的被害について、爆心地と爆心より半径500メートル以内から8000メートル以上から13キロまでと、その他の被害状況について4ページ。第四では、個々の地点の被害について、第五では、原子症状について4ページ、**第六では、「町のうわさ、結言」**として4ページに渡って記されている。

この調査を読んで特に気になった箇所は、第六の「町のうわさ、結言」の部分であった。それで、この「原子爆弾被害状況調査」を書かれた石田穣一氏に直接お会いして尋ねることにした。

石田穣一氏は沖縄県那覇市に居住されていた。氏は、長崎原爆後に発表された手記『雅子斃れず』の著者・石田雅子氏のお兄さんで、ご尊父は、原爆当時、長崎地方裁判所長として赴任されていた石田寿氏であった。石田穣一氏は1928年生で、長崎原爆投下の8月9日のときは、（旧制）成蹊高等学校の学生で東京に居住していたが、学徒勤労動員で海軍技術研究所での短波放送を傍聴して、敵の情報分析の仕事を命じられていた。そんな中、「アメリカの情報で広島、長崎の新型爆弾投下を知り、目の前が真っ暗になった。長崎には父とすぐ下の妹・雅子がいるが、被爆したに違いない。こんな恐ろしい爆弾ではとても助かりっこないと思った」という。

東京の小石川に石田家の自宅があったが、１９４５年3月10日の東京大空襲に続き、4月、5月の空襲で小石川の自宅が焼滅したので、学生寮に居たということだ。8月15日、日本は敗戦となり、戦争が終わった9月に赴任先の長崎に居る父と妹に会いに東京から長崎へ来たが、雅子さんは治療で九大の病院にいて、お父上も所用で居なくて会えなかったということだった。その翌年にあらためて長崎市八百屋町にあった官舎住まいのお父上の元に来崎したということだ。

その後、東京大学法学部を卒業されて裁判官になり、１９９２年に東京高等裁判所長官を経て、１９９３年定年退官され、御夫婦で沖縄に移住された。そこで「ゆたかはじめ」のペンネームでエッセイを書かれているが、『汽車ポッポ判事の鉄道と戦争』に戦争当時の父上や妹の雅子さんの長崎への赴任の様子などが詳しく書かれている。

原爆投下前の１９４５年4月頃、汽車を乗り継ぎ、6日から8日にかけて父の赴任先の長崎に来た。当時長崎は要塞地帯ということで重苦しい感じだったが、それでも東京と違って、電気の点いている町並みにホッとしたものだった。敗戦の次の年長崎に来て父に2日に渡って原爆当時の様子を聞いた。そして原爆投下の跡の長崎は死の町であった。

高校生の穣一氏は、地理研究部というサークルを結成して、廃墟になった日本を立て直そうと考えた。東京から長崎までの汽車の旅で見たのは、日本中廃墟の町であった。長崎では「原爆で70年は草木も生えないという」という話が広がっていた。その中で市民に元気を付けようと考えて、「原子爆弾被害状況調査」の第六パートの「町のうわさ・結語」を書いたのだという。

※これについては、次号（証言36集［２０２２年］）に詳細に記述します。

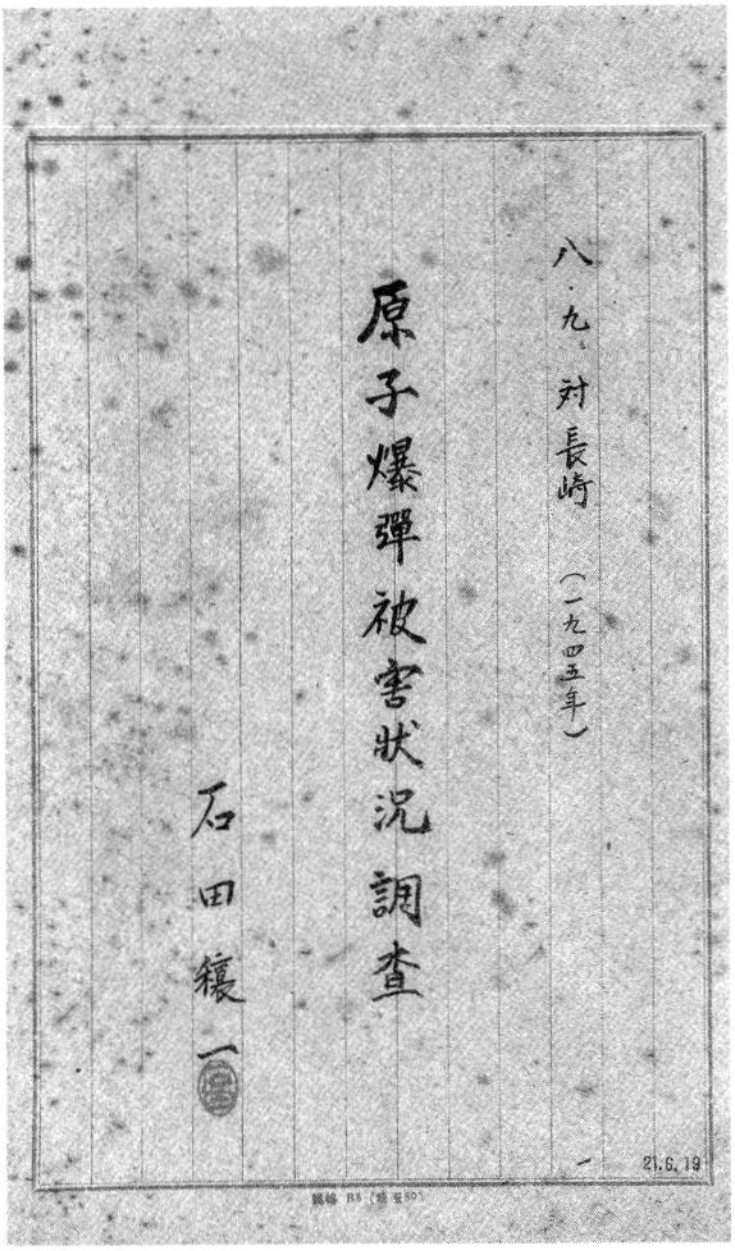
八・九　対長崎　（一九四五年）
原子爆弾被害状況調査
石田穣一
21.6.19

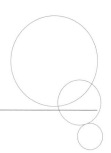

証言

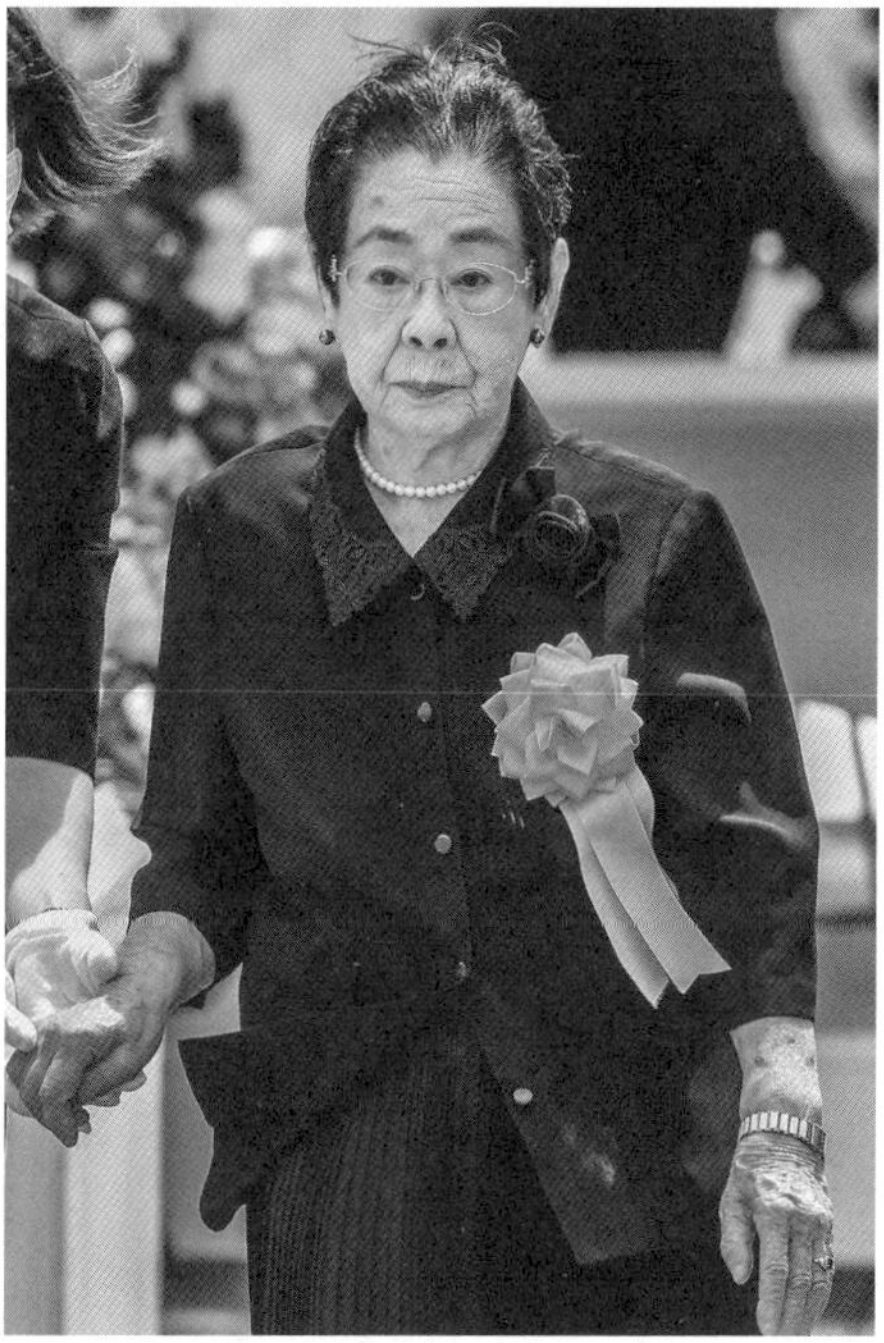

「平和への誓い」を読み上げた
被爆者代表の岡信子さん、2021年８月９日
（写真提供　長崎新聞社）

日赤救護班として、新興善国民学校救護所で働いて

〔証　言　者〕中川ハルエ
〔ま　と　め〕森口　貢

この手記は、中川ハルエ様の遺族（娘さんの赤星たつ子様）から長崎の証言の会に送られてきたものです。

第一信
「先日お電話した赤星です。
母が亡くなった日と宅急便の中に入っていた長崎の証言の会の記事が一緒で、母が私に何かを託した様に思えました。
亡くなった今もう少し聞いておけば良かったなあと思ったりしています。
被爆した人も段々少なくなって、活動も大変だと思いますが、これは伝えていかなければいけないと思います。頑張ってください。

海軍病院で出会って結婚した両親です。二人の思いを胸に私も生きていこうと思います。よろしくお願いします。　赤星　たつ子」

第二信
「お世話になっております。
母の遺品の中に日赤の特集号があったので同封します。お役にたてたら嬉しいです。二〇二一年二月六日に七七日の法事をすませました。でも、まだ洋服等手つかずです。森口様もお体大切にお過ごしください。
赤星　たつ子」

戦争の記憶を伝え続けたい

中川ハルエ（89歳）

日赤救護班として19年5月佐世保海軍病院に、兵隊さん同様、役場より召集令状を受けて、村の皆様、熊本支部より668班21名他高知班、和歌山班と救護を共に働いた。熊本駅より、先生、学校の生徒さん方大勢、赤十字旗、日の丸旗、ちぎれる程振って見送って下さった。県民の皆様方、有難うございました。8月9日、長崎原子爆弾投下により、早速日赤668班熊本班は、佐賀武雄分院より長崎市へと列車で向かい、長崎駅で下車して（道の尾駅の誤認ではないか：編集部）、徒歩で新興善国民学校救護所特別施設へ救護に向かい夕方辿り着きました。道の両端の草木も緑色はすべて茶褐色になり、家は倒れ畠には死亡した牛がころがっていました。道行く人も少なく、背負われたり、火傷、怪我の人達ばかりで、子供を背負った人に会い、元気なくだらりとした人を少し見かけました。今日初めての夕食は、御飯1杯出されたけど、おかずは何にもなく、白砂糖をふりかけて食べたのは、思い出の一つです。塩もありませんでした。遅くなって、軍のトラックで色々食糧品が届きました事を覚えています。

学校の窓は、ガラス一つなく、8月の暑い日が続く中、床の上には、怪我した男女の人達で、足の踏み場もない位横たわっていました。苦痛に身悶え、激しく体を動かしたり、大声で叫んでいる人もいました。翌日、オニギリ2コずつ分け与え、広い教室も3ヶ所、立って歩くのもやっとで、怪我人で一杯でした。「死にたくない、死にたくない」と叫んでいる満州からの留学生という青年は夕方亡くなっていきました。あんなに多かった患者さんも少ししか残っていませんでしたが、翌日になると、又、兵隊さんが次々とこのような患者を運びこまれて、教室は怪我人で、一杯になりました。それでも、死亡する人は多く、亡くなった人は担架で運動場の隅に山程、置くのではなく積み上げるのです。3日程して油を流して焼却です。それの繰り返しでした。

傷口からは、膿が出て、小さなうじ虫が一杯わき、髪の毛や眉毛も抜け、体中にガラスの破片が刺さっている患者もいて、本当に目も当てられない有様でした。痛いとも云えず、苦しそうなうめき声、薬品は不足しており、バケツに海水を汲んで、ガーゼに浸して傷口に当てたり、まさに毎日が戦場そのものでした。生地獄そのものです。消毒液も少なくなり、1ヶ月の労働で皆、海軍病院に白衣にて入院となり、1週間位で退院、嬉野病院勤務となりました。

佐世保海軍病院では一兵士さんの片腕切断でした。軍医さん2名、甲種看護婦5名、準備する間に、「武士は喰わねど高楊枝、腹がへっては戦さが出来ぬ」など、お喋りしていました。きっとご飯もほしかったのでしょう。と、手術台の周囲に、軍医、看護婦5名立っていました。手術整った所で、突然手術台の兵士が、急に声をしぼり上げ「天ー皇ー陛ー下ーバンザーイ」と、切なく叫びました。皆、直立不動の姿勢になり、兵士に敬礼しました。間もなく、天国へ召されていきました。今も涙が出ます。皆、敬礼して手術止め、国思う心、陛下の為に生命を投出して戦った兵士の最後は、五十過ぎた今も、深く心に刻み込まれて忘れられません。

8月15日停戦になり、12月30日、解散となりました。忘れられない思い出です。

昭和26年5月、戦争中は100個班従事でした。

（手記終わり）

中川ハルエ様の遺品の「日赤特集号・卒業後50年」の中に、中川ハルエ様の手記もありました。その手記と「戦争の記憶を伝え続けたい」の手記を合わせて記載しました。

その特集号に、西島スマ子さんの手記があり、中川ハルエさんと一緒に活動した同じ新興善国民学校救護所の様子が書かれていたので、参考までに一部を引用します。

「…武雄から汽車、トラック、と乗り継ぎ、後は歩いて爆弾で壊されたまだ燃えくすぶっている街を新興善国民学校の救護所に向いました。そこで見たものは、筆舌に絶する状況でした。2階（実際は3階）建ての校舎の窓は、皆爆風で、みじんに割れ、窓わくはゆがみガラスは1枚もありません。その散らばったガラスを掃き寄せた教室の板の間にボロボロに焼けただれた人々が敷くものも掛ける物もなく苦しみ弱って横たわっておられました。次々と防空壕から運び出されて来る人々の数は数えきれず、ただ呆然と息をのみました。呆然と立ちすくんではおられません。直ちに勤務割り当て、救護にかかりました。

治療といっても薬品も乏しく、治療の方法も火傷の治療として「ボール水」（ホウ酸水）をじょうろに入れてかけて廻り、バケツに泥状に溶かした薬に布を入れ、次々に患者にのせて行きました。給食は当然のこと、いろいろ混じった黒いおにぎり一ヶと、乾燥野菜の塩汁でした。私たちも同じものをいただきましたが、野菜でなく草が入っていました。（女学校の頃、勤労奉仕で乾燥野菜を作っていましたのでわかります）そんなものでも口にできる人はいい方です。毎日、次々と死亡されます。死亡すると、体についていた「うじ虫」が離れて四方に散りますので、そばに寝ている人は、ウジが来るので早く死体をかたずけるようにと言われます。夜間は小さな懐中電燈をたよりに、死体を校庭の隅に作られた場所に置きに行きます。安置するのではなく、積み上げるのです。

二階から遠くを見ると、あちら、こちらで火葬の火が毎日絶え間なく燃えています。それを見ていますと、体が震え、涙がとめどもなく流れ、心がはりさける思いでした。

何日勤務したか無中なので日数などおぼえていません。救護班も集まり、救護の体制も整いつ、あって私達は引き揚げました。…」（句読点、表現も、原文の通り）

原爆投下の長崎の救護の状況をこの手記を読んで、私自身、涙なくては読めませんでした。あらためて、核兵器の非人道性を訴えるものです。（後記：森口貢）

山下チヅ子さんの証言

中川ハルエ様の妹で、天草市にお住まいの山下チヅ子さんに、お姉さんについて聞き取りをしました。

私は、1930（昭和5）年7月18日、熊本県天草郡本村平床の松下家で11人兄姉弟妹として生れました。兄（次男）の忠平は輜重兵上等兵で、中支戦線にて1939（昭和14）年に戦死しました。

姉のハルエは、私立熊本高等家政女学校に入学して、卒業後の昭和17年に京都第一赤十字病院甲種救護看護婦養成所に入学、昭和19年5月に熊本日赤支部から

６６８班21名で佐世保海軍病院に召集令状を受けて赴任しました。姉は、熊本駅より赤十字旗や日の丸旗を振っての見送りを受けて出発したのです。

私は、本渡にあった県立本渡女学校に通学していましたが、本来は４年制だったのに３年で卒業させられて、勤労奉仕に従事することになりました。勤労奉仕では、卒業した本村尋常小学校高等科の生徒達に藁草履の作り方を教えたりしました。米を栽培しても供出で手元にはほとんど残らないので、大根などを混ぜて量を増やして食べました。供出する芋は選別するのです。傷があるのは残して、きれいな芋だけを出すのです。又、原野の開墾などもさせられました。学校では長刀を習ったりしました。

姉が熊本に行く時は、本渡から船で行くのですが、見送りに村中みんなで行きました。その姉が、原爆投下後の長崎で負傷した人々の救護活動をしたことは知っていましたが、詳しくは話してくれませんでした。あまりにも悲惨な状況を、話せなかったのでしょう。

英語版『証言　長崎が消えた』
長崎の証言の会・編集発行（全２１０ページ）

２００６年に長崎の証言の会が発行した『証言長崎が消えた』の英語版が、２００９年８月９日の長崎原爆記念日に発行されました。２０１６年５月、英文を全面的に見直して、３訂版を発行。

長崎の証言の会発足から40年にわたって集めた被爆体験記録の中から30人の証言を英訳したものです。内容はグラビア８頁、証言２１０頁。巻末にはノーベル平和賞受賞者17名による「ヒロシマ・ナガサキ宣言」を収録しています。

（注文は直接、証言の会へ。頒価1500円(税込)＋送料
ＴＥＬ・ＦＡＸ０９５（８４８）６８７９）

Voices of the A-BOMB Survivors
NAGASAKI

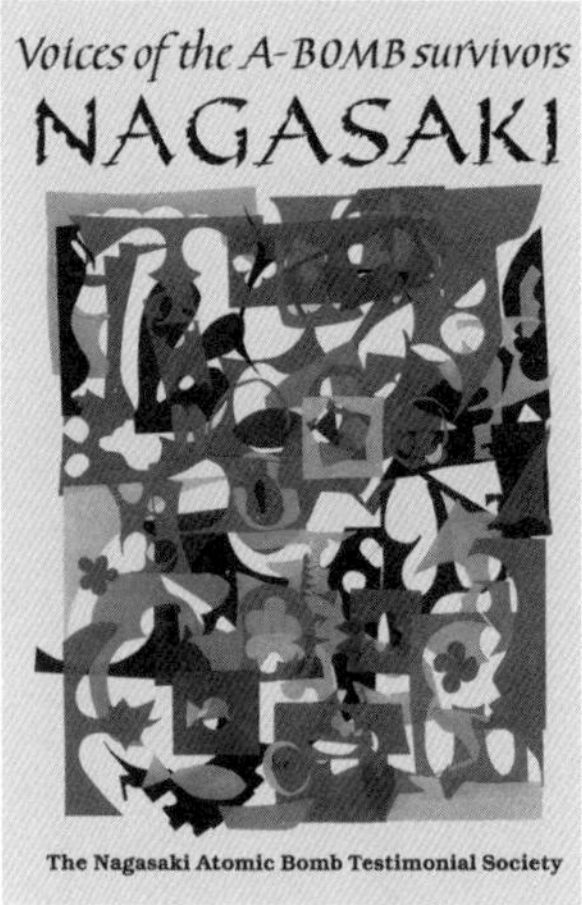

The Nagasaki Atomic Bomb
Testimonial Society

私の被爆体験記

［証　言　者］西村　勇夫
［生年月日］1933（昭和8）年8月31日
［被爆当時］山里国民学校6年生。本原町の自宅で被爆。
［証言年月日・場所］2021年7月14日、長崎市辻町の自宅にて
［聞　き　手］森口　貢

1945年8月9日、浦上教会にて告解（罪を告白して赦しを得る儀式）して、体を清め、聖体を貰う8月15日聖母の被昇天の日を迎えるために、空襲警報が解除された10時ごろ、浦上教会に弟の昭夫や近所の友達と連れ立って出かけた。

教会は大勢の人（30人程）が来て並んでいたが、急いで順番をごまかして、並んだ人達の先に行き、片岡神父様、西田神父様が居たが、とにかく告解を早く済ませて、教会を10時過ぎに出た。後には数十名の大人、子どもたちが、告白の順番を待って座っていた。

私たちは、川に泳ぎに行く約束をして家へと急いだ。野下（地名）から平まで歩いて帰るのは、暑い日だったので、うんざりした。付近の田んぼには、雑草を採る人たちがあちらこちらに見られた。やっと木下酒屋の前まで来た。この日は本原地区の酒の配給日になっていて、老人や子どもたちが4、5名、一升瓶をぶら下げて順番を待っていた。ここには柏の木が立ち並び、涼しい店の中や道端は、ひと休む所として夏の名所で

あった。私たちも少し休んで家へと急いだ。家にやっと着いた。

家は農家造りで、土間が炊事場まで続いている。その奥で、母は、昼の食事のカボチャを焚いていた。家に帰ったら、母に「酒の配給があるから、取ってきて」と言われて、一升瓶を渡された。「しもた」と思ったが、下の木下酒店まで行こうとした。しかし、腹が減っていたので、弟と一緒にご飯を食べようと、軍需工場で働く姉たちの弁当メシの残りを手で握ろうと、杓《しゃ》もじを飯の入った釜に入れたその瞬間だった。「ブーアー」と異常な爆音「ピカッ」、稲妻が10本位束になって、光と同時に、家がつぶれてきた。家は藁ぶきの家だったが、太い梁や柱があり、壁の下敷きになった。気を失って何分経ったか分からない。母がしきりに「勇夫、勇夫」と狂ったような声で私を呼んでいた。幸い梁の下敷きにはならなかったが、梁の間に挟まって身動きが取れなくなった。「苦しい」。左腕には親指大の壁の竹が突き刺さって貫通寸前。必死の思いでもがいて、竹を抜いてわずかのすき間に出た。母は、梁に挟まって、大怪我をして、頭や顔が血まみれだった。私は、足を踏ん張って、何とか梁を動かした。母が自分の前掛けを半分に引き裂いて私の腕に巻き、残りの半分を自分の頭に巻き付けて、「一刻も早く外に出よう」と言うが、出口がない。どうにか屋根を下から破って、倒れた家から外に這い出した。とたんに腰が抜けた。

街は火の海、周囲の大木は倒れ、部落に家がない。私は「一発の爆弾ではない。太陽が地球に落ちて異常現象が起きたのだ」と思った。母は、「爆弾が家に落ちたのか、なんでこうなったのか、世界の終りばな」などと言う。側にいた弟がいない。弟は、炊事場の井戸の側まで吹き飛ばされていた。母は呆然として、腰を抜かし、ガタガタふるえてその場に座って動かない。弟は、けが一つなく、ふるえながら立っていた。倒れた家を抜けだして、外を見たら浦上全体が燃えていた。見慣れた教会が無くなっている。塔が無い。何が起こったのかわからなかった。何でこうなったのだと言いながら、3人抱き合って、「誰か部落の人が、いるところに行こう」と、歩き出した。家の前近くの田圃で仕事していた人達もいないし、家もない。太陽が光って、世界の終りだろうと思った。自宅の下に家があったが、影も形もなく、人間でない亡霊みたいな者が立っていた。頭はスズメの巣みたいで、腰に少し布を巻いて、身体中は焼けただれて顔の皮膚はたれ下がり、見る間に容相が変わっていく。

その人が「助けてください」と母の名を呼んだ。母は「あんたはだれなあ」と声をかけたら、なんと、この家のおばさんだった。私は、いつも可愛がってもらっていたおばさんとは、どうしても思えなかった。「勇夫さん、水ば飲みたか」と言ったので、私は左腕の出血を押さえて、夢中で下の小川へ走った。小川には、火傷した人が水を求めて、腹ばいになったり、横になったり、顔も身体も、皮膚がぼろぼろ、誰が誰だかわからない。地獄みたいだった。

小川はいつもの川ではなく、瓦礫の山で濁り、飲める水ではなかったが、わずかばかり、ブリキ缶の破れを拾って水を汲んだ。左腕の出血が混じり、水は持って行く間に、赤く染まったが、おばさんは、水をがぶ飲みされて、「うまかった、ありがとう」と言って、横になられて休まれた。母が、しきりに、おばさんの名を呼んでいた。

家の前方には小高い山があって、2つの防空壕があった。この防空壕は、朝鮮の人達が掘っていた。憲兵の人達が朝鮮の人を連れてきて掘らせていた。この2つの防空壕は、奥の方で繋がるように計画していたらしいが、まだ繋がっていなかった。私達3人は、とにかくその防空壕に行った。近所のたくさんの人達が来ていたが、ほとんどの人は火傷や怪我をしていて、着ていたものはボロボロだった。怪我や火傷につける薬もなく、山から採ってきた草などを傷口に当てている。家族の安否を気遣って大声で叫ぶ人、「水をくれ、水ください」と叫ぶ人、「火傷した人には水をやったらいかんぞ」ときびしい声がする。壕の中の人には、水をやらなかった。しかし、身体中が焼けて一晩中「水をくれ」と叫び、うわ言で歌を歌う人もいたが、歌が終わると息絶えてしまわれた。結局は、水を与えた人も、与えなかった人も、その夜の内に、また翌朝に息絶えてしまわれた。

あの時に水を求める人に、「きれいな水を、腹いっぱい飲ませてあげていたらな」と、今も深い悔いとして心に残っている。

それからは、防空壕で過ごすことになった。食べ物が無かった。最初の頃は、倒れた家から芋を探し出したが、種イモしか残っていなくて、それを食べた。

私は、山里国民学校の6年生で、担任の先生は、木下好雄先生だった。木下先生の実家は本原1丁目で、お父さんの木下伊勢松さんは、大きな商店で、酒屋も営んでいた。私と弟はその木下商店（=木下酒店）に、酒の配給を取りに行こうしていたのであった。木下伊勢松さんの娘さんも城山国民学校の教師をされていた。木下好雄先生は、結婚して、お子さんが生まれたばかりだった。私は木下先生から、先生の昼の弁当を学校に持っていくように頼まれていた。

「その木下先生は、被爆した山里国民学校から、全身大火傷で瀕死の重体で浦上第一病院に辿り着いていたが、赤ん坊を背負った奥さんの前で、苦痛に耐えながら亡くなっていかれた。伊勢松さんは、二人の子どもの安否を気遣っていたが、口もきけない有様だった。城山国民学校に勤めていた娘さんは、消息不明だった。」【この項、秋月辰一郎医師の『死の同心円』より】

避難した防空壕の生活は、食べ物が無く、傷ついた人達の着物は、火傷でボロボロになっていて、栄養失調で次々と倒れていった。家は藁葺だったのに不思議に燃えなかった。私は「カトリックだけ、やられた」と思った。私には7人の姉がいたが、純心のシスターだった姉は、報国隊で、大橋の兵器工場で亡くなった。亡くなった人達を「こうらんば」や赤木墓地に土葬した。祖母の西村サダは、1867年の浦上四番崩れというキリシタン弾圧で、子どもの頃に萩か津和野に流刑された。浦上のキリスト教信者の人達は、「旅」と言っていた。「そこには綺麗な鯉がいたよ」と言っていた祖母は、1943年に亡くなっていた。

3日目の昼頃、大橋の兵器工場で働く姉2人が、負傷して杖をつき、やつれ果てて壕に来た。「三ツ山の山の中に逃げていた」と言う。母はしきりに泣いていた。大学病院と、学徒動員のシスターの姉2人は未だに帰ってこない。母は何年間も姉たちの消息を狂ったように尋ね回っていた。

11月頃になって、やっと仮屋を建てて移り住んだ。その仮屋は、兵器工場の鋳物場で働いていた9歳年上のきくの姉が建てたのである。大変元気な姉で、原爆投下で負傷したが、助かった同僚と一緒に三ツ山の西山防空壕に避難していたのだ。戻ってきてから、仮屋を作った。屋根は焼けたトタン板である。私もトタンを集めに行った。破壊された兵器工場近くまで行って集めてきた。幸いにも、家は壊れていたが、燃えていなかったので、柱などはそれを使った。鎹《かすがい》で柱などは留めていくのである。

「9月20日、『山里国民学校再開』の張り紙を焼け跡の要所要所に、『山里国民学校の児童は西浦上の長崎師範学校の運動場』に集まるように張ってあった。集まってきた児童は100人程だった。集まってきた児童は原爆中心地から離れていた家野町、本原2、3丁目の子ども達だった。」（林英之［被爆当時は山里国民学校訓導6年担任］の『山里国民学校廃墟の中から』より）

張り紙を見たが、「誰も亡くなった、誰も亡くなった」と気落ちして、学校どころではなかったので、行かなかった。数日後、今度は、「山里校舎に集まれ」と聞き、本原地区の生き残った十数名だけが、学校に集まった。私も学校へ行ったが、そこには火傷した子どもがいて、はたして何人生きているのか分からなかった。校舎は無惨な状態で、内部はメチャクチャに壊れ、運動場には死人の無数の白骨があちこちにあったが、何百と死体を見ていたために、何とも感ぜず、感覚が麻痺してしまっていた。校舎は負傷者の救護所になっていたため、また、床下には汚物が山積みされて、異様な匂いが鼻をついた。日が経つにつれ児童があちこちから集まって来たが、みんな栄養失調で痩せ細って、弱弱しく、衣類にはシラミがわいて、おまけに臭い。何日も風呂もなく、着のみのまま、両親や兄弟を亡くして一人ぼっちの友が数十名集まった。生き残った先生は3人と聞いた。この3名の先生が呆然と私たちを見るや、涙々で抱き合っていつまでも泣いていた。

なんと、山崎寿子先生に出会った。先生は、9日はたまたま学校に出勤していなくて助かったのである。思わず、抱き合って泣いた。さらに上野町の中心地の近くに家があった深堀悟君に出会ったのは、驚きだった。彼とは、一番の友達だった。てっきり亡くなっていたと思っていた。彼は、その日はたまたま野中の祖父の家に行っていたのである。家にいた母親も弟妹も亡くなっていた。「生きていたのか！」と言いあい、出会って嬉しかった。友達はほとんど亡くなっている中での再会であった。

「とにかく外郭が残った山里校の教室で授業を開始することに決定し、児童たちと教室の整理を始めたけれど、作業は遅々として進まない。それは無理もない。家は焼け親兄弟を失い、何の張り合いもない小さな子どもたちに何ができよう。校庭には焼け残した白骨がるいるいとよこたわっていたが誰も片づけてくれない。寒さに向かうというのに床板もなく窓は吹きさらし、これでは授業ができそうにもない。やむなく1kmほど離れた長崎師範の校舎を借りることにした。ちいさい子どもたちは焼け残りの腰掛を、大きな子どもは机を何日もかかって山里校舎から運んだ。…やっと授業をはじめたのは、11月9日、三部授業だった。…今日は1人、明日は2人と集まってきた児童を加えて300名を超えた…」（林英之『山里国民学校廃墟の中から』）

　離れた長崎師範学校で授業をするというので、机や椅子を運ぶことになった。使われる物を選んだが、ほとんどが壊れていた。師範学校までは遠くて、近道の兵器工場の中を通ることにしたが、兵器工場の鉄骨は曲がり、めちゃくちゃに壊れていたが、そこの道なき道を歩いて運んだ。何日も、何日も運んだ。

　1581名の児童の内、約1300名が亡くなった。6年生だけでも251名いた同級生のうち、190名が犠牲になっていた。

―アジア太平洋・侵略戦争―敗戦から76年を迎えて

今こそ、語り残しておきたい―私の「戦争・被爆体験」と「思想」の変革

［証　言　者］山本　誠一（元・長崎市議会／共産党議員）
（現・長崎被爆地域拡大協議会事務局長）
［生 年 月 日］1935（昭和10）年7月19日　86歳
［被 爆 当 時］10歳　茂木町立茂木国民学校　4年生在学
爆心地から8・5km／西彼杵郡茂木町で
被爆
［現　住　所］長崎市椎の木町18－18
［証言年月日］2021年6月～9月
［記録・文責］森口　正彦
（岡まさはる記念長崎平和資料館・会員）

＊はじめに―被爆者としての次世代への思い

1945（昭和20）年8月9日、午前11時2分。長崎上空に飛来した米空軍戦略爆撃機・「空の要塞」と呼称されたB29から一発のプルトニウム核爆弾が投下されたのは、15年にわたるアジア太平洋戦争末期、ポツダム宣言受諾による無条件降伏の一週間前でした。戦争史上初めてのウラニウム核爆弾が6日、広島に投下されてから3日後の長崎へのプルトニウム核爆弾による新たな核攻撃でした。

長崎市松山町上空500mで核爆発を起こした7kgのプルトニウム原爆の中の僅か1kgの威力は、想像を

絶する約4000～6000度の熱線と瞬間風速約300mを超える爆風、更に致死量に至る放射線を生じさせ、およそ9～10万人を超える命と共に、市内北部一帯の住宅、学校、病院、工場等……大小併せて数万余の建物を瞬間的に炎上させ、破壊し、ほぼ消滅させていきました。僅か一日前の8月8日までは、厳しい戦時下の中でも辛うじて「生きていたはずの街」が、一瞬の中に「死の街」へと化していきました……。

天皇制・帝国主義日本が始めた15年間に及ぶアジア太平洋・侵略戦争が引き起こした想像を絶する戦争の惨劇でした。この戦時下での日本への核攻撃を含め、アジア地域全体を巻き込んだアジア太平洋戦争での破壊、略奪、強制労働、殺戮……等で奪われていったアジア地域全体の犠牲は、そこで生み出され、受け継がれてきた幾多の文化破壊は勿論、貴い命を奪われた人達は幼少老の男女を含んでおよそ3000万人余ともいわれています。

しかし、20世紀から21世紀へ……時は確実に過ぎ去り、時代は移り変わる中、早いもので敗戦から76年目を迎えました。そして、今、私達はこの時空の経過の中で、この戦争の惨禍の記憶からさえも遠のいていこうとしています。

かつての天皇制・軍部ファシズム帝国主義国日本が、1910年に朝鮮植民地化を図り、1937(昭和12)年7月、盧溝橋での武力衝突を足場に中国へと侵略地域を広げていった日中戦争。日・獨・伊三国軍事同盟の下で「大東亜共栄圏」の旗印を掲げ、飽くなき欲望を満たすために南下政策へと転じ、本格的な東南アジア地域全体への植民地化を企図する中で、1941(昭和16)年12月8日、米・英・豪・蘭の連合国との太平洋戦争へと突入。第二次世界大戦での15年に亘る総力戦の中、1945(昭和20)年8月に敗戦を迎えるまでの時代、およそ10年間を幼少年期の私は生きてきました。

そして更に、この戦時下から敗戦後の日本に、併せて86年間を生きてきて、改めて今、私の戦争・被爆体験を語ることの意味を考える時、特に、これからの世界を背負っていく筈の世代に何を語り伝えていけばいいのでしょうか？　ただ、単に「戦争・被爆」という個人的な体験を伝えるだけで事足りるのでしょうか？何が大切なのでしょうか？

そういう意味で、私自身の誕生から現在まで歩んできた86年間を、今一度、辿りなおして、ここに「戦争・被爆体験」だけでなく、戦中から戦後にかけて、今まで何を目的に生きてきたのか？　私自身を支えてきた85年間の「生き方」と自分自身の「思想の変革」の経緯を含めて、書き残してみたいと思うのです。

＊私は、スマトラ島で生まれ、育った
―記憶の中にあるスマトラ島での暮らし―

私は、１９３５（昭和10）年7月19日、父・山本卯一郎、母・ミキの長男として、スマトラ島・東海岸のランタウプラパット町で生まれ、そこで6歳までの幼少年期を過ごしてきました。

私が誕生し、幼少年時代を過ごしたスマトラ島は、日本から約５３２０㎞。インド洋と南シナ海を隔てた、アジア南東部にある島で、長さ１７９０㎞、最大幅４３５㎞。広さでいうとほぼ日本四列島を一つに合わせたような、中央部を赤道が走る、高温多湿の島でした。東にはマラッカ海峡を挟んでマレー半島、南にはスンダ海峡を挟んでジャワ島という、その当時は勿論、現在でもアジアでの輸送要衝になっている島の一つです。

島ではタバコ、茶、天然ゴム、パーム油等が採れ、パレンバンを中心に石油、錫、ボーキサイト、石炭、天然ガス等の地下資源が埋蔵されているとされていました。

当時、私の父母は、スマトラ島で雑貨商を営んでいました。家はコンクリート二階建て。家の裏は椰子の木が林立していました。家の前の通りは、向かい側の家がとても小さく見える位の大きな道路がありました。町はまだ未開発地も多く、河にはワニが多く水遊びや河岸を歩くことも危険でした。密林などもすぐ近くにみられました。

密林に入ると獣も多くいて、いつだったかでしょうか……。私は密林で獣に襲われ、父は咄嗟にナタみたいな刃物で獣に切りつけて、辛うじて助かったことを覚えています。その頃は、街には日本人はそれ程多くはいませんでした。

＊父母のこと

私の父・山本卯一郎は、１８９８（明治30）年10月1日に大阪に生まれ、尋常小学校4学年卒業後、商店等で修業して、18歳の頃にアメリカ大陸を夢見て家を出奔。親に勘当されて、大阪港に停泊中の外国船の船底に潜り込んだといいますが、間違って南方行きの船に乗り込んでいて、見つかって降ろされ、それがスマトラ移住のきっかけになったといいます。その後、メダンという街で無一文の中、日本人街で仕入れた征露丸などを仕入れて売薬業を始め、医者の資格もなかったのに、現地の人達の病気を治したりして医者の仕事をしていたといいます。その頃、現地のいろんな部族の宗教にも関わらないと暮らしもままならないことが多くて、各部族の宗教にも関わりながら、商売の販路を広げるようなこともあったといいます。

その後、１９１５年から１９３２年頃まではスマトラ東海岸で写真業。その後、ランタウプラパット町で雑貨商経営……と、いろんな商売を営んで暮らしていました。そうした生活の中、１９３３（昭和8）年6月に結婚。妻ミキとの婚姻届を在メダン領事に届け、過ごしていったといいます。しかし、店が大きくなると、現地の人達とのいざこざで放火され、丸裸になったことが三回ほどあったそうです。

スマトラ島での当時の父に関わる話はいくつかありますが、中でも部落の酋長の息子の病気を治したお礼に豚の丸焼きをご馳走になり、それが原因でコレラに罹り、部落の人達から看病を受けることになったという話は、今でも記憶に残っています。その時、父は商売のために複数の宗教に入っていたために、見舞いに来た異教徒同士の現地人が鉢合わせになって、怒りを買い、皆から見放され衰弱し、一時は「死」を決意して劇薬を飲んだといいます。しかし、現地での宗教を冒涜した父であったにも拘らず、現地の人達は、父を見殺しにはしないで病院に運んでくれて、目が覚めて、気付いた時には病院のベッドに寝ていたそうです。

当時の植民地化政策の中で、かなり多くの日本人が東南アジアの国々に移住していったのですが、現地の民間人との間でのいざこざも絶えなかったらしく、やはり異文化の世界での異国人同志間での人々の心の交流という点では、利益獲得という目的がはいりこむと、それだけ難しいことが多かったらしいです。

【補記】スマトラ島の住民は、マレー人、アチェ人、バタック人、ミナンカバウ人等の民族によって構成され、宗教的には大半がイスラム教だとされているが、民族や部族によっては、様々な宗教を信じていたといわれ多民族・多宗教の島国であった。（編集部）

一方、母ミキは、1897（明治29）年3月27日、長崎県西彼杵郡茂木村に生まれ、スマトラで山本卯一郎と結婚。私が生まれてからは雑貨商を営んでいた家庭で父の仕事を支え、一方では、私を一心に育ててくれました。

母が、いつ頃、何故スマトラに行ったのか、父と結婚するまでどんな生活をしていたのか、私に一切話したことはありませんでした。その後、1941年に親子三人で郷里の長崎県西彼杵郡茂木町へ帰国してきたということしか分かりません。スマトラ島から帰国して、茂木で暮らし始めてからは、自宅で文房具店を営み、年中働き詰くめの中で私を必死で育ててくれた……ということが、強く記憶が残っています。

他方、思い出すと、日本から遥か離れた6年間のスマトラ島の生活では、私にはいい思い出も沢山ありました。国籍は違っても、言葉は十分に通じなくても、私は近所にいた同年齢の子供たちとも仲良く、子供同士にはそれほどの利害関係がないせいか、皆で一緒によく遊んだものでした。今では、一人ひとりの顔は……もう思い出せませんが…。

ここに掲載した写真は、スマトラ島に生活していた時のものですが、父の商売関係での繋がりで、私達家族と親密だった現地の夫婦の方と水兵服を着た3歳の

スマトラ島で家族と親しかった現地の夫婦と、水兵服を着た3歳頃の私

頃の私が写ったものです。この二人の夫婦の人には、親同然の愛情を受けた覚えがあります。私を本当の子供のように可愛いがってくれましたね……。とても心優しい方達でした。

しかし、太平洋戦争の中で、中国では言うに及ばず、東南アジアの諸島を占領した日本軍による破壊と略奪……そして暴行、殺戮の繰り返しが、現地の人達の命と生活にどれ程の犠牲を生み出したか？

76年経った今、私の思い出の中に、今尚消えないでいるこの二人の夫婦の方や共に仲良く遊んだ子供達は、その後、どんな運命を辿っていったのでしょうか？ 激しい戦火の中で、家を焼き払われ、追い出されて捕虜にされ、虐待を受けて、無残な最期を遂げさせられていかなかったでしょうか？ 今でも、ふとそんなことを思わないではいられなくなることがあります。戦争での惨劇を思うたびに……。

私達は絶え間のない、しかし、限られた歴史の中に生きています。その限られた歴史の中で移りいく一ページ、一ページを振り返る時に、そこにどんなに辛い、そして悲惨な出来事があったのか？ 私達人間は辛ければ辛いほど、悲惨であれば悲惨なだけ、記憶から遠ざかろうとする中で、記憶を消しながら生きていくのではないでしょうか？

しかし、私達人間は、このような記憶を消し去っていった時に、再び、同じ辛くて悲惨な過ちを繰り返していくのでは……と、最近になって強く考えることがあります。

＊スマトラ島から長崎へ
―太平洋戦争開戦直前の帰国命令―

ところで、前述したように、父母が結婚してから2年目の7月に私が誕生し、その後の6年間をスマトラ島で過ごしましたが、1941（昭和16）年11月1日―それは、太平洋戦争開戦の直前一か月前のことでしたが、―国からの緊急の命令で、貨客船「富士丸」に乗船して、父の同業者の人達と共に私達親子三人も日本に引き揚げてきました。スマトラ島からの日本への引き揚げ―それは、突然の予期さえしなかった帰国命令でした。

スマトラ島での記憶は、今になっては次第に薄れていく最近ですが、ここに掲載した手許に残っている一枚の写真は、スマトラ島に移住して父と同じく様々な商売をしていた人達が、国の命令で現地から引き揚げる時に写した記念写真です。前列、左が母ミキ、隣が6歳の私。後列の左から三人目が父・卯一郎。写真に

スマトラ島から国の命令で引き上げる時の記念写真
前列左から母ミキと私（6歳)。後列左から3人目が父卯一郎

写っている殆どの人が働き盛りの年齢で、皆揃ってしっかりしたスーツ姿をしています。このこと自体、現地での、生活的にもかなり豊かな暮らしが、日本人には保証されていた証拠かも知れません。

当時は、父達の話によると、民間レベルでは、土地の人達とは程々に友好的な関係で結ばれていたといいます。ただ、強制的に半植民地化された土地の人達が、どれ程の苦難に耐えて暮らしていたか、その事実は判りません。やはり、支配者側の階級の人間には被支配者側の人達を思いやる心はあっても、それをそのまま出すことは不可能なのです。それが、支配・被支配の関係を保ち続ける大原則なのですから……。

ところが、１９４１年11月の私達家族三人での日本帰国の一か月後でした。同年12月8日未明、帝国日本海軍による宣戦布告なき「真珠湾への奇襲攻撃」、及びそれより1時間前、当時英領であったマレー半島コタバルへの日本陸軍による「奇襲上陸作戦」によって、約4年間に及ぶ太平洋戦争が勃発したのでした。帰国と戦争開始、その時は、現地から日本へ帰国する誰にも、全く予想さえできなかったといいます。

日本に帰国してからは、私達親子三人は母の郷里で

あった茂木へ移り住んで、その一か月後の太平洋戦争開戦の戦時下での生活へと入っていきました。

しかし、長崎に引き揚げてきてから間もなく、父は軍属として召集され、今度は再びマレー半島に通訳として派遣されましたが、その後、父は現地でマラリアに感染して、日本に強制送還されました。父の話によると、父が所属していた軍隊は、その後1943年頃からの激しい米軍及び連合軍の反撃の中で、殆ど全滅していったといいます。

アジア太平洋戦争中に戦死した日本軍兵士は、概数210万人―ただし、その中で戦闘中での戦死者は約70万人……後は全て戦場での食料不足による餓死、病死、自決……と、実に悲惨な最期を遂げさせられていったといいます。そして、その犠牲者の遺骨さえ殆ど、未だに日本の家族の許へ帰らないままに……76年間が経ってしまいました。

しかも、その兵士達は「赤紙」と呼ばれた一枚の召集令状で徴兵された一般家庭の父親であり、兄であり……親にとってはかけがえのない吾が子達であったのです。ただ、当時の帝国日本の支配階級であった軍部、政治家そして財閥であった大資本家たちの子弟は、この徴兵制から逃れる術を持っていたといいます。全く理不尽という外はない中での『大東亜共栄圏建設』という名目だけの大日本帝国主義を支えた天皇主権の下での軍部、財閥等の権力者達が始めた「聖戦」でした。

【補記1】 尚、このことについては、「語り継ぐ日本の侵略と植民地支配」（新日本出版社）や、吉田　裕・著「日本軍兵士―アジア太平洋戦争の現実―」（中公新書）、「日本の軍隊」（岩波新書）等に詳述されている。**（編集部）**

【補記2】

＊スマトラ島、マレー半島などのアジア南東部に広がる国は、歴史的にみて16世紀以後は、ポルトガル・イギリス・オランダ諸国が進出、植民地政策によって覇権争奪の争いが続いた。スマトラ島は、1873年から1914年のアチェ戦争後、オランダの支配権が確立。日本は日中戦争の泥沼化の中、米・英・蘭等と豊富な石油資源などを求めて南下進出に転じて開戦し、1942年に占領

した。しかし、連合軍の反撃激化での相次ぐ敗退の中、1945年に侵略戦争に敗北、同島から撤退した。

（編集部）

＊私の軍国少年時代

長崎市茂木町（当時は、西彼杵郡茂木町）に引き揚げてきてから、1942（昭和17）年4月、私は茂木町立茂木国民学校に入学しました。この学校で1年生から4年生の夏、1945年8月15日、米・英・ソ等の連合国に日本が敗戦するまでの3年半近くを、教育勅語の下での国民学校で生活から勉強まで、あらゆる面で「天皇の赤子」としての昭和天皇ヒロヒトに命を尽くす「皇民教育」を徹底して叩き込まれました。

文部省検定教科書での一定の「読み・書き・算盤」といった教科学習も「一旦緩急アレバ義勇公ニ奉ジ、以テ天壌無窮ノ皇運ヲ扶翼スベシ」（一度でも緊急事態（戦争）が起きたら、自分から進んで勇気を出して天皇国家のために命を捧げ、それら全てでこの世界で永遠に続く皇室の安泰と繁栄を助けるのだぞ！）と、いった『教育勅語』が支配し、更に「修身」という特別に設定された学習で「教育勅語の精神」を叩き込まれ、暗唱させられました。

その中で、私達は「早く大人になって、天皇とお国のために命を捧げたい……」という誓いをたてて、自分達の生きていく目的にしていきました。つまり、それを自分達自身の「生きていく時の基本的な信念」つまり「思想」にしていったのです。教育の力の恐ろしさ等、自分自身で考えることもできない年齢の中で……。

現在、よく北朝鮮での「金正恩・国家主席に命を捧げていく」教育を日本では批判しますが、76年前は日本人も「天皇に命を捧げ尽くす」教育を子供の頃から叩き込んでいたのです……。そして、このような教育を再び復活させる動きも出てきているのです。……恐ろしいことです。現に、自民党の国会議員の人達の中には、「教育勅語はいいところが沢山ある……学校教育には必要だ」などと、言明している人もいるのですから。

私達は自分自身が生きていく時の基本的な考え（思

想）をどこから、どのようにして学び、心の中に培っていくのでしょうか？　勿論、それは家庭、学校そして社会教育の全ゆる場で学んでいくのですが、これからの時代で私達はどんな生き方をしていくのが最も大切なのでしょうか？―例えば、その一つとして「人間の命を守っていくのは、基本的に『平和』そのものなのだ……」という考え（思想）を学んでいくとしたら、その時にいちばん役立つのは「歴史の事実」そのものではないのか……と、私は思うのです。

歴史の流れの中の事実から「真実」を探り、見つけていかなければ、本当の「自分自身と社会の中に『あるべき平和』を生み出す」思想は身につきません。

＊茂木国民学校時代の生活

私が茂木国民学校で勉強していた頃は、学校から帰るとすぐに学校の近くの「甑岩《こしきいわ》」と呼んでいた山に登って、松脂（まつやに）やススキの穂を採取に行っていました。松脂は、その頃のガソリン不足を補うための戦闘機の燃料に利用されていました。ススキの穂は飛行機乗りの浮き袋に使う綿が不足していて、それに利用していたのです。

もともと、資源不足で鉄や石油、いろんな鉄鉱石等の殆どをアメリカ等の外国から輸入していた日本は、戦争勃発と共に輸入が制限され、日常生活に必要な全ての物資が不足していきました。お米、砂糖、塩、醤油などの食料品はいうまでもなく、衣類、靴、薬等あらゆるものが……ミルクもなくなって、赤ちゃんは死んでいきました。そんな中でも、「欲しがりません、勝つまでは」というスローガンを掲げて、子供も大人も全てを我慢し、戦争に向かって邁進していきました。「教育勅語」の教えを守って……。

終戦近くの3年生の時に、担任の先生と一緒に写真

担任の堀先生と私（茂木国民学校3年生）

を写してもらったことがありました。戦地にいる父へ送る写真でした。最も、父は現地でマラリアに感染して、日本へ強制送還されてましたから、写真は手許に残ったままになりました。担任の堀先生は優しい先生でした。……今、思うと、まだ幼い子供達を戦地へ追いやる教育をしたくはなかったのでは……と、思い出すことがあります。けれど、それは、軍国主義下の中では、教師には決して許されないことでした。

1943年頃になると、開戦からの勝ち戦は1年も続かない中で、南太平洋に浮かぶ諸島は物量を誇る米軍の攻撃の下に占領されて、そこから日本本土への米空軍の爆撃機や戦闘機などが来襲してきて、日本各地で空爆や機銃掃射を繰り返すようになっていました。長崎にもB29といった米軍の爆撃機や戦闘機が、数度の空爆攻撃をしかけてきました。

その頃のことでした。放課後に甑岩に登って、山に広がった原っぱでススキの穂を刈り取っていた時でした。突然、米軍のグラマン戦闘機が低空で来襲し、私達をめがけて機銃掃射をしてきたのです。ミシンを縫うようにして機銃弾が撃ち込まれてくる中を命懸けで原っぱを逃げ回ったことを覚えています。ただ、妙に怖くなかったのは「神の国」日本は絶対に負けないんだ……と信じきっていたからかも知れません。

私達が通っていた茂木国民学校の校舎は、町のほぼ中程を流れていた若菜川を間にして自宅の川向こうにあり、その頃は兵舎に使用されていたために、グラマン戦闘機の攻撃の標的になっていました。戦闘機が襲ってきた時などは、あろうことか、友達と石を拾って低空でくる戦闘機に投石していたこともありました。今、考えると本当に正気ではなかったのですね。

母達は国防婦人会という組織をつくって、竹槍を持ってモンペ姿で「鬼畜米英撃滅！……」と叫びながら、在郷軍人の指導下の中、敵兵を突き殺す軍事訓練を繰り返していました。日本全体がまさに狂気の中で生きていた時代でした……。

その頃、大阪の従姉妹から届いた手紙にも「オ父サン、オ母サンノ　言付ケヲ　良ク聞イテ　早ク御国ノ為ニ　オ役ニ立ツ　強イ　小国民トナッテ下サイ。ソシテ　ニクイヤンキーヲ　早クヤッツケテシマイマセウネ　……大阪カラ　誠一チャンガ　早ク　大キクナッテ　強イ　子供ニナリ　眼ノ青イ　米英ノ兵隊ニ

勝テル日ヲ　待ッテ居リマス」とあって、ハッパをかけられ、銃後を守る軍国少国民に育てられました。

戦時下の少年達は、家庭でも、学校でも、社会でも……全ての場で「天皇陛下に命を捧げる」決意思想を心につくりあげられていったのです。大人から青年達そして子供達まで為政者の思うがままに命令一つで操り動かしていく、人間を全てロボット化していく偏った思想教育の恐ろしさ……。私達は、このようなことを再び繰り返さないためにも、天皇主権・軍国主義国家の中で生きてきた人達の苦難の体験―戦場で、或いは国内で反戦思想や社会主義思想者であっただけで弾圧され、虐待を受けた人達の実体験を広く聴き学ぶことから、また、その当時の歴史的な事実を見つめ直し、辿り直していくことから、これからのあるべき思想を学び、身につけていく責任があると思うのです。

＊1945（昭和20）年8月9日
―原爆投下―襲ってきた爆発音と爆風

長崎へのB29爆撃機による空襲は、特に7月の後半から連続して8月1日まで3回続きました。私達が生活していた茂木町は、長崎市からは東南の方向に峠を隔てて約8・5㎞離れていましたし、実際に、米空軍の空爆目標が長崎三菱造船所、三菱電機……長崎製鋼所、三菱兵器工場などの軍事工場群や長崎駅を初め人家密集地域であったために、その一帯が破壊され、多くの人達の犠牲者が出たのに対して、私達が住んでいる茂木町などは、目だった爆弾攻撃や機銃掃射などは受けませんでした。

その中で、戦時下の厳しい生活が続く8月9日―その日も、朝から真夏の太陽が雲間から町全体に降り注ぐ日常の一日が始まりました。……学校は夏休みに入っていて、家で過ごしていました。お昼近くに私は自宅前の道路で友人の高野君と石拾いをしてました。学校にも時々、米軍のグラマン戦闘機が攻撃してくることがあり、その時に石を投げて対抗するようなことをしていたからです。今考えると、子供が石を投げつけて戦闘機と戦う……竹槍で機関銃と戦う……まるで大人と赤ん坊の喧嘩以下でしたが……。

お昼近くでした……空から重い爆音が聞こえてきて、

顔を上げると長崎方面の山頂付近に白いパラシュート（落下傘）が落下していくのが見えました。それは、後で知ったことでしたが、米軍の原爆搭載爆撃機・B29に随行してきていた観測機B29から投下されたラジオゾンデ（気圧測定器）だったのです。

その落下傘が山陰に見えなくなった瞬間でした。突然、地面を揺るがす「ドド……ドー……ン」という轟音と共に「グラッ・グラッ……」と、足下が大きく揺れて、辺り一面真っ白になり、私も高野君も吹き飛ばされました。「何が起きたんだろう……？」瞬間、何も分かりませんでした。

気がつくと、周りは何一つ「音のない」シーーンとした世界が広がっていました。一緒にいた友人の姿も消えていました。周りには近所の人の姿も見当たらず「生きているのは僕……一人なのか……」と不安になり、急いで家へ帰ると、部屋毎の障子や襖は吹き飛んで、表から裏まで吹き通しのようになっていて、空っぽになっていました。

どれくらい時間が経った頃だったでしょうか？　呆然として家の前にいた時、誰か知らない男の人が「ザラッ……ザラッ……」と物を引き摺りながら近付いてきたのです。その顔を見て息が止まりました。目の玉が飛び出たような兵隊さんが、服はボロボロ、背中は真っ赤、皮膚は垂れ下がって千切れた背嚢を引き摺りながら、幽霊のように通り過ぎていったのです。たぶん、その人は茂木の人ではなかったのでしょうか？

夕方近くになって、近所の人達も家から出て来始め、あちこちに姿をあらわしました。そのうち、出かけていた母も帰ってきたのでほっとしました。ただ、「一体なにが起こったのか？　山を隔てた長崎からの爆発音と地面の揺れが何だったのか？」まったく分からないまま、不安な夜を迎えたのを覚えています。

しかし、長崎でただならない出来事が起こっていたことだけは想像できました。仕事の関係で長崎に出かけていた父はその日は帰ってきませんでした。……二、三日後に父は茂木へ帰ってきました。その日、父は長崎で一瞬間、爆風に飛ばされて防空壕の中に逃げ込んで一命をとりとめた……とだけ話してくれました。……帰ってきた父から長崎市の惨状について話を聞いてから、今までとは違う特別な攻撃を受けたことを知ったのでしたが、話を聞いても、市内でのその被害は想像できませんでしたね。

ただ、被爆の瞬間に空き地で石拾いをしていて一緒に吹き飛ばされた友人は、姉さんが抱きかかえて家に連れ帰り、夕方まで自宅の押し入れに隠れていたことを随分後で知りました。しかし、その友人は原爆に出会ってから後、下痢が続き、2か月後に貧血もあったのか？　運動場で倒れた後、10月10日に死亡しました。

被爆者には下痢が特徴でしたが……私や友人は長崎に行ったわけではなく、原爆の直接体験そのものは実際にはなかったといっても過言ではありませんが、原爆の影響と被害の甚大さは、爆心地から何キロ離れていようと時間に拘らず、及んでいくというのが、原爆が持っている見えない恐怖でした。

＊運ばれてきた負傷者達
―茶毘に付された人達の最期―

勿論、長崎から山を隔てて8・5㎞、直接の被害はなかったものの、負傷した人達がトラックに乗せられて、次々と茂木へ運ばれてきました。負傷者達は川南造船所の寮だった「望洋荘」という宿泊所などで国防婦人会のおばさん達が救護に当たりましたが、手当ての甲斐もなく次々と亡くなっていきました。なにせ、薬品も少なく、医者がいたにせよ看護婦なども少ない中では仕方がなかったのです。死体は海に面した立岩海岸で次々に茶毘《だび》にふされました。

同じ町内で私より一歳上だった川口義孝さんは立岩海岸で死体処理に当たった辛かった体験を次のように証言しています。「屍体はリヤカーで運んでいきました。原爆投下後の12日から23日くらいまで、私だけでも14体を茶毘に付しました……なにせ流木や木の枝等を集めて焼くので半焼けの屍体がありました。半焼の遺骨は袋に入らないため、念仏を唱えながら石で叩き割って、ムシロ袋に入れました。その後は、茂木にあった玉台寺の敷地に埋めていきました。勿論、名前も住所も殆ど確認できないままでしたが」

敗戦後、還暦を迎えた川口さんは、玉台寺の入り口に「原爆慰霊碑」を建立し、毎年8月9日に献花、弔いを続けました。その後、戦後の被爆者援護法に沿って被爆手帳の申請をしましたが、証人不明との理由で却下。その後、間もなく川口さんは亡くなりました。

＊1945年8月15日・日本敗戦
―労働者としての生きた少年時代―

原爆が投下されてから一週間後の1945年8月15日。「天皇陛下のお言葉」があるので、ラジオの前に集まれという通知が来て、町内に一軒だけあった電気屋さんのラジオの前に集まりました。

「ガー……ガーー……」という雑音に交じって何か話す言葉が流れましたが、何を言っているのか？　大人の人が「日本は負けた……！」と話していたのを聞いて愕然としました。大本営発表は連日「日本軍勝利」とばかり報じていたので、信じられませんでした。

敗戦後も、茂木には原爆で負傷した人達が次々と運ばれて来ました。そして、荼毘に付されていきました。長崎市外では、どこでも普通に見られた光景だったといいます。

茂木国民学校での軍国主義教育は、1945年8月15日の日本の敗戦によって終焉を迎えました。15年間に亘ったアジア太平洋戦争中、軍国主義の犠牲にさせられていった日本人は約310万余人。一億総玉砕という総力戦で、辛うじて生き残った一般国民を待ち構えていたのは、衣食住全てにわたっての混乱の生活でした。

その頃は、特に日常の食料不足は大変でした。お米は戦時下から配給制でしたから、米の飯は殆ど食べられず、芋と鰯、それに野草まで食べて飢えを凌いでいきました。しかし、戦後でも一部の特権階級の人達は、衣食住はほぼ充足していたらしいです……。

その中でも、今までの学校制度は変わり、国民学校は小学校に、旧制中学校や女学校は新制高等学校等へと変わって、戦後の日本国憲法と教育基本法の制定に沿って、その精神に基づいた民主主義教育が始まりました。

私達4年生の2学期からの授業は、先ず今まで使用していた文部省の国定教科書の墨塗りから始まりました。授業は、軍国主義に関する一切の記述と内容を「墨」で塗り消していくという作業でした。墨で殆ど真っ黒になって、文字の部分が飛び飛びになった教科書での勉強が続きました。暫くすると、ザラ紙に印刷した教科書も出てはきましたが。……まさに「混乱期の空白の教育時代」の中で、私達の小学校生活は続いていったのです。
恐らく、教師達が最も混乱したに違いありません。なにせ「教育勅語」の教えの内容から180度転換した内容の授業をするのですから……。

一方、敗戦後、父はヤミ物資（商品）を仕入れに出かけて、浜の町のヤミ市場で商売をしました。当時、ヤミ物資は許可されていなかったため、父は再三警察に連行されていました。しかし、警察に連行されても、生き抜くためには、そうする以外に生活できませんでした。戦後、ヤミ物資に一切頼らないで生活した人に、餓死した人がいましたが……。

私も、小学校5年の時から父のヤミ市場での仕事を手伝い、生きていく以外はありませんでした。学校の休みの日は、まだ薄暗い早朝5時頃には、茂木からの峠を越えて長崎市内まで一人で歩いて行きました。徒歩で1時間以上は優にかかる距離でしたが……母は心配そうに私の姿が見えなくなるまで見送っていました。

ヤミ市場が禁止されてなくなってからも、父は露天商を続け、正月等は毎年、諏訪神社の境内等で風船売り、お盆は市内のお寺の境内前で花火売りをし、私も手伝っていました。思えば、私の人生での労働者としての出発点だったと言えます。

しかし、その父も、1971（昭和46）年1月7日、正月松の内の寒い中、露天商の無理がたたり、肺炎を発症して入院。その夜、75年の生涯を閉じました。

＊右翼的青年時代、そして労働運動へ
―労働者としての目覚め―

1948（昭和23）年3月、茂木町立茂木中学校に入学。戦後の新しい教育の中でのことでは、特に印象に残っていることは殆どありません。戦後間もなくの教育では、教師自身が青年時代に軍国主義の教育を受けてきていただけに、教科書は次第に揃ってきても、何を教えていくのか？　その方向性も解らなかったのでしょう。

確かに「日本国憲法」が成立して、「あたらしい憲法のはなし」と薄黄色の小冊子が、生徒全員に配布された記憶はありますが、それを授業でどのように学んだか？　記憶がないのです……被爆都市……長崎でありながら……。

中学校を卒業後、家が貧しかったので、学費不要の三菱技術学校を受験しましたが、受験者が多くて不合格。しかし、高校進学は諦めきれずに、両親には相談せずに県立長崎工業高校・機械科を受験し入学しました。ただ、学費は自分で捻出するということで休みの日は露天商で働き、通学は茂木から長崎の路面電車の正覚寺前電停まで、自宅から峠を越えて歩き、そこから路面電車で学校までを往復しました。茂木から電停までの間は徒歩で片道で優に1時間はかかりましたが、一度もバスは利用しませんでした。なにせ、通学傍らでの露天商での労働では、全てを節約する以外は余裕がなかったのです。……貧困は、教育を受ける権利さえ奪い取っていくことを痛感しました。

卒業後に長崎日産自動車整備工場に勤務しました。二級整備士免許を取得して、将来は自動車整備工場の経営を夢見ていました。やはり、心の中では貧しさから抜け出したいという思いがあったのは間違いありませんでした。しかし、その後、私を自動車整備士として指導してくれていた技術主任の人に誘われて、長崎市清掃課・自動車整備工場に転職することになりました。

1955(昭和30)年の朝鮮戦争を契機に、1960(昭和35)年1月、戦後の米国占領で半植民地化された日本との間で締結された日米安全保障条約を巡って、国内で安保反対闘争が始まっていました。

戦前の「大日本帝国憲法」いわゆる天皇主権の「明治憲法」に変わって、新しく主権在民・基本的人権の尊重・平和主義の三原則に立脚した「日本国憲法」が1946(昭和21)年11月3日に公布されてから、特に、第9条「戦争放棄」を中心にしての平和国家・日本が出発したのですが、安保条約はこれを根底から破るものでした。

しかし、私はこの安保改定反対闘争の頃、「岸内閣支持・安保賛成」の立場で、労働組合にも加入していませんでした。その頃、右翼政治家の赤尾敏・総裁の長崎講演の時、修理を受け持っていた清掃車の調子が悪く、残業して駆け付けた時は講演が終了していたこともありました。戦後の私には、未だ尚、国民学校で叩き込まれた「皇国臣民」としての思想が残存していたのでしょう。青年時代の私は、思想的には当時の政権に従順な右翼的思想の持ち主だったのです。

ところが、その頃、長崎市役所では現業の臨時職員の解雇が市側から出されて、「臨時職員定数化闘争」で労働組合と市側が対立する問題が起こりました。私は、この問題について真実はどうなのか？　直接、自分の目と耳で確かめるために労働組合と市側の集団交渉に参加しました。そこで、市側の助役の差別的発言「現業の臨時職員は公務員にふさわしくない……云々」の発言があったのです。

それは、まさしく労働者に対する差別発言でした。臨時職員でも人間なのだ―私達と同じ「働いている」人間なのだ。「人間に対する差別は許せない」―その発言を受け止めた瞬間から、怒りが込み上げてきて、私は労働者としての自覚に目覚めたといっても過言ではありませんでした。過去の戦争で、いったいどれだけの人間的な差別が犠牲を生み出してきたか？　かつて神懸かり的な天皇を頂点にして、国民はただ付き従わせていく―ここにも同じ人間差別があったし、それが形を変えて今にも残っている……。

翌日から、市長室の前での抗議座り込みに参加しました。労働者の命は、労働者達で守る。市当局は、団体交渉を拒否して、組合員を排除するために警官隊や機動隊を導入しました。話し合いを暴力で拒否したのです。しかし、この闘いの中で、1961年に約700人の臨時職員を正規職員にすることができました。

また、この闘いの中で、市役所現業労働組合結成も進められていきました。働く方と働かせる方……つまり、雇用側と雇用される側との対当性の問題でした。

働くことで生活を支え、家族を守り、命を繋いでいく私達・労働者は一人ひとりの力は弱くても、労働者階級全体で力を合わせれば、全員が生活を守り、命を大切にしていくことができるのだ……この闘いを契機に、私の生きていく目的―信念といってもいいのですが、つまり「思想」が右翼的な思想から働く人達の命を守る「思想」へと転換していきました。「思想の変革」といっても過言ではありませんでした。

私達、労働組合運動での闘いは、その後「勤務評定の廃止」「産休者の昇給復元」「看護士の結婚退職誓約書の撤廃」等、市職員の人権を回復する成果を上げることができました。働く者（労働者）の守られてしかるべき人権は、雇用者側にとっては利益追及第一主義の中では最小限が好都合で、その中で労働者は命を削られていくのです。

私にとっても、人間は、その置かれた立場や環境で一定の「思想」がつくられていくことを確認できた戦後でした。

＊原水爆禁止運動の中で

1954（昭和29）年3月、ビキニ環礁でアメリカが水爆実験を行ない、付近でマグロ漁業に携わっていた第五福竜丸ほか約一千隻のマグロ漁船が被曝するという事件が発生しました。

第二次世界大戦での広島・長崎への核攻撃の威力を知った後、世界覇権を巡って米、ソ連をはじめ英、仏、中国……等は、競って原爆から水爆へと、より強力な核兵器の開発と実験に走り出しました。ビキニ環礁での水爆は、一発が広島・長崎の原爆の5000倍で、関東平野を全滅させる程の威力を持っているといわれました。それは人類絶滅・地球破滅への「核戦争」への出発点でした。

その中で、1955（昭和30）年8月、日本で第一回原水爆禁止世界大会が開かれました。地球市民による「核兵器廃絶運動」の出発点ともいえる運動でした。

その後、資本主義か社会主義かという政治・経済体制の違いによる核保有を巡って、不幸にして原水爆運動は二つの運動に分裂しました。その核廃絶運動分裂の中、私達茂木地区ではお寺の住職と小学校教師、それに私の三人で「茂木原水協」を結成し、活動を始めました。その頃、茂木小学校では自衛隊映画会開催が計画されましたが、「二度と再び教え子を戦場に送らない」という日本教職員組合の教師との連携で、映画会は中止に追い込みました。


戦争は、その時々の経済・政治を中心にした国家社会の仕組み、つまり、経済・政治的な社会体制が引き起こしていくのです。特に階級的な社会では、常に莫大な利益（儲け）を求める経済・政治体制が支配している場合等、事ある度に様々な理由付けをして「戦争」という国家集団的暴力を伴った社会現象が発生してくるのです。

かつての太平洋戦争中、日本本土を守るための「捨て石」にされて、住民をはじめ日本軍兵士達、併せて21万人余を超える犠牲者を出し、長年にわたって米国の占領下に置かれたオキナワで、敗戦後に反戦活動を続けられた伊江島の阿波根昌鴻さんは次のように述べられています―「戦争は、支配者、権力者財閥とその手先によって準備されます。これらの階級の人々は戦争が起きても、戦場に行って殺したり殺されたりすることはありません」。「世の中に、善人がどんなにふえても、資本家が権力を握っているあいだは、戦争はなくならない。それは人類の五千年の歴史が証明している」

私達は、人間社会の発展の歴史と、その中の歴史的事実から真実を直視し、学ばなければ「平和を実現する思想」を身につけていくことはできないと思うのです。

＊「黒い雨」と内部被曝の恐怖
―妻の被爆体験・原爆症で奪われた家族―

時間は遡りますが、私は１９６５（昭和40）年9月に結婚しました。妻の幸子は１９４２（昭和17）年９月15日、長崎市中新町生まれですが、長崎に原爆が投下された時は家族全員は、妻の実家の宮崎県都城市に疎開していたとのことでした。戦争では、生死の分かれ目は紙一重の差だといわれてます。つまり時間と場所が命の分岐点だといっても過言ではありませんが、妻・幸子の家族は8月9日の原爆投下に遭うことなく無事だったのです。しかし、疎開先で、近所の人達が「長崎は新型爆弾でやられて、町がなくなった……」と話しているのを聞いた義母は自宅が心配になって、翌日10日。当時２歳だった妻・幸子と生後５日目の義弟を連れて汽車で長崎へ向かい、道の尾駅で下車させられたといいます。

周囲は焼け野が原で、まだ煙が立ち込め、異様な臭いが辺り一面漂っていたそうですが、その中を親子三人で爆心地を通って、中新町の家に辿り着いたといいます。

しかし、自宅に帰ってから程なくして、妻と義弟は発熱。下痢、嘔吐が続き、病院通いが絶えなかったといいます。……間違いなく後発原爆症の発症でした……。臭いもなく、目にも捉えられない残留放射能による内部被曝の原爆病の兆候でした。

原爆投下から24時間内での入市被爆。自宅を案じて入市した妻達の家族、救助に向かった多くの人達も、時間に関係なく原爆症に見舞われました。その時24歳だった義母も、生後5日目だった義弟も大腸癌、肺癌、肝臓癌……顔面皮膚癌……と次々に病魔に襲われ、手術治療の連続の中に命を奪われていきました。

原爆投下の翌年に生まれた義弟も、脳梗塞、胃癌から大腸への転移、更に皮膚癌と入退院を繰り返しています。妻は急性緑内障、狭心症そして白内障手術……いつ癌が発症するか危惧しながらの生活が続いている毎日です。大人も子供も乳幼児も、無差別に、時間をおいてじわじわと殺していく……原爆は、まさに「悪魔の兵器」でした。

76年という時空を経て、今尚、「核兵器廃絶」には背を向け続ける日本政府の下で、これからの未来にも核兵器がもたらす人の命への危機は続いていきます。戦時下で使用される全ての兵器―原爆は勿論、通常兵器であろうと、兵器は、全て「非人道兵器」なのです。……「人道的な兵器」など存在しません。

この妻の家族の残酷な原爆症による命の終焉が、その後、私を被爆未指定地域（爆心地から12㎞以内）の住民の内部被曝認定から、更に12㎞の地域外の広範囲にも放射線障害があったという証言調査へと向かわせました。

現在、この爆心地からの距離によって、公的呼称として「被爆者」と「被爆体験者」という区分をしていますが、爆心地から半径12㎞圏内を被爆地域と認定し、更に加えて現在までの放射性降下物被害の実態調査や残留放射線の測定データを検証し、被爆地域の拡大と全ての原爆被害者への保障を確立することを求め、運動を進めています。

最近は、地球温暖化の影響下で、近来にない風水害等の自然災害が多発していますが、この場合でも、「被災者」と「被災体験者」という区別をするのでしょうか？

ところで、私の母・ミキは幸いというか被爆症からは免れましたが、父が亡くなってからは急激に体調不良になって、寝たきりになりました。その母が１９７３年の衆議院選挙の日に「ぜひ投票に行きたい」と言ったのです。痩せ衰えた母を投票所へ連れて行きました。

政治のことについては無関心と思っていた母でしたが、当時、自民党の国会議員が「老人医療は枯れ木に水をやるようなもの……」と、命への差別的暴言を吐いたのです。貧乏に耐え抜いて苦労した母でしたが、貧しい人達へのまっとうな政治を求める思いが母を投票所に向かわせたのでは……と思いました。

その母の行動が、私を市議選に挑む決意へと動かしていったのは否定できません。また、妻の家族の原爆病発症が未指定被爆地域の内部被曝認定運動へ、更に核兵器廃絶運動へと、私を向かわせたのですが、母は、投票に行ってから3か月後の1973年に78歳の生涯を閉じました。

*祈りの長崎から怒りの長崎へ
—被爆地ナガサキの平和を考える—

亡き母の思いを胸に、市会議員選挙に挑んでから、多くの市民の支援を受けて通算7期市議を務めました。

本誌の紙数の関係から、この期間に関わる二つの事、一つめは、市議当時の4年間、原爆被爆資料協議委員会に所属して、今尚、残存する被爆遺構の保存運動に関わっていった活動について。二つめは、1988（昭和63）年、「天皇の戦争責任発言」での本島市長に対する銃撃テロ事件が残した被爆地長崎が抱える平和課題について伝え残していきたいと思います。

［1］残存する被爆遺構保存運動
—爆心地で出会った被爆万年筆—

私が被爆遺構保存活動に関わっていったきっかけは、1996年の浦上川に注ぐ支流「下の川」の拡幅工事での爆心地公園の護岸工事が始まった時でした。この公園の川沿いの石垣側から表面が泡立ち灰黒色に変色した被爆瓦が出てきたのです。

実は、この川が取り巻く原爆投下中心碑が立つ爆心地公園は、今から76年前、かつて80軒余の商店や民家があった住宅地で、推定500人余の人達が生活をしていたとされ、その住宅地の復元図が、爆心地公園入り口から入った左側、原爆投下中心碑の手前に掲示されています。

76年前の8月9日、午前11時2分。長崎上空に来襲した米空軍B29爆撃機・ボックス・カー号から投下されたプルトニウム原爆は、この住宅地の真上500m上空で炸裂しました。およそ直径250mの火球は、瞬間100万度に達したといわれていますが、数秒後、太陽の表面温度に匹敵する6000度にも達する熱線と爆風は、真下の住宅地を全て炭化させていったとされています。家も人も家財も……一瞬のうちに、そこにあった全てを消し去っていきました。

現在、県外各地から平和学習の目的をもって来崎する多数の修学旅行生を初め、国内外の観光客等、多くの人達が訪れる爆心地公園の足下、約2m下の土の中には黒焦げに変わり果てた瓦、畳……人骨、家財道具等の断片が、76年間、埋まったままで、この公園を歩く人達の足音とざわめきだけが、真っ暗な土の中で響いているのです……。

[補記] 現在、原爆投下中心地として整備された爆心地公園は、被爆当時は現在の場所よりも約2m程、低地の住宅地であったという。しかし、1945年8月15日―日本敗戦後、占領した日本各地に米軍を中心に連合軍が進駐。被爆後の長崎は、米進駐軍によって道路等も整備され、現在の松山運動公園には小型飛行機が発着できる飛行場なども造成されていった。その後、一定の時期において、2m低地の住宅地であった爆心地一帯も埋められて、爆心地公園として現在に至っている―と、被爆前の復元図を製作された一人、故・内田伯さんは証言されている。 **(編集部)**

この爆心地公園の川に沿った石垣護岸工事の時に、かつての住宅地の一部も掘り出されましたが、この工事中に末永等（長崎原水協事務局長）さんと私も立ち会って、被爆瓦を掘り出していった時に、被爆万年筆が出てきたのです。

初めは焼けただれた棒切れの一部分かな？……と思いました。けれど、こびりついていた土を落としてみると、万年筆だったのです。表面には名前のような文字が残っていました。「田中平八郎」という文字が読み取れました……恐らく、この万年筆の持ち主は、これを上着の胸ポケットに差していて、肌の方に万年筆に刻んだ名前の部分があったのでしょうか？　黒焦げのようになった万年筆に刻んだ文字跡が残っていたのです。

これには驚いて新聞に発表したところ、この持ち主の弟さんが名乗り出てこられました。そして、5月22

日付けの長崎新聞に「50年ぶりに兄と対面」と報道されました。弟さんは、50年ぶりにお兄さんの黒焦げの万年筆と出会ったのです。「私にとっては兄の唯一の形見……心ゆくまで供養したい」と述懐されました。その後、この被爆万年筆は原爆資料館に寄贈されて、現在も展示コーナーに展示されています。

黒焦げの小さな万年筆―この一本の被爆万年筆が、原爆惨禍の中で、その命を奪われていった一人のかけがえのない人生を物語っているのです。被爆地長崎には、このように原爆の惨禍を訴える貴重な被爆資料、更に被爆遺構が、今尚たくさん残されています。

「ものいわぬ被爆資料、そして被爆遺構」―しかし、それらは、かつての原爆の惨状と、その原爆を作り出した人間の愚かさを後世の人達にも確かに語り続けていくのです。

「長崎を最後の被爆地に」・「三たび許すまじ原爆を我らの街に……」―私の被爆遺構保存活動の取り組みは、この小さな黒焦げの万年筆から始まったのですが、この被爆遺構保存活動については、紙数の関係もあり、詳述については私が残した別記録に回して、今は、その中の二、三について、概略だけを述べておきたいと思います。

先ず「浦上天主堂遺構」保存については、1958（昭和33）年の市議会記録によると、当時の「原爆青年乙女の会」の山口仙二さんからの「浦上天主堂の遺構保存」の陳情を受けての保存要請が、臨時市議会での岩口夏夫議員の緊急質問から始まりました。

被爆当時、東洋一といわれた赤レンガ造りの旧・浦上天主堂は爆心地から500m。原爆攻撃の中、数千度の熱線と300mを超える爆風の中で、その3分の2を破壊され、正面と側壁の一部を残して崩壊、炎上していきました。そして、この地区にあってひたすら平和を願ったキリスト教徒12000人のうち約8500人以上が爆死していったとされています。

「この浦上天主堂の廃墟と吹き飛んだ瓦礫は、20世紀の戦争の愚かさを後世の人達に伝える最大の被爆遺構である……」という、多くの被爆者達の切なる保存の願いも、「これだけをもって原爆の悲惨さを証明するために、多額の市費は使用できない」という田川市長の答弁で遺構保存の願いは拒否されました。

しかし、当時の市議会議員の70%を超える議員の緊急動議等で、一時は遺構保存意向を示した田川市長でしたが、米国セントポール市からの招待を受けての長期滞在からの帰国後、何故か田川市長は「遺構撤去方針」に変更。教会遺構の南側の高さ11ｍの遺壁の一部だけを残して、全て解体、撤去されました。

この田川市長のセントポール市への招待自体と、その滞在の間に何があったのか？ 何が話し合われたのか？ 今も、その疑問は解消されていません。被爆後76年目、被爆地長崎に残された大きな課題として、今尚、その解明が投げかけられているのです。

ヒロシマでは、原爆の惨禍をありのままに伝える被爆遺構「原爆ドーム」が市民達の願いと運動によって保存され、原爆の脅威と惨状の象徴的遺構になっている反面、ナガサキではそれに匹敵する浦上教会を解体撤去した事実が、そのまま「怒りのヒロシマ・祈りのナガサキ」という表現になって、「非人道的兵器・原爆」に対する広島・長崎両市民の思いや市の被爆行政の違いに繋がっているのではないかと思う最近です。

被爆遺構の保存活動は、その後も続けていきました。

爆心地からは約２００ｍ程の距離にある現在、「平和祈念像」が建立されている「平和公園」―ここはかつて「旧・長崎刑務所浦上刑務支所」があった跡地ですが、76年前、原爆炸裂の中、この旧刑務所の建物全体はほぼ破壊され、基礎部分と刑務所を取り巻いていた高さ３ｍのコンクリート塀の吹き飛ばされた一部分だけが残されました。―また、１９９１（平成３）年には、刑務所の中央部から、地下室の「死刑場」の階段部分跡も発掘されました。

しかし、地下にあった施設は熱線も放射線も受けてはいないし、ここには国内外からも年齢を問わず、多くの観光客も訪れてくる。同時に、この平和公園は、被爆犠牲者を追悼する祈りの場でもあるから、「死刑場」跡の保存は遺構としてふさわしくない―という市側の理由で解体撤去され、埋め戻されました。爆心地からは最短距離に残った過去の日本の暗い歴史を物語る大型の被爆遺構であったにも拘らず……。

実際、この刑務所には、本国から強制連行された32人の中国人と、13人～16人の朝鮮人達が「治安維持法・国防保安法」違反という罪名で拘留され、爆死していったのです。その意味でも、爆心地から約３㎞の被爆遺構「長崎三菱兵器製作所住吉トンネル工場跡」と共に、アジア太平洋戦時下での日本の戦争犯罪―加害責任を問う、長崎で最大の被爆遺構でした。それだけに、この保存については被災協、原爆青年乙女の会、長崎の証言の会などの数々の市民団体と共に、その保存運動は大きく展開されました。

その後も、被爆時に臨時救護所になった「旧・新興善小学校」保存。山王神社の「一本柱被爆鳥居」、更に「被爆クスノキ」保存等……多くの被爆遺構保存の運動は続けられていきました。

しかし、伊藤一長市長の時に、「原爆落下中心碑」を撤去し、そこに新たに富永直樹氏製作の「母子像」を建立するという提案は、長崎市民の大きな怒りを呼び、撤去に反対して「原爆落下中心碑」を守る運動がまき起こりました。

原爆攻撃の中で、我が親、子、兄弟姉妹の死に目にも会えず、拾骨はおろか、遺骨さえ燃え尽きていってしまった中で、この「原爆投下中心碑」は、原爆犠牲者全ての、爆心地に屹立する『墓標』であったのです。そして、市民達の運動によって、遂に「原爆投下中心碑」は守り抜かれました。

［2］「天皇の戦争責任」発言
―本島等・市長への銃撃テロ事件―

私は、6歳までスマトラ島での生活を経て、日本へ帰国。そして、太平洋戦争が始まってからの戦時下での国民学校で、徹底した皇国民精神を叩き込まれた中での被爆体験……と、被爆都市・長崎に86年間生きてきましたが、戦争への足音が次第に大きくなり、強まってきているような今、「長崎市民としての平和意識や平和感覚、更に平和への取り組みは、このままでいいのだろうか?」と、事ある毎に問い直すことがあります。

そういう意味でも、是非、一つだけ伝え残していきたいことがあります。それが、今から33年前に長崎で起きた本島等・市長の「天皇の戦争責任」発言に関する、民主主義の根幹に関わる「言論の自由」にも及んだ出来事です。

1988（昭和63）年12月7日、長崎市議会の市政一般質問でのことでした。柴田朴議員（共産党）が、

「かつて、昭和天皇在位・60年の諸行事に関連して、国会での不破哲三（共産党委員長）の質問に対して、中曽根首相が『……天皇は、もともと平和主義者であった』と、第二次世界大戦においての天皇の責任を免罪するような答弁をした、と私は記憶しているが、特に私は、被爆都市の議員として忘れることができないのは、1945（昭和20）年2月の段階で、天皇の側近中の側近といわれ、それまで二度も総理大臣を務めた近衛文麿氏が戦況を憂慮し、日本の国体の将来を案じて直接、天皇に対して『戦争を中止するように』と進言した天皇上奏事件といわれるのがあったが、この時に天皇は『もう少し戦果を上げないとだめだ』と進言を却下したことです。もし、この時に進言を受け入れていたら、まだ2月段階だったから、恐らく3月の東京大空襲、そして8月6日の広島、9日の長崎に対する原爆投下は避けられていたことは間違いない……と、心ある歴史家は語っているわけです。被爆者の立場からも、天皇の戦争責任を曖昧にすることは許されないと私は考えるわけです……」という質問をしたのです。

それに対して、本島市長が「戦後43年経て、あの戦争が何であったかという反省は十分できたというふうに思います。外国のいろいろな記述を見ても、日本の歴史家の記述を見ても、私が実際に軍隊生活を行い、特に軍隊の教育に関係していましたが、そういう面から、天皇の戦争責任はあると私は思います。しかし、日本人の大多数と連合国側の意思によって、それが免れて、新しい憲法の象徴になった。そこで、私どもも、その線に従ってやっていかなければならないと、そういうふうに私は解釈をしているところです……」と答弁したことがありました。

ところが、この市議会での市長の「天皇の戦争責任」発言が問題になって、その後、右翼の抗議行動や暴力団らによる脅迫事件が相次いでいったのです。その中で、長崎には、全国から終結した黒塗りの右翼の宣伝カーが、軍歌などをスピーカーから大音量で流しながら、連日といっていい位「天皇の戦争責任」を糾弾する声と共に、町中を走り回りました。

たまたま、1988年9月頃に、高齢の昭和天皇は吐血と共に容体が悪くなって、病床に伏していました。天皇死去という出来事もありうるかも……という中、政府や地方自治体、マスコミも含めて、全てが異常なまでの動きを示していました。そのような中で、宮内庁の天皇の容体に関する発表は、まるで戦前から戦時下の大本営発表を思い出させるような状況にさえなって、所謂「Xデー（天皇の死去日）」にも関わって、全国的な自粛ムードも頂点に達していました。

そのことも一層、右翼や暴力団等、国粋主義者達の「天皇の戦争責任」発言糾弾に拍車をかけたのでしょう。本島市長宛てに、実弾を同封した殺人予告の脅迫状が送り付けられてきたのです。民主主義の根幹に関わる「言論の自由」を奪いかねない恐ろしい動きになりました。その中で、自民党、民社党は右翼の目にあまる行動は野放しにしながら、「市長の軽率な発言があったから、右翼の行動があるのだ……」と、事態をねじ曲げて反論しました。

私は、市議会での一般質問で「言論の自由に対する暴力は断固許さない議会内外の世論結集が緊急に必要だ」との指摘をしました。本島市長は「今後も特に民主主義を支える根幹の一つとして言論の自由を守っていく努力を重ねていかなければならないと考えている」と答弁しました。勿論、長崎市民は、この「天皇の戦争責任」発言への脅迫や糾弾に対して、「言論の自由」を守る集会や行動を起こしました。それは、被爆都市長崎の市民の良識の行動でした。

しかし、危惧された最悪の事件が起こりました。1990（平成2）年1月18日、午後3時頃、長崎市役所玄関前で公用車に乗ろうとした本島市長が、右翼幹部から銃撃され、胸部貫通を負う重大事件が起こったのです。弾丸は本島市長の左胸を貫通する重傷でしたが、心臓から僅かに離れていて、幸い一命は取り止めました。

この事件で「言論の自由と民主主義を守れ」との声が全国で一斉に高まり、その中で本島市長は、最後まで「『天皇の戦争責任』の発言撤回を拒否し、『言論の自由と民主主義』を守り抜く」生き方を貫いていかれたのでした。

＊「偏向思想」教育の恐ろしさ

今にして思うと、私が生まれて育ったスマトラ島は、かつて1941年12月8日、米・英など四か国との太平洋戦争開戦の端緒となった大日本帝国海軍による真珠湾奇襲攻撃よりも、1時間前、マレー半島コタバルへの帝国陸軍による上陸作戦が挙行された、そのマレー半島の隣の島でした。

そして、その開戦の直前、スマトラ島をはじめ他の諸島の在住日本人の殆どが、一言の説明もない中で、国による突然の命令で帰国させられたのでした。

明治維新（1868年）以来、欧米に見倣って資本主義の道に入った日本の指導者達は、早く欧米列強と肩を並べて、植民地をもつ帝国主義大国になることを目指しました。そして、最初に目をつけたのが燐国・朝鮮だったのです。1894年の日清戦争、続く1904（明治37）年の日露戦争は、朝鮮と中国東北部（満州）の支配権を巡っての侵略戦争でした。

天皇主権を柱にした「明治憲法」の下、天皇制帝国主義日本のファシズム化した軍部と政権、それに結託した財閥は、日本による朝鮮植民地化の時から既にアジア地域全体の資源獲得や安価な労働力を求めて、占領・植民地化のための武力による侵略戦争を企図していたのです。

その中で、「東洋平和」「東亜新秩序の建設」の名の下に、満州国への移民政策を開始し、「生活文化交流」等を隠れ蓑にして中国東北部や東南アジア諸島への民間人移植推進を図っていたのです。そして、この皇国日本の侵略戦争による国土拡大計画が実行された結果、一億国民総動員の中で、やがて日本各地が米軍の戦略爆撃機による猛爆撃にさらされ、最終的に広島・長崎への核攻撃という惨劇が待ち受けていたのですが、当時は国民の殆どが「言論・思想の自由」を剥奪されて、何一つ想像も予想もできないことでした。

今になって考えると、ファシズム化した独裁的な政治・経済機構に支配された国では、国民は全ての分野で「見ざる　聞かざる　言わざる」という未知と無知の中に置かれて、階級的権力者側から思うままに動かされていくという事実があるということは、悲惨な戦争での敗戦から、かなり後になって、戦後、労働者としての道を歩み始めてから知った事実でした。

私達の生きる目的—思想は、歴史的な社会発展の原則や社会科学的な知識を正しく学び、それを基に行動していく中からつくられていくものであり、権力階級からの押しつけ偏向教育からは、決してつくられるものでないことを知っていくことが大切なことだと思うのです。

＊終わりに―21世紀を生きていく皆さんへ―

今年の8月15日で、76年目の敗戦記念日を迎えました。日本政府は、過去の侵略戦争によるアジア諸国民への謝罪も反省もなく、国内外の戦争被害者に対する補償も無視し続けています。

そして、その一方では憲法違反の「安保法案」を強行し、かつてのアジア太平洋戦争下での2000万人余にも及ぶ貴い命の犠牲の上に、主権在民の民主主義国家として新たな出発をした日本が世界に向かって宣言した『日本国憲法』第9条の『戦争放棄』を初め、『思想・言論の自由』『基本的人権の保障』という「平和国家」として必要不可欠の憲法を改悪していく動きさえ強めてきています。

ここ2年余にまたがるコロナ感染禍の下、政治・経済格差が拡大していくだけの世界各国にはびこる新自由主義と名称を変えた資本主義社会での「弱肉強食、自己責任押しつけ」の格差拡大の政治・経済体制から、国民全体の命と暮らしを守る社会体制への実現を目指していく思想をしっかりと学び、身に付けて生きていって欲しいのです。

原爆投下後に広島、長崎に派遣された「米国戦略爆撃調査団」が、核攻撃による惨状を目の当たりにして、当時のトルーマン大統領に報告した「米国戦略爆撃調査報告書」に明記されている巻頭の結論に、次のような警告があります。

『破壊を回避するための最も確実な方法は、戦争を回避することである』・『たとえ勝利しても、戦争から利益は得ない』・『広島、長崎の破壊の惨状以上に説得力のある議論は考えられていない。我が国は、この不吉な兵器の開発者及び使用者として、原爆が将来において使用されるのを防ぐ国際的な保障と制御体制を確立し、実践する上で指導的役割を果たすという、国民の誰にも逃れることのできない責任を負っている』。

「核兵器禁止条約」の発効と実現が、これからの地球と私達人類の運命を決定していくことだけは、間違いのない事実なのです。私は、この警告を日米両国政府は勿論、世界の核兵器所有国全ての政府に対して直視することを求め、私の『戦争・被爆体験』を終わりたいと思います。

——在ブラジルの被爆者団体が解散へ——

激動のブラジル移民の戦後史とあわせて
在ブラジル被爆者　盆子原《ぼんこはら》国彦さんに聞く

［証　言　者］盆子原国彦
［生 年 月 日］1940（昭和15）年6月17日
［被 爆 当 時］5歳。父の働く土木会社の事務所で被爆（爆心地から2キロ）
［聞き手・まとめ］橋場　紀子

被爆者の高齢化に伴い、被爆者団体・平和団体の継続が各地で難しくなっている。実際に解散を決めた団体もあり、反核・平和団体の火が消えてしまうのではないか、という不安を感じるこのごろだ。

そして、日本から遠く離れたブラジルでも、在外被爆者援護に尽力してきた現地の被爆者団体が昨年2020年末、活動の幕を下ろした。広島被爆の森田隆・綾子夫妻が呼びかけて在ブラジル原爆被爆者協会が設立されたのが1984年。最大で270人が登録した協会は、「被爆者はどこにいても被爆者だ」と在外被爆者への援護の充実を求め精力的な活動を続けた。森田会長の経営する日本食材の店の中2階を事務所に、創成期には綾子夫人が自筆で日本政府への陳情書をしたためたと聞く。

ブラジルの被爆者協会の解散の状況、そして移民としての戦後史を含めた被爆体験を、ブラジル在住の盆子原国彦さんに聞いた。（構成・聞き手　橋場紀子）

――ブラジルの被爆者協会が解散したと聞きました。

ブラジル被爆者原爆協会と言うのが作られたのが1987年ですよね。それからずっと来て、2008年に、「ブラジル被爆者平和協会」に改組したんですよね。何故かというと、ブラジルで被爆者が（被爆体験を）証言をするようになって、平和に対する思いがみんな強くなって来て「被爆者平和協会」としたんです。その時、（会の）役員に被爆者だけでなく外部の人も入っていただいたんですよね。例えば、ブラジルの森田（隆）さんの学校名がついている学校の先生とか（編集部注：サンパウロ州立の職業高校が、森田会長の功績をたたえて「ETEC　TAKASHIMORITA」に改称した）、そういう人たちも入っていただいて、活動を続けていたんですよ。でも段々被爆者が少なくなってきましたよね。それに、日本に対しての要請もだんだん認められてきて、最後に現地治療だけになったわけですよ。それで、2014年かね、15年かな、（現地医療を求めた）最後の裁判で勝ったわけですよね。それで県に対して、現地治療、現地治療と言って、思いを続けて来たんですけどね…それができなくても、とにかくこの会は（被爆者が）歳を取ってあまり活動できなくなっているので解散しようかという思いもあったんですよ。それも役員が年老いて、だんだん会を離れていく、亡くなったりとか、そういうのがあったりして、会を続けて行くのがちょっと難しいな、ということになってきたんです。

ブラジルの法律は厳しくて…そういうことがだんだん難しくなっているんで、これ、（会を）閉めようか、どうしようか、という話をしている時に日本側で現地治療が認められるということで、ちょうどいいタイミングだった訳ですよ。

――法律が厳しい、というのは？

ブラジルの被爆者協会は、ずっと現地法人を作って、（国に）登録して税金を払ってやってきたわけです。だから、ずっとお金がかかるんですよ、税金とか毎月の会計士への支払いとか…そういうのがあってね、私たちの会は会費を取っていませんでしたからね。森田さんの（経営する）お店の売り上げからやってもらったり、役員それぞれが出したり、それでやっていましたからね。それも（＝個人負担で経費を出していたこと）、（協会を）止めようということも一つの原因なんですよ。

――被爆者協会が解散すると、在ブラジルの被爆者は困りませんか？

その後やっぱり、被爆者の方々からどうしても何か、会を作ってもらわんとこれからも、自分らだけじゃいろんな手続きができないからお願いしますということで、「在ブラジル原爆被爆者の会」というのを作ったわけです。それで今までやってきています。

代表は森田（隆）さん。（今回は）任意団体で、国に登録されていません。（会員は）現在、ブラジルで生存している被爆者73人（編集部注：この20年で、会員の被爆者数が半減）。

（法人と比べてのデメリットは）それはないですね、今まで通り、まぁ被爆者の色々な手伝いだけですから、被爆者の証言会とか、私たちは今やっているのは森田さんと渡辺（淳子）さん（編集部注：渡辺さんの被爆体験や被爆劇については『証言２０２０』に掲載）と僕ですし、それに森田さんの娘さんの斉藤綏子《やすこ》さん、演劇をやったり、お手伝いをやったりということですから、他にはあれこれいうのはありませんね。

被爆劇に出演する在ブラジルの被爆者。
左から渡辺淳子さん、森田隆さん、盆子原国彦さん

――およそ40年の被爆者協会の活動の意義をどのように考えていますか？

僕はですね、被爆者協会に88年に入ったんですよ、日本から（在外被爆者健診の）医師団が来て…日本から（ブラジルへ）出てきた時に（被爆者健康）手帳を持っていたんですよ、手帳を持っててもブラジルで何にも役に立たないのに…。88年に医師が来るということで森田さんのところに行ったら、「手帳を持っているんなら、受診できる」ということで行ったんですけどね。

まぁ、会についてのどう、こう、いう思いはなかったんですけど、入ってみて被爆者の方と話すようになりました。それまでは自分は被爆者だと言わなかったしね。だから、仲間内みたいな感じで、本当に皆さんといろんな話、被爆体験をして、本当にひどいことだな、という思いがあって…2003年に日本に行った時、私の甥が、被爆体験を話してくれないかということで、（森田さんたちと）3人で被爆体験を話したのが、初めて（＝人前で初めて被爆体験を話した）。

――協会があったから、被爆者の意識が芽生えたということですね。

そうです、そうです。

酷いこととかね、ありますけど、まぁそれも自分がたどった道と同じような感じもするんですよ。病気をして、そういうことで20歳で（ブラジルに）来るときも、30歳まで生きりゃいいかな、外を見たいと言ってきたんですけどね…それなりに今まで生きてます（笑）。

盆子原さんは5歳の時、広島で被爆した。4人きょうだいの末っ子で、女学生だった姉は学徒動員に、母は勤労奉仕に出掛け、今も行方がわからない。小学生だった兄と姉は郊外に疎開していて被爆を免れた。

ブラジル被爆者平和協会が2008年に発行した被爆体験集『私の被爆体験～南米在住ヒバクシャ　魂の叫び』（2014年10月10日発行）から、盆子原さんの被爆体験を再掲する。

＊＊＊＊＊＊

廣島の閃光の下に生きて

（『魂の叫び』より転載。言葉遣い等を一部、編集部で修正・加筆した）

被爆当時　５歳
被爆場所　広島市

【静岡から廣島に】

私は昭和15年6月17日静岡県蒲原郡内房村で生まれました。４人兄弟の末っ子で、上から幸子、延子、国治、そして私ですが上の姉や兄は東京生まれです。父は明治33年に生まれていて歳もとっていましたし目が悪かったために軍隊に行けなかったのだと思います。

静岡の蒲原では父は富士川用水路の土木工事に従事していました。その仕事の都合でいつ広島に転居したのかよくわかりませんが、昭和20年3月の末ごろと兄は言っています。広島に行く前に、山口県床波で瓦を作っていた父の弟の家にやっかいになっていました。後から姉に聞いた話ですが、私がいたずらをして母を困らせたりすると、瓦を焼く大きな釜に閉じ込められ泣いていたとのことです。多分、当時父は広島で仕事をしていたものの、借りる家がなくて少しの期間床波に住んでいたのではないかと思います。

広島では爆心地から約２kmの舟入川口町に住んでいました。原爆が落とされる前の広島の生活で思い出す

被爆前の両親の姿。左から父、母、母に抱かれているのが姉、そして祖母

のは、原爆が落とされる数日前にアメリカの空軍のB－29爆撃機が広島の上空で煙を吐きながら落ちていくのを家の前で母たちと見たのを覚えています。何故そのことが印象に残ったのかと言いますと、角の家に住んでいた女性の方が当時のもんぺ姿でなくスカートをはいて外に出てこられたということを、母などが隣の人とよく話していたのを聞いてそのことがいつまでも私の心になぜか残っています。広島に住み始めて長女の幸子姉さんは女学校、次女の延子姉さんと兄は舟入小学校の生徒でしたが、戦争が激しくなり都市に住む小学生など危険を避けるために学童疎開が行われ、姉や兄も狩留家《かるが》村（現在の広島市安佐北区に位置する）の順正寺に学童疎開をしていました。狩留家には二つのお寺があり、舟入小学校の生徒は二つのお寺に別れて住み、お寺から村の小学校に通って一緒に授業を受けていたそうです。

【被爆当日】

8月6日、あの日母は勤労奉仕で朝早く家を出て、それと前後して女学生だった幸子姉さんも学徒動員で女学校に行きました（姉の通っていた女学校の名前はわかりません、父が生きている時聞いておくべきだったと今でも悔やまれます）。その後、姉はクラス全員で爆心地地域に行ったのではないかと思われます。原爆が落とされた後、父が姉を捜しましたが、生徒も先生も誰一人として生存者がいなかったそうです。父からもその話は聞いていません。母は朝、家を出るとき当時5歳だった私を勤労奉仕に一緒に連れていくと父に話したそうですが、父は幼い子供を連れて歩くのは足手まといになるので、自分が近くの、父が働いていた武田組の事務所に連れていくと自転車で事務所に連れて行きました。

父が働いていた土木会社の事務所は木造の簡単なもので机が4つ位ならんでいました。机のそばで父が右側、私が左側に立っているとき、突然ピカッと光りました。その瞬間、立っていた父は私をひっぱり机の下に押し込み、私の上に覆い被さりました。それとほとんど同時に、物の爆発するものすごい音と爆音が事務所を襲いました。全てのものが飛び散り、舞い上がり、崩れ落ちました。

埃が治まって机の下から崩れ落ちた物をかき分けて

父が立ち上がり、私を机の下から引っ張り出し、床にささっていた壊れたガラスなど避けながら外に出ました。事務所にいた2～3名の人も全員血だらけで、特に父の背中は真っ赤に染まっていました。私も腕などにガラスが食い込んでいて、手や足などから血が流れていましたが痛いとかいう感じなど全然なく、父が後に「お前は泣かなかったな」と言っていましたので多分驚きのほうが大きく緊張していたのではないかと思います。今でも其の時父が働いていた事務所がどの辺りにあったのかよくわかりませんが原爆手帳を見ますと爆心地から2キロメートルとなっています。

父は直ぐ事務所で働いていた怪我をした人たちと裏を流れていた天満川に行き、そこで血だらけになった身体を洗い流し簡単な治療をしましたが、その間にも遠くに見える建物の多くから火が出て燃え始めていました。私たちは治療が終わると所々で燃えている家を見ながら舟入川口町の家に帰ったのですが、我が家も隣の家も屋根が吹っ飛び、壁は崩れて見る影もありませんでした。けれども、周りが燃えている中で火はついていませんでした。なぜかというと、家から小さい道をはさんで建っていた煉瓦立ての漬物倉庫が爆風と熱線を防いでくれていたのです。漬物倉庫はさかんに燃えていました（なぜ漬物倉庫かというとレンガ建ての倉庫が焼け落ちた後レンガの壊れたところから中に入ったところ漬物樽がまだ焼けずに多く残っていたのを見たからです）。

その頃になると空は暗くなりやがて大粒の黒い雨が屋根の吹き飛んだ埃のたまっている畳の上に落ちてき

兄と次姉が通っていた舟入小学校（被爆後）
撮影／米国戦略爆撃調査団（所蔵・提供／広島平和記念資料館）

て点々と染みていきました。黒い雨はほんの少ししか降らなかったように覚えています。

じきに、頭も顔も赤黒く焼け、着ている着物も所々焼け赤い肌の見える火傷をした人たちが目の前の道を歩いてきたりしていました。時間がたち焼け落ちた家々がなくなり、電車通りまで見えるようになり、その道路を、腕を折り曲げ江波の方面に歩いていく負傷者とか、また反対に江波から十日市のほうにいく多くの人の姿が見られました。

夕方には前の倉庫も焼け落ちて、その夜は屋根のない一部壁が吹き飛んだ隣の家を片付けて集まってきた5~6人の人がそこで寝ました。遠くに見える街の中心部は明るくいまだ燃えていました。

次の日、8月7日は前の日の夜まで待っても待っても帰らなかった母と姉を捜しに、父の自転車の後ろに乗せられて、舟入から十日市を電車の線路伝いに紙屋町方面に行きました。道路には爆風で飛ばされた瓦礫や倒れた電柱、黒焦げになっている死体や怪我をしてうずくまっている人たちなど多く、私は父が引く自転車の後ろを持って歩くのが精一杯でした。

途中相生橋の上から見た光景は今でも焼き付くように残っています。それは倒れた欄干から下をおそるおそる見た時、流れに乗って白いシャツを着、あるいは丸裸の浮いた死体が多く流れていたことです。また、両岸にもそれらの死体が打ち寄せられていて、川に降りる石段にも歩けないほどの死体が転がっていました。その数の多かったことに驚かされました。なかには未だ生きておられた方もいたのでしょうが…

盆子原さんの家族が暮らしていた舟入川口町付近の原爆被害
撮影／米国戦略爆撃調査団
（所蔵・提供／広島平和記念資料館）

それから川岸沿いに寺町を通り、横川方面に抜けたのですが防火用水の周りに折り重なって死体がありました。なかには水を飲もうとして頭を防火用水の中に入れ身体を折り曲げるようにして力尽きた死体などもあり、あの人は水が飲めたのだろうか、それとも飲めなかったのだろうか、と今でもぼーっとしているときに考えている自分に気がつくことが時々あります。

寺町では墓石が倒れ、大きな木のてっぺんではいまだ火が燃えていました。電車通りには人を乗せたままの電車が黒焦げになっていました。そして死体を集めて焼いている光景も目にしました。結局、母も姉も見つかりませんでした。

この二日間の断片断片の記憶が今も残っています。その時、どのような服を着て、どのような靴とか帽子を被っていたとか、何を食べたとかいうような記憶は残っていません。

父は幼い私を連れて母と姉を捜しまわるのは大変だったようで、その翌日の8日、私を連れて狩留家のお寺に学童疎開をしていた姉や兄のところに私を預けに行き、広島に引き返しました。広島を離れるときに見た光景は、焼け落ちた瓦礫の町の中で、死体を集め積み上げて焼き、その煙があちらこちらで上がっている、というものです。狩留家のお寺では姉や兄に押さえつけられて腕にぽっかり空いた傷口にヨーチンを付けられ、その後大豆の炒ったおやつをもらったことをハッキリ覚えていますが、あの時一緒に疎開していた姉や、兄の20名ぐらいの同級生の中にも両親あるいは兄弟が原爆で亡くなった方もおられたのではなかったかと思います。

【被爆後転々と】

母と姉を亡くした私たち兄弟3人は、島根県江津市の近くにある父の生家に姉と私、兄は父の姉の婚家に預けられました。いつごろ狩留家を出たのかは知りませんが、島根で大きな富有柿を食べたのを覚えています。またそのころよく気分が悪くなり倒れたこともあります。島根では秋祭りだったのでしょう、お宮で神楽があり、ご馳走をもって松明などで照明した舞台の上で舞う鬼や、加藤清正が虎退治をする虎を見たとき、怖くて泣きだした記憶があります。

そして翌年の春頃だと思いますが、私だけ先に父が仕事をしている友人の川原さんのおばあちゃんの家に預けられました。確か広島駅の近くのバラック建てだったのではないかと思いますが、ここで学生服を着た女学生を見て「あっ姉ちゃんだ」と道に飛び出した事があります。その後、安佐郡八木村の沖さんという方の二階建ての納屋を借りて父と兄弟が一緒に住めるようになりました。ここで小学校入学から卒業まで過ごしました。

小学校に入る前後の6歳ぐらいから11歳ぐらいまで、とにかく手とか足におできが出来て緑色をした膿がわき、それをほじくり出して取るとき痛かったのを覚えています。また、学校の朝礼などの時、気分が悪くてよく倒れていました。小学校4年生の時、身体の弱かった私は肺湿潤にかかり一学期間学校を休むように言われ、朝10時から午後3時まで外に出ることも禁じられました。治療は梅林にあった二森病院に週一度くらい歩いて通っていたと思いますが、病院で血沈をしてもらいお医者さんからその結果の説明をわかりやすくしていただきました。小さい診療所でしたがよくしていただきました。いつも行くと、20ccの塩化カルシウムの血管注射を打ってもらった記憶があります。そのことがブラジルに行って毒蛇にかまれた人の血清注射をするときなど、体で覚えていましたので役立ちました。その後、病気は治ったのですが、身体の奥のどこかで不安はいつも持っていました。

中学は当時三入と亀山と八木の3つの村の小学生が勉強することになっていた高宮中学に入りそこを卒業しました。高校は可部高校に行き、英語と数学の点数が悪く卒業も危ぶまれたのですが、どうにか卒業をしました。

そして、19歳で当時川内の土手の上にあった建設省太田川工事事務所内の中国地方建設局産業開発青年隊という全寮制の訓練所に入隊しました。午前中は現場で土木工事をして給料を貰い、その費用で、午後は夜10時まで土木、測量、建設機械などの講義と実技を受ける生活を1年間行いました。そこを卒業後、すぐにブラジルに移住を希望したのですが、年齢に達していないため移住するまで建設会社でブルドーザーの運転や修理をやっていました。ここで訓練を受けた21名の内6名がブラジルに移住しました。その中に3名の被爆者がいたのですが、お互いに被爆者と分かったのは移住して30年以上も経った後の事です。

何故ブラジルかと言えば、幼いときに原爆にあい、全てが一瞬の内に物質的にも、肉体的にも終わる、それならば身体があまり丈夫ではなく、どこでのたれ死にしてもいいから世界を見てみたい、そこで生活してみたいという気持ちがありました。青年隊を選んだのもそこを卒業するとブラジルに移住できるということもその一因でした。もう一つの移住のきっかけは青年隊を卒業する3か月ぐらい前、体の調子が悪く横川にある荒木病院で診てもらったら、心臓弁膜症の気があるから無理をしないように言われ、これは誰にも言わず移住を決意しました。その後今でも時々健診の時心臓弁膜症のことは言われますが、今はまだ薬は飲まなくてもよいでしょうと医師に言われています。

また、世界に出てみたいと思った理由は幼い頃に読んだ書物も影響しているのかもしれません。小学校に入る前によく読んだ絵本は「ガリバー旅行記」「ロビンソンクルーソーの冒険」。また、小学校4年生の頃に文芸春秋に掲載されていたヘミングウェイ作の「老人と海」などの影響が考えられます。

これが私が生まれてブラジルに来るまでの記録ですが、原爆の破壊力と多くの死者と負傷者を見て、どんなに頑張ってもすべては一瞬のうちに終わるという事を子供心に植えつけられ、私は30歳ごろまで何をする気も起きませんでした。その後少しずつ仕事をしながら、今まで生き続けています。

＊＊＊＊＊＊＊

――改めてなのですが、ブラジルに移民したのは「青年隊」がきっかけということですね。

建設省の「産業開発青年隊」というのがあったんですよ。これは建設省の各地建、九州地建、中国地建、関東とか、北陸とかね…10人以上、20人ぐらいの若者を集めて訓練をしていたんですよ。午前中は、仕事をして土木現場で、それで午後はずっと勉強して夜10時まで勉強です。全寮制ですからね。それで、午前中働いたお金で、大学の先生とかそういう教授が（講師として）来た時の費用にする。自分の寮で食べる食料とかに支払うわけです。働きながら学ぶという。

（編集部注：産業開発青年隊は1953年から国土総合開発事業のため養成していた第一線の技能者で、海外にも進出していた。ブラジルには1956年に第1次青年隊が送られ、森林開拓や道路建設などの工事を

行った。1965年までに10回、326人が渡伯した）

その組織がね、国の組織ですからね、パラナ州のドラジーニョというところに農場を買いましてね、日本の建設省がお金を出して、こっちの農業組合が主導してそこで農場を買って、そこに訓練所を作ったわけです。日本でももちろん1年か2年、訓練するわけですよ。最後は4年制の大学みたいになったんですけどね。僕らはあの当時1年でしたが、訓練して、まぁ、「行きたい人は行けや」というんで、そのチャンスがあったんで（ブラジルに）来たんですけどね。

カナダとかに行きたかったんだけど行けなくて…「農業実習生」というのがあってね、アメリカとかカナダがあったんですよ。ブラジルはまぁ、訓練所があるから、行けるということでね。そういうことで試験を受けて、通ったんですけどね。

僕がブラジルに渡ったのが、1961年ですから。1960年いっぱい勉強してました、日本でね。（高校卒業してすぐ、試験を受けて）59年の4月にその訓練所に入隊して、60年の4月に卒業して、一般の会社に入ってブルドーザーの運転してました。

――ブラジルに移民して、被爆者として体調を含めて、不安はなかったですか？

僕はブラジルの訓練所に入って、1年半ぐらいでそこを出たんですよ。勝手に出て良いからね、自由なんですよ。「いい仕事を見つけたらどんどん出ていけ」ということで（笑）。それで僕はサンパウロに来て、仕事を探してて、身体があまり丈夫ではなかったからね、たまたま、日系の新聞に「アナウンサー募集」と言うのがあって、それで行ってみて試験受けて、通っちゃって…ずっとアナウンサーやってました、日系の。

テレビはない、ラジオ。普通の中波と短波放送と、両方掛け持ちで朝、昼、晩。僕が5時にスタジオに入るとね、ブラジルの新聞を翻訳したの、僕のところに来るわけです。それをね（読む）。

――ブラジルの日系人は盆子原さんの声を聞いて、生活してきたというわけですね。

それはそうで、それもありますね。日系のラジオ放送が3社か、4社ぐらいありまして、そのぐらいみんな、情報に飢えてたということですよね。

(ラジオ局は)「ラジオ・サント・アマーロ」(サントは「聖」、アマーロは「愛する」という意味)。だから僕は、そこともう一つ短波放送「ラジオ・ピラチニンガ」、その両方でやってました。朝の放送が2時間ぐらいなんですよね、それが終わるとNHKの海外放送を録音したのが僕のところに来るわけですよ。それを日本語ですから、それを書き取って、昼の放送、夜の放送に回すわけですよ。

(サンパウロ)市内は全部カバーします。短波はペルーとか、ああいうとこの日系人がよく聞いてました。日本からも聞いたという情報が入っていましたね。時事ニュースと農業関係のニュース。農業の市場《しじょう》とか、今日の市場とか。ブラジルの農業をやっている人に必要ですしね。

それでね、僕はね、64年にブラジルでカステロ・ブランコが軍に投資して、革命があったんですよ、軍政になったんですよ(編集部注:1964年3月31日のブラジル・クーデター。64年から85年まで、親米反共の独裁政権であった)。それまで僕はラジオ・サント・アマーロとブラジルのコチア産業組合という南米一の産業組合があったんですよ、そこのところで、午後、短波放送のプログラムを作ってくれというんで、そこで働いていたわけです。それが、その両方掛け持ちでやってたんですけど、64年に革命があって外国語放送が禁止になったんです。それからもう、日本語放送もスペイン語放送とかイタリア語放送とか全部やめさせられました。

革命があった時ね、朝、放送局に入ろうとしたらね、軍人が門のところに立ってて「どこに行くんじゃ」と(聞くから)「放送局に行くんじゃ」と言ったら、「入ってもいいけれど、何も話すな」と。それで、「音楽だけ流しとけ」って。その後、夕方ごろかな、国内放送が全部、その放送だけ流さないといけない、今でもあるんですけどね、国が1時間時間を持っていて、そこに国の状況を話す時間があるんですけど、革命が起きたということを話して…。

(その後も)組合(勤務)をずっと続けていて、ブラジル語で組合員の皆さんに市場状況とか、どういうものがこれからいいのか、どういうものを植え付けたら値段がよくなるとか、そういうような話をずっとしてました、69年まで。ラジオで。

――その後、貿易や食品会社、測量会社など次々と立ち上げるなど、さまざまな仕事をなさいましたね。

1997年に交通事故を起こして、両足骨折、ろっ骨を3本くらい折って、足が5㎝ぐらい短くなって…それでリハビリを2年ぐらいして、また健康になって、それからシイタケ栽培をやりました。それでそのシイタケを（ブラジル被爆者協会会長で、日本食料品店を経営していた）森田（隆）さんの店に持って行って「売ってもらえますか」と聞いたら、「いいですよ」と言うんで、毎週2回、届けるから、そのたびに森田さんと話して、親しくなって協会を手伝うようになったんですよ。

それで、2003年に日本に行けば被爆者手帳が出るということになって、森田さんと僕が話して、森田さんが日本に行って、僕がこっちから被爆者手帳のない人を（日本に）送るから待ってもらってて、手帳を取って帰らせる仕事をしたんですよ（編集部注：在外被爆者訴訟での原告勝訴を受け、海外でも手当支給が可能となり、被爆者健康手帳を取得したい被爆者が次々と来日した。言葉や地理に不案内な在ブラジルの被爆者のため、協会が渡航や手帳申請の準備、日本での申請手続きの付き添いなどの役割を担った）。その時、20人以上でしょうね…長崎、広島の被爆者。あの時は航空運賃が（日本）国から出ましたからね。長崎（県庁）の島村さんなんかにもずいぶんお世話になった。

――それにしても、在外被爆者への援護差別が長く続きました。

そうですよ、（格差が解消したのが）20年前ですからね。1985年からか、2年に1回、（被爆者健診の）医師団が来てましたけど、それだけどあの時の検査は血液検査に、それから心電図ぐらいなもんでしょう。何もなかったからですね。（日本の在外被爆者援護策と現地の実情がかみ合っておらず）僕らも反発して、もう（健診は）いらない、と（拒否したこともあった）。その後かな、健診内容がずっとよくなりました、カメラを撮ったり超音波検査をしたり。

（援護の充実という点でも協会の存在意義があっ

た?)その結果が良かったですからね。それで初め、くっと盛り上がっていた検査がだんだん、あまり効果がなくて、どんどん被爆者が受診をされる数が減ってきたわけですよ。それで、そういう反発をして受診者がぐっと増えて、色々な病気が見つかって手術をしたりとか。結局、日本に行かないと(医療費が)無料にならないわけですよね。こちらじゃどうしても自分でお金を払わにゃいかんからね、そういうところがまだまだあって大変でしたよ。

――移民生活、そして在外被爆者への援護格差の中で生きてこられたわけですが、ブラジルに来てよかったですか?

よかったですよ。あのまま日本にいたらもう死ぬかと思うね。やはり、ここは自由じゃないですか。縛られることがないから。色々、親戚縁者とかそういうのもないし、まぁ、結婚して親戚はできましたけど…気候もいいし、食べ物もいいし。結局、初め、世界を見てやろうと思ってブラジルに来て、その後、もう一回日本に帰って…フィリピンとかアフリカとかああいうとこも見て、また、ブラジルに来たりして、その後、ピースボートに乗って、世界一周して。世界の40カ国近くを回ったんですけど、これは夢が叶えられたということになるんですかね、満足してます。

――最後に、家族への思いを聞かせてください。

(原爆で亡くなった母の年齢も)わからない。名前は盆子原セツ、父は国若《くにわか》。うちはみんな、「国」がつくんです、男は。兄貴は国治《くにじ》。兄と姉(延子)は疎開していたので、被爆者にはなりません。もう、亡くな

盆子原さんらが演じる被爆劇は、ブラジルで大反響を呼んでいる

りましたけどね。
　一番上の姉・幸子《さちこ》。僕、女学校の亡くなった人の名簿なんか、あちこちから調べてみたんですけど、（名前が）ないんですよね。だから、うちは舟入だったから、舟入の近くの学校だったかなと思って調べたんだけど見つからなかった。探してみたんだけど、ちょっと見つからなかったですね。（お姉さんの年齢は？昭和何年生まれですか？）わからない…（女学校に行ってたことは？）間違いない。姉がセーラー服を着て、女学校の生徒の服を着て写っていた写真が1枚、残っていたと思うんですよ…。

　盆子原さんは、母や長姉の当時の年齢がよくわからないと話す。姉のセーラー服姿を覚えているものの、どこの学校に通っていたのか知らないと言う。幼い頃に原爆で家族を亡くす、ということは、そういうことなのだ、ということを突き付けられる。大人になり、自分や家族のルーツを辿ろうとしても見つけることができない。原爆が心身だけでなく、家族という最も小さな社会から地域社会をも壊したのだということを改めて感じる被爆体験である（橋場）。

越中哲也さんの勧めで初めて語る

――「梨」が生死を分けた三菱兵器大橋工場での被爆体験

［証言者］陣野トミ子
［生年月日］1926（大正15）年3月19日
［被爆当時］19歳、長崎市大橋町の三菱兵器大橋工場技術部で被爆（爆心地から1・3km）
［聞き手・まとめ］橋場　紀子

陣野トミ子さんは親の代からの熱心な仏教徒だ。95歳になった今も、長崎市の光源寺への参拝を欠かさない。毎週日曜日、お寺での法要後、郷土史家の越中哲也さん（光源寺の先々代の住職の長男。2021年9月、99歳で死去。戦争体験は『証言2019』に掲載）を囲んだ談話を楽しみにしていた。話題豊富な越中さんと檀家のみなさんは、長崎の歴史から国内外の歴史や時事問題、時には「げなげな話（～げな＝～らしい、という噂話）」まで本当に話が尽きなかった。この中で、よく話題に上ったのが戦争や原爆の話だった。

「あーたは、どこにおらしたと？」「あー、そういう時代やったもんね」と、また同じ話がまるで初めて話すかのように繰り返されるときもありながら、戦争体験者たちがそれぞれの体験をぽつりぽつりと語る場であった。その場の和やかさとよく知った人たちの輪だったからか、陣野さんも三菱兵器大橋工場で被爆した話、仕事の合間に隠れて「梨」を食べようとして難を免れた話、衣服が破れて純心女学校にあった着替えを拝借して逃げた話――そして被爆体験をあまり語って来なかったという話を、少しずつ話すようになった。

陣野さんの被爆体験について、越中さんが「あなたのね、被爆体験はちゃんと記録してもらっとかんといかん」と何度か、『証言』への掲載を勧めてくれたが、後述するように様々な後ろめたさから陣野さんは「いやいや、私の体験なんか…」と、なかなか乗り気にはならなかった。また、「じゃぁ…」と聞き取りを承諾していただいた後も、コロナ禍や聞き手の都合もあり、なかなか実現に至らなかった。そこへ、2021年9月、越中さんの訃報が届いた。

その通夜の席で、陣野さんはひどくショックを受けていた。父・門信《もんしん》和尚の代から知る越中さんが眠る棺を前に「越中さんがあれだけ声をかけてくださったのだから」と、ようやく話を聞くことができた95歳の被爆体験である。

長崎市・光源寺にて。越中哲也さんが陣野さんに被爆体験の記録を強く勧めた

陣野さんは、寄合町にあった料亭「梅月楼」を経営する中熊家の長女として1926（大正15）年に生まれた。1933（昭和8）年、火災に遭ったことから、店を閉めた。被爆当時は、父母と弟妹5人、祖父母と暮らしており、母は臨月であった（末弟は8月15日に生まれた）。

（構成・聞き手　橋場紀子）

被爆まで～三菱兵器工場で勤めていました

私は、尋常高等小学校は佐古、12歳で活水女学校に入って、17歳で卒業して、三菱に出た。学校を出た人はみんな働くわけですよね。それで徴用、というのがあるわけですよね。動員されたらどこに勤めるか分からんでしょ。（会社に）入らんば、強制（動員）で（仕事を）させられれば工場に行かんばできん（長崎弁で「行かないといけない」）。工場に行ったら（作業は）油ぎってどうもこうもならんから、（踊りの稽古先の友人から）「今なら事務所に入れるよ」「はよ来んね」

と言われて行ったとやった。そしたら、（三菱兵器大橋工場の）事務所に入った。

（世の中は）食べ物がなかったですね。だから隣近所は仲が良かったです。みんな分け合い。（食べてたものは）かぼちゃ。学校の運動場はかぼちゃ畑やった。かぼちゃとじゃがいも、さつまいも。いも類ばっかりさ、そして今度はね、栗とかヒエとか。栗まではよかとさ、ヒエになれば食べられんもん、ブツブツブツブツして、それでお米と一緒につきよったわけさ。お米も玄米なんかが配給にあるから。（魚は）みんな兵隊さん（に行ってしまう）。（寄合町周辺の）ここの山、みんな兵隊さん、要塞地帯だから。稲佐岳も砲台があったでしょ、こっちは風頭にも砲台があったでしょ、もう、砲台ばっかりさ。要塞地帯だから。（魚を）子どもたちが釣ってくるのを食べるぐらいなもん。

（当時、実家は料亭はしていなかったが酒の配給の仕事を頼まれていて）戦争中でもお酒の配給があって、ここにお酒が1ヶ月でですね…5ちょう、入ってくるから、1ちょうが40升、うちが配給しよった。「みんな瓶を持って来てください」て言って、瓶ば持って来てもらうわけ。そいけんね、（料亭など）女の人の10人おるところと、5人おるところ、（人数で振り分けて）いくら、って持って行きよったですよ。（戦時中でも、人によっては）贅沢、（食べ物が）ありました。（料亭に客が）来よったです。その代わり、そんなにたくさんは飲ませんで、「もう、これでお帰ってくださいませ」って、「奥さまのお待ちでございます」って言ったら帰るんだから。みんな、上手よ。

かつて陣野さんの実家が経営する料亭が一時期あった場所。今は丸山公園となっている

（職場へは）思案橋から路面電車で（行く）。もう、電車の運転手は全部中学生ですよ、学校に行かずにそげんことばっかりしてた。（学生たちが慣れず、電車が遅れたり止まったりしたので実際は）遅刻してボーナスが減らされるのが嫌だから、歩いて通ってました

もんね。（自宅の寄合町から）5キロぐらい、1時間半ぐらいかけて。給料が減らされるのが悔しくて…。私たちの時は電気で（タイムカードを）しよったから、8時1分になると（カードに）赤がつくとさ。ハイカラやったろ。マークも違うとよ、私は「銀」やった。工員さんが青バッチ、造船所が赤。4場所あったけんね、三菱4場所、造船所、電気、製鋼所、兵器。その4場所の青年学校が（浜口町に）あった。その青年学校の事務所が私たちの部屋にあったわけ。（三菱兵器大橋工場本館内の）労務課の一つの部屋が4つに分かれてて、右手奥が厚生課、手前が教育かなんか言うんやない？ 左手前が調査課、その奥が労務課、そしてそこにはいつでも工員さんが出入りできるようにしとったわけ。工員さんが2日休んだら（社員が）家に行きよったですもん、訓育の人が、遊びよらんか見に行くわけです。そうせんと、工長、伍長、組長となっとって、ヒラの人が休めば工長の責任さ。それで全部が給料の少なくなっとさ。（給料は）「社倉《しゃそう》」があったからお米でも何でも買えよった。今もあるはずですよ（売店みたいなもの）、給料で買えるから。そしたらそこで買う時には自分の番号と名前を言って印鑑さえ押せば、給料引きで買えるわけさ。私の給料は持って帰って親にやりよった。6人きょうだいの一番上なんで、両親とおじいさん、おばあさんがおったんです。10人家族。

戦時中の暮らし

竹やり訓練やなぎなた訓練もしてましたよ。（それで鬼畜米英を刺せると？）思うもんですか！これよか、叩いた方が早か、と思ってましたよ。（殺すなんて）無理、無理。（空襲の被害軽減のため）天井板を外しましたよ。それが一番、困ったですよね。家が3階建てでしょ、父が上がって元に戻すごとって全部（外した板を）ひとところに寄せとったですよ。「なんのそんなこともあるもんか、爆弾が落ちてきたら下まで落ちるさ」って。床の下ば、みんな防空壕にしとったでしょ、「爆弾の落ちたら下まで突き抜けるって、馬鹿じゃなかか」って。

うちは家の向かい側に防空壕を掘って、5、6人かな。そのためにそこは強制疎開（建物疎開）ですよ。（文句も言えず、憲兵は）怖かったですよ、憲兵のいうことは「はい」って聞かんばいけん。それでも、写真を撮れば（検閲の）判子を押さんばもらえん。写真機ごと持って行って許可をもらわないと（写真を）もらわれん。自由がない。何でも配給。それが、うちのおばあさんが昭和18年に亡くなったわけですね、（その際にお供えとして頂いたため）もう、砂糖が何段ね、（置くための）棚を作ったとですよ、砂糖をいただいたのに。角砂糖ね。それを全部、蔵の中に入れておいて、少しずつ分けてやりよったとですよ。

原爆のことは、覚えとるどこじゃなかですよ。

それがね、（配属されたのが）厚生課でしょ。厚生課だから食堂も厚生課が管理しとるわけですよ。その時に食券を売るわけ、1ヶ月（分）、食べる人は給料から（食事代が）引かれるとに日にちが分かるでしょう。それでも、1週間に2回ぐらいしか食べん人やったら、やっぱり食券、売らんとできんでしょう（食堂の採算のため）。それで当番をじゃんけんして決めよった。そしたら、じゃんけんをしよれば「うちは負けてばっかりよ」と、こんげん、言うけん、「そんならば1週間おきにしよか」「いや、1週間おきはつまらん」「なしてね」、「都合のあるやかね」「ある、ある」…食堂に行けば弁当を食べられるって（笑）。（食堂の係の人がごはんを）握って食べさせよんなったけん。食券を売るわけ、1ヶ月食べる人は1ヶ月分ぽん、と引き受けるでしょ。そいでも、自分ちでお弁当持って来る人と夜勤の人と昼の人とまた違うでしょ。夜勤は（食費が）無料やもんね。（必要な食事の数がまちまちになるため）それでみんな食券を売りに行くわけさ、「余れば頂戴」って。だからホント、私たちは食べ物に不自由せんやった。厚生課でも、食堂に関係があったけんさ。

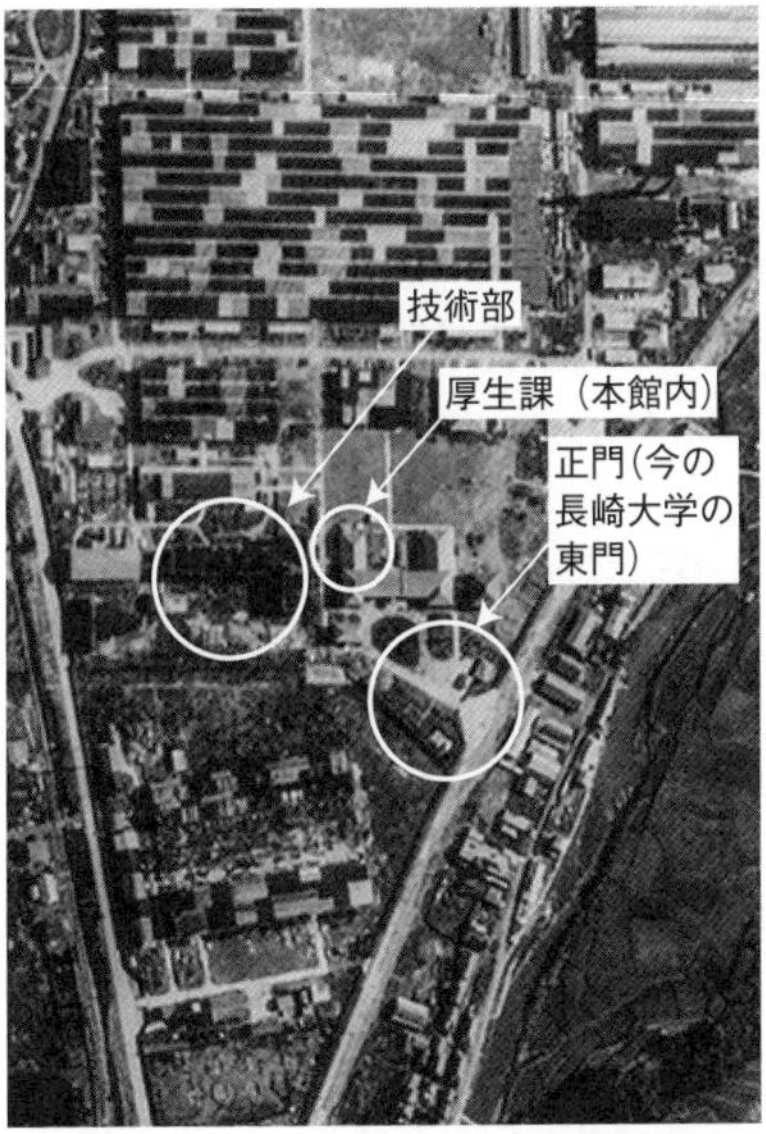

大橋工場の航空写真（長崎原爆資料館所蔵）

原爆投下～生死を分けた梨

9日は、私は（食券販売の）当番じゃなかったとさ。当番じゃなかったけんが「（梨を食べるのは）後でゆっくりよかっさね」と言いよったけれども、当番の人は早よ、（仕事を）やらんばできんでしょう。

数日前に私が転石《ころびいし》（長崎市の地名。今の田上《たがみ》辺りに陣野さんの梨畑を持つ親戚がいたとのこと）で梨をたくさんもらってきとったわけ。（自宅で）「お母さん、もう、梨はなかとげなよ。後は木ば、切ってしもうて芋畑にすっとって。来年から芋やけんで、もう、今年が食べ納め」って、そいけん「もろうてきたよ」って。（9日の）朝から「行ってきます」と言ったら、（母が）「ちょっと待ちまっせ」言いなんわけ、「何か、用事？」「あーたね、せっかく梨をこれだけもろうきて、自分だけ食べよればね、くされてしまう」って。そしてね「みんなで分けおうて食べんですか。うちは仏様と神様と2つ上がっとっけん、あとは持って行きまっせ」って言って。そして母が持たせてやって（くれた）。「いつ食べられるか、分からん。そんげん貴重なものはね、みんなで分けおうて食べとかんとですか。いつ死んでもよかごと、覚悟はしときまっせ」と言うて、それで私、ふろしきに包んで、電車に乗って持って行ったとですよ。

（職場で同僚に）「持って来たけんね」「あら、そげんと持って来たとね」って言って、机の下に入れとったとですよ。そしたら、当番の人は、食券売りに行く人は（工場の昼休み時に食券を販売するため）早よ、ごはんば食べんばできんでしょ。「あんた、早よ、ごはん食べに行こうや」「食券売りに行かんばできんけん、早よ、会計に行ってもろうてこんね」って、（先に）お釣り銭と食券をもろうてくるんですよ。それを持って（梨を）食べに行こうかって言ってて、ばん！、やった。

（梨は職場の）工場の中で食べられんでしょう。大きな部屋やけんで、4つに仕切ってあっとやけん、みんな課長とかおっでしょう。課長やら部長やらおるところで、（梨を）剥かれんです。そいけん、どこか隠れ場所は、「あ！技術部の地下室に行こう」「そうね、そこがよかよ、行こや」って言ったとやっけん。それで、（何人かを誘って地下室に行って）剥いて食べましょうとなって「あ、ナイフを忘れた」って（言って）

「取りに行きます」と行ったとか瓊浦中学の生徒さん…（戻ってこなかった）。男の子。10人ぐらい誘って…（誘った人は助かった）…っていうことですよね。まぁ、後から亡くなんなさったけどね。地下室でしょ、それで扉が、こうなっとるでしょう（内開き、部屋の中に向かって扉が開く）。押して開ける、それで助かったとですよ。向こうからぽん、と閉めらてみんですか、爆風の来て閉められたらもう、出られんかった。（爆風で扉が）開いたから逃げきった。

被爆後の三菱兵器大橋工場の技術部。鉄筋コンクリート造りで陣野さんは偶然、この地下室にいたため助かった（長崎原爆資料館所蔵）

（技術部の地下室は）そこが防空本部やった。そこに全部の工員さんの職番から、名前から、何人…第1機械が何人、第2機械が何人、ということがわかるわけさ。それがわかれば、韓国・朝鮮の人たちもみんな名前から職番から全部、そこに入っとるわけ。（空襲被害を避けるため）大事なものがそこに全部入ってた。住所・氏名が書いてね、賃金まで書いてね。（そこで働いている人がいるわけでなく）みんなそこに行って調べよった。そこにお米やら麦やら全部、入っとるわけ。働いていたのは、門（今の長崎大学の東門）から入ったところにある建物、木造のそこ（本館）におりました。（地下室には）外から入って、そこは（上は）技術部やったからコンクリートやったでしょう。（原爆投下後）技術部だから「何かあったとよね」と言って（地下室なら安全だろう、としばらく）外に出きらんやったとです。上におれば、もう、死んどります。ここにおったから助かった。その頃は仕事と言っても何もされんとですよ、しょっちゅう、空襲警報でしょう。空襲警報が鳴ってみんですか、もんじ（門番）さんたちが「早よ走れ、早よ走れ」って棒で叩きよったです。

（原爆投下の）その前に、「昨日ね、広島に新型爆弾というのが落ちたとげなよ」と言うから「新型爆弾ってどんげんとね」と（聞いたら）「風船爆弾のごたっと」って。「ふわふわ浮いてきて、風船のぱん、とはじけたら、それがいくつにもなって落ちてくっとよ」とそういうことを聞いとった。広島の落ちてから2日目ぐらいやったかな。そいけんで「長崎にも落ちやせんやろか」って言いよんなった。「そん時はそん時さ」「（どういう姿になっても）生きとけばよかさ」。そんなもん、みんな、ほら、覚悟はしとった。

（原爆投下時は）とにかく砂埃が…ぴかっと光ったとは、光ったと。それから、砂埃が。それで、砂埃に当たった人がやけどした。（自分は）やけどをしとらんけれど、洋服が焼けた。（もんぺの）下から何枚も履いていたから、（焼けたのが）上だけですんだ。（衣服が焼けたので）「転げんね、転げんね」というから、俵のごと、ごろごろごろごろ…（転がった）。でも、やけどはしとらんかった。（けがとかは）しとらんです。（工場は）壊れてましたよね。

（身体には）ちょっと物が当たったぐらいでね、血は出たですけども、わからんです。そして今度は、洋服が（焼けて）なかけんで、「帰られん」って言って。風呂敷を巻き付けて、（友人が）「あそこにあった風呂敷ば、黙って持って来て、着とるよ」と言うから「それなら見つけてくっけん」と言って、風呂敷ば見つけて、腰に巻いて、上から来て、そして、会社を出たとですよ。そしたら、どこかに家の建っとらんね、って。「建っとるよ！（三菱兵器大橋工場の隣の）純心（女学校）の！」って行ったら、家の建っとる（と思った）のは御真影（を安置した建物・奉安殿）だった。純心（の建物）も（中は壊れて）表だけしかなかったですよ。御真影のあるところはコンクリートだったから、わざわざ御真影に頭を下げて入って行ったとよ。（その辺りで着るものを探したら）「あった、あった、体操服の！」って言うけん（それを着た）。

そしたら、また空襲のあるとなったものだからどこか逃げようと、しばらく逃げとったとですけどね。とにかく喉の渇くけん、「水の飲みたかね」「水もなかね、何もなかねー」と言ったけど「水もなかね、何もなかねー」と言ったけど、ずっと上ったとですよね、そしたら「あら、水のあるやかね」「何の水ね」「田んぼの水」と言う。そしたら、（そこに）教育の課長さんがおんなさるでしょう、「あら、先生、大丈夫でしたか」「私も大丈夫なんですよ」「よかったですね」「この方たちが助けてくれてね」と（会話を交わした）、造船の人が助けとった。4場所の校長先生だから知っとっさ。4場所の青年学校の先生。青年学校がどこやったか、今の（長崎北）郵便局あたりやなかったかな（浜口町の三菱長崎工業青年学校）。三菱グラウンドの端のところに、今もあるかもしれん、発射試験（鋼材試験場）…（正式な）発射場というとはまた、別のところにあったとですよね。私たちは魚雷を作りよったでしょ、発射の検査もせんとできん。

光源寺にて。大橋工場の「被爆写真」を初めて目にし、自分の勤務場所や被爆体験などを証言

家族の被爆体験

妹は学徒動員で大橋（兵器工場）にいて、（三菱兵器への）出入りの門が違いますもん。今の電車通りからしか入られません。私は、こっちの本門、一番手前から入ります。あそこが一、二門、三門、となってますものね。（妹は）私と3つ違うから学校の1年生か、2年生ぐらい。妹がね、「姉ちゃん、私はね、学校に行きようばってんね、ＡＢＣのＡも習うとらんとよ」ってね。「あんたもやけど、私もやっかね」と笑ろうたんですよ。私たちはアルファベットを覚えとらんとですよ、ＡＢＣの大文字を覚えただけで、小文字の時は（敵性外国語として、教科書を）破ってしまったとですよ。（原爆後、妹は）すぐは帰ってきとらんとですよ。「あんた、どこに行っとったとね」と言ったら「そいがね、汽車に乗って長与の先まで行っとったっと」って。それで「そこで手当てをしてもらったっさね」って、（痩せて）目ばかり、ぐるぐるしとった。

（家族全員被爆者で、末弟は胎内被爆者だが）それを（被爆者健康手帳を）もらわんとやけん。「お嫁さんにもらわれんし、お嫁さんも来《き》てのなか」って。（寄合町の自宅で被爆した）母も（手帳を）もろうとらん、あんたたちが嫁さんにいかれん、って言って。全然、もろうとらん。（父は）徴用工で川南（造船所・香焼）に行ってた。

私は（戦後、三菱に）残務整理に行っとった。今のね、造船の一番上、立神の上、あそこに1年ぐらい、2年ぐらい行ったかな。みんな軍隊から帰ってきなさってでしょ、そしたらその頃、厚生年金があったんですよ。（復員した人に）厚生年金を教えんとできん。厚生年金の番号はこれです、職業がこれだけあるんですけどどこを紹介しましょうか、と（いう仕事）。「電鉄丸」（長崎港内の連絡船）で行ってましたよ。

話さなかった被爆体験

（今まで被爆体験を話したことは）したことないですよ。あんまり言わん。話したくなかったですね。話したくなかったというか、亡くなった人に申し訳ないと思う。自分ばっかりこんなして、生きながらえてさ、原爆のことば、話してよかとやろうか。でしょ。話しにくいです。（三菱兵器での同僚とは）一つのおにぎりを分けて食べてた人でしょ。「お菓子ば、もろたとよ」「私も少し、頂戴」って、みんな分け合って食べた人が亡くなったとですよ。（自分が誘わなかったことで生死を分けた同僚がいる）それがあったから嫌ですね、亡くなった人に申し訳なか、と思って。それがですよ、大きくなって育て上げてしまった人ばっかりならよかでしょ。親は学生さんだから学校に月謝を出しよった人でしょ、余計…親御さんに申し訳なかとさ。

（戦後は）やっぱりそういうところには行きませんでした。だから、今でも兵器の慰霊塔のあると、って、あそこのその先に「行ってみませんか」「名前の書いてあるとですよ」と（言うけれど）行かん。でも、いずれは行ってみて、お

越中哲也さんを囲んだ談話会。長崎の歴史話などに交じって、戦争や原爆の話が語られた。

参りせんばできんと思っとるとですけどね、それこそ「ごめんなさい」と言いにいかんといかん。（自分が）悪いわけではないけれど、やっぱりね、ごめんなさいね、と言わんばできん。もっと、私が「外に出なさんなよ」と言っとったら助かったですよね。（助かったのは）鶴鳴の生徒さんですよね。鶴鳴の生徒さん２人と女子商業の生徒さん２人と、それから5、６人が入っとったと。その人たちは助かっとる。その方たちには会おうと思わないですよね、助かっているから…。

陣野さんの話は、戦争中の話と花街の華やかな時代の話が行き交い、長崎の歴史としても非常に興味深いことし、陣野さんは95歳だが、今でも家業の事務仕事を手伝い、寺町にある光源寺から自宅まで約２キロを歩いて帰るという。

その日鉄道事故で助かった私

［証　言　者］　土井玞美子
［被 爆 当 時］　長崎市東上町在住、被爆地は長与村長与駅（爆心地から5・0㎞）
［聞き手・まとめ］　城臺美彌子

1945年（昭和20年）8月9日、私と母と妹は、時津のおじさんが戦死したので、その法事で一泊しての帰り道でした。時津から歩いて、やっと長与駅にたどり着き列車に乗り込みました。が、空いている席がなく、母と妹は、前の列車、私は後ろの列車でした。私には兄2人姉1人、もうひとり3歳下の妹がいるのですが、汽車賃がいるので、みな留守番でした。家は長崎市東上町（爆心地より2・7㎞南東方向）、母は、汽車賃がいらなくて役に立つ私と1歳の妹を連れていったのだと思います。なかなか発車しないなあと思っている時でした。停車している列車が突然ピカーッとし、動いたっと思った瞬間でした。

でも動いていませんでした。

この列車は、本来なら11時には浦上駅に到着している頃で、予定時刻どおりに発車していたら私たちは3人とも原爆死していたでしょう。しかし上り列車が事故のために長与駅に延着したので助かったのです（長崎本線は単線ですから上り列車が来るのを待機駅で待ち、入れ替わって下りの列車が発車します。また長与駅は爆心地から、5・0㎞です）。

国鉄長崎機関区原爆被爆体験記編集委員会編『8・9の被爆者たち』から事故を調べてみると、昭和20年

8月9日、長崎駅午前10時23分発鳥栖行きが出発後まもなく、松山踏切（原子爆弾投下中心地すぐ横）でトラックと衝突しましたが大事にいたらず5分くらいで発車したと、この列車に機関士見習いとして添乗していた高比良八男喜さんが記述しています。「その後列車が長与駅に進入したとき、カメラのフラッシュみたいにピカーッとして、3、4秒してから背中をドスンと押されて、逆転機によろめきつかまりました。それが原爆の爆風でした。長与駅には、その時、長崎行の下り列車（311列車）が2台重連でいましたが、私の列車は15分後くらいで長与駅を発車しました。空にはグラマンが飛んでいたので駅に2個も列車を止めておくのは危険だったからです」。

私たち親子は長崎行下り列車（311列車）に乗車したものの、なぜか定刻になっても動かなかったのです。311列車の前重連機関士であった岸川国男さんは、肥前山口より長与駅に到着、上り列車遅延のため待ち合わせ中ホームに立っていたら、爆風により炭水車にうちつけられた、客車の窓ガラス、駅舎の窓ガラスが割れ、負傷者が出たので、関係者と協力して救護にあたり、道の尾駅には相当時間がたってから到着した、と記述しています。

私たちは本来なら浦上駅に到着している頃で死んでいたはずですが、汽車が延着して助かったのです。あとで聞いたのですが、時津の親戚の人たちは、母に赤いあざがあるのを目印に、死体を探しまわったそうです。母と私は別々の列車（母は前重連、私は後重連）に座っていましたが、2人ともけがもありませんでした。ピカーッと光った時、私は背中に風を受け、窓ガラスが割れて降ってきたので、床に伏せました。前から教えられたとおりに目と耳を指で押さえて伏せました。隣の席の大人の人が、私をかばって私の上に伏せたように思えました。車内にいた人々もみんな床に伏せました。しばらくして母が心配して、私を探しにきてくれました。その汽車には8月6日に広島で同じ目に遭い、郷里長崎に帰る途中の兵隊さんが乗っておられ、「今のは新型爆弾だ」とみんなに教え、「日向《ひなた》に出たらいかん。陰に入れ」と言われたので、みな汽車を降りて、近くの掘りかけの防空壕に逃げ込みました。そこには顔中ガラスの破片がいっぱい刺さった女の人がいました。

その後、恐ろしい光景をみました。遠くに行けなかったおばあさんが列車の下に隠れていたのです。おばあさんは、その列車の車輪がガタンと一つ動いたときに、車輪の下敷きになって亡くなられたそうです。雨戸に乗せられ、連れていかれましたが、緑の田んぼが真っ赤な血で染まったのが忘れられません。そのおばあさんは京都に嫁いだ娘さんに会いに行ったそうですが会うことができず、その帰り道だったとかで、みな「可哀そうに、可哀そうに」と言っていました。

長与駅では客車の窓ガラスが割れたり、駅舎の窓ガラスが破損したり、負傷者が出たりしたので、救護にあたり、道の尾駅には相当時間が経過してから到着したと、311列車の後重連の光武富士男機関士も述べています。

ようやく列車は長与から一駅動いて長崎の方に近づき道の尾駅まで動きました。道の尾駅に来ると、汽車はそれ以上進めず、長崎市内には入れないとのことでした。道の尾駅で皆おろされました。向こうから、体中真っ黒にすすけ、衣類もボロボロの人たちが線路伝いにぞろぞろとたくさんやってきました。その中に、3人組がいました。真ん中に、重症の人を抱えて、「がんばれ、がんばれ」と声を掛け合いながら歩いてきました。真ん中の人は、内臓が飛び出ていたそうで、そう長くいかないうちにダメだったろうと、そこにいた人たちは話していました。まだ6歳の私でしたが、その光景も忘れることができません。その3人は長崎医学校の学生さんで郷里の福岡に帰るといっていたそうです。

よろよろと浦上の方から逃げて来た人々は口々に「水水」と水を求め、「どうせ助からんとやけん飲ませろ」と消防団の人が言い、母も飲ませてあげました。そんなにしているうちに、時間が過ぎていきました。汽車は進めず、長崎市内には帰れない、どうしようと母が思案に暮れているとき、同じ列車に私たちの近所のおばさんが乗っておられて、自分の親戚の家がこの近くにあるから一緒に行きましょうと声をかけてくれました。私たちはこのおばさんについて行き、小高い山の上の農家に泊めてもらいました。その日、白いご飯を食べたような記憶が残っています。夜、長崎の方が赤々と燃えていて、さらに爆弾が落ちるのをみました（その夜城山で夜を明かした人が照明弾を落とされたと証言しています）。長崎の空が明るかったです。翌日、母は家のことが気になって、朝早く荷物をそこに預けて、1歳の妹を背負い、私の手を引いて、山を越え何時間もかかって東上町の家へ帰り着きました。道のどの道を通ったのか今ではよくわかりませんが、道の尾駅から道の尾温泉、浦上水源地のふちを通り、川平から西山越え、または金毘羅山越えで立山を通って下りて行ったのではないでしょうか。どんな道を通ったのか、どんなに大変だったのか、母が生きているうちに、聞いておけばよかったと今更後悔しています。

遠藤周作の小説『女の一生』には浦上から金毘羅山を通って中通りに行くところがあります。同じような道をたどったのでしょうか。私は藁草履をはいていて、足にまめができ、痛くて痛くてたまりませんでした。途中でリヤカーに怪我をした娘さんを乗せてくる人たちと出会いました。母が「長崎は」と尋ねたら、「長崎市内は全滅！」と言われたそうです。ようやく東上町の自宅に着いた時には、兄たちも姉も誰もおらず、ガラス戸は全て割れていました。よそから頼まれて、建具をたくさん預かっていましたが、置き方によってめちゃくちゃに壊れているのとまったく割れていないのとありました。爆風が吹いてきた方と平行の向きのものは割れてなく、垂直になったのはみなこっぱみじんでした。

留守番をしていた兄たちは東上町の自宅で被爆した後、日見の親戚宅に避難していました。兄たちと会ったときは嬉しかったです。兄の話では、自宅の大きな箪笥が爆風で倒れないで、ツツーっとそのまま動いたそうです。避難した日見の庭に大きなイチジクの木があって、ちょうど鈴生りでおなか一杯になるほど食べました。

東上町の自宅は爆心地から2・7㎞の至近距離です。しかし爆心地との間に金毘羅山という山があり被害は比較的少なかった町です。と言っても中町教会のすぐ近くで、教会は焼け落ちました。建物疎開で近くは空き地になっていたことと(現在は中町公園で一時死体焼き場になっていたという)、町を東と西に分ける一本の道のおかげと隣組の消火活動で類焼を免れたのだそうです。私の家は玄関のガラス戸は外れ、格子戸も壊れ室内は壁土でいっぱいになり、ガラス障子のガラスが散乱していました。2、3日後に降った大雨には勝てませんでした。しばらく日見にいたように思います。

後日談ですが、8月9日に泊めてもらった農家に預けていた荷物は、時津の親戚でもらった食料品で、かぼちゃとか玉ねぎでした。数日後、誘ってくれたあのおばさんが届けてくれました。でもそれから後、あんなにお世話をしてくださったその人は白血病という恐ろしい病気になり亡くなられたそうです。

私の父は当時県庁の職員でした。被爆後死体処理に爆心地近くに入り、被爆症状が出て長いこと自宅で寝ていました。髪の毛がズルーッと抜けて、吐いたりしていました。薬とてなく、母が聞いてきた柿の葉や桜の木の皮を煎じて飲ませていました。それがよかったのか翌年には何とか元気になり、私が通った勝山国民学校改め勝山小学校の教員になり、戦後の教育にたずさわりました。しかし69歳で脳梗塞で倒れ、亡くなりました。原爆の影響は白血病やがんだけではないことが最近はわかりましたが、当時はわかりませんでした。私も翌年の夏まで体がだるくてごろごろ寝ていました。食糧不足もあったと思います。貧血がひどく、よく背骨が痛みました。私の背中には白いあざのようなものがあるのです。そこに光が当たったんじゃなかろうかと思うのです。列車の窓のところに座っていたのですから。窓越しにピカッーと光を受けていますから。その影響じゃないかと自分では思っています。皮膚は痛まないのですが、脊髄が痛みます。風邪を引くと、熱はあまり出ないのですが、背骨が痛くなるのです。

何かの話で聞いたのですが、被ばくした人は、骨にストロンチウムが蓄積しているとのことです。私の家族は、その後原爆被爆が原因と思われるいろいろな病気を発症しました。以下、家族の状況を見てください。

続柄	氏名	生年月日	被爆時年齢	被爆地	現在	病名
父	加松満雄	明治33(1900)	45	立山町	69歳死去	脳梗塞
母	ハツ	明治44(1911)	34	長与駅	85歳死去	胆のうがん
長兄	吉之	昭和7(1932)	13	東上町	88歳死去	胆のうがん・舌がん
次兄	弘之	昭和11(1936)	9	東上町自宅	73歳死去	胃がん
姉	美津子	昭和9(1934)	11	東上町自宅	健在	
本人	扶美子	昭和14(1939)	6	長与駅	健在	
妹	タカ子	昭和17(1942)	3	東上町自宅	健在	
妹	イク子	昭和19(1944)	1	長与駅	健在	
弟	秋久	昭和25(1950)	戦後生まれ		健在	

父が療養後県庁を退職し、小学校教員になったのは、当時兵役から戻ってこれなかった教員が多くいて、男性教員が要請されていたからとのことです。教員になってから父は、原爆のことを短歌にして遺していました。当時のことが読みこまれていますので少しだけ記載させていただきます。

烈日の下にひねもす死体掘る　力尽き果て並び起てず
爆音に死体掘る手を打ち止めて　壕を求めて駆け下りゆく
育みの我が故郷よさようなら　燃え滅びゆく長崎の街
救護所の勤務につけばかねてより　阿鼻叫喚の地獄とはこれ
炊き出しの握りはくさり居たれども　三つがほどを貪り食いぬ
腹破れ、腸ふくれ居る累々の　屍の中行く臭気に堪えず
黒こげの腕にだかれし乳呑児の　腹も破れて腸はみ出たり

爆心地近辺でどんな情景を見たのか、あまり語らなかった父でしたが、心の奥深くにしまっていたのでしょう。

母は被団協の何かに体験談を載せてもらったと言ってましたが、見つかりません。思い出すと、東上町の家は7つ部屋があったので、戦後、知らない人も住み込んで、怪我した人も連れてきて、救護所みたいになっていました。押し入れにもベッドのようにして寝ていた人がいました。母はどうやって食べさせていたのでしょうか。思い出すのは、床下で鶏とウサギを飼ってよく草をやっていましたが、親戚が集まった時にそのウサギを食べたことです。鶏も確か後で食料になったように思います。母は長生きしました。88歳で亡くなりましたが、最後は胆嚢がんで苦しみながら亡くなりました。

長崎では戦後、12時に市役所のサイレンが鳴っていました。空襲警報と同じ音で私は怖かったです。写真を室内で撮るとき、ピカッとマグネシュームを焚いていましたが、あの閃光に似ていて怖かったです。10月ごろでしたか、突然米兵が2人庭に入ってきて、「ヘイベビー」と妹を抱こうとした時も怖かったです。

１９４６年、勝山国民学校に入学しました。ランドセルもノートも何もありませんでした。もらった教科書を黒く墨でぬりました。みんな頭に虱《しらみ》がいて、廊下で目を抑えてぐるりとまわりました。集団駆除だったのでしょう。ＤＤＴを噴霧器でシュッーとかけられました。27歳で結婚しましたが、被団協では被爆者は結婚差別で苦しんでいる人がいることを知りました。私は長崎人同士で相手も被爆者だったので何事もなく結婚できました。息子３人と娘です。産むたびに何事もないように祈りました。しかし2番目の息子に異変が現れました。片方の耳の穴が開いてなかったのです。今も聞こえません。申し訳ないと苦しみました。

私たち夫婦が浴びた放射線は遺伝子を傷つけたのではないでしょうか。でも国は全く認めてはいません。被爆二世の被ばく検診もしてほしいです。夏休みは海水浴や勉強どころか体がだるくて、ごろごろ寝てばかりの私でした。食糧不足も手伝って、貧血がひどく、背骨が痛みました。あれから今年で76年も過ぎました。兄夫婦は長崎に住んでいました。両親が住んでいた立山に元気に過ごしていたのですが、去年の大晦日に一番上の兄、吉之が88歳で亡くなりました。前立腺がんと胆のうがん、舌がんを患って壮絶な病との闘いを終えました。兄夫婦がいると思うと長崎に来るのが楽しみでした。8年ぐらい前、長崎での原発反対運動の集会に参加したとき、勝山国民学校の同級生と出会いました。フクシマの原発事故で放射能汚染されたところが今もあり、自分たちが苦しんだ被ばくをこれ以上させたくないと思うことと、被ばく者が出ていることに怒りを感じて活動していました。私も自分にできることとは何かと考えて今福岡でも運動に参加しています。福岡の人たちに原爆被爆体験を75年目にして初めて語り伝え始めました。杖を突きながら会場に足を運んでいます。それでも被爆の体験がこれからの核廃絶運動になると思っています。福岡の若い人たちが核廃絶運動に立ち上がっているので応援していく思いです。

日本の国が二度と再び、どこかの国と戦火を交えることのないように、平和な暮らしができますように、私の話が役立つことを祈っています。

母、関口ギンのこと

関口　謙

　母ギンが松山町の上空で原爆がさく裂した瞬間の強烈な光を目にしたのは、生後まもない三男の正雄に添い寝をしていたときのことでした。と、眠っているはずの正雄が突然泣き出したのです。おしめが濡れたのだろうと思い縁側で替えてやろうと抱きかかえて立ち上がった瞬間、目もくらむばかりの閃光が走り、体が宙に浮いたかのような感覚を覚えたのです。

　数時間後、警防団が崩れ落ちた家の梁と二階への階段との間にできたわずかな隙間に、顔中血だらけで横たわっている母を見つけました。直ぐに近くの商業高校に設けられたという救護所に運ばれましたが顔中血だらけのうえ意識もない状態、長い命ではないと判断されたのか、便所に放置されたのです。

　ややあって額からの出血で目が見えないなか、かすか漂うアンモニアの臭いと身体の下の手触りから、自分が便所のスノコの上に横たえられているのではないかと朦朧とした意識のなかで感じたといいます。

　翌日母を探し出した兄嫁によると、便所のスノコの上には奥の方からかなりの数の遺体が折り重なるような状態で並べられていたということでした。

　その後、母は兄嫁らによってリヤカーで長与にある病院に運ばれました。応急手当ながらも体中に刺さっていたガラスや木の破片は取り除かれ、眼の洗浄も施され、翌日にはかすかながらも見えるようになったといいます。しかし右の頬骨に食い込んだ木片を取り除く手術はこの病院では無理とのこと、四方手を尽くして諫早の慈恵病院で手術する手はずが取られました。

　幸いなことに慈恵病院には外科の専門医がいて手術は可能とのことでしたが、頬骨に深く食い込んだ木片を取り除くには骨の一部を削り取る必要があり、傷跡が残ると伝えられたのです。

気落ちしている母に、医者は「あなたは命に縁がある。亡くなった人たちから貰った大切な命だと思って、頑張って生きなさい」と励ましの言葉をかけたといいます。

そうこうするうちに、いろんなことが分かってきました。

倒壊した油木の家からは崩れ落ちた壁の下敷きになって亡くなっていた次男が、隣の畑の片隅からは三男の遺体が見つかったのです。

原爆投下時、台所で昼の準備をしていたらしい養母ツヨは、息絶え絶えの状態で見つかり直ぐに救護所に運ばれましたが意識は戻らぬまま、3日後に母と同じ病院で息を引き取りました。

また10時ごろに配給所に行くと出かけていた養父忠雄も、大橋近くの路上で遺体で発見されたのです。

手術後ひと月ほど経ったころ、兄嫁の実家（大串）近くの病院で養生していた母に、無事復員して国分町で借家住まいを始めたという父から便りが届きました。

二人っきりでの寂しい暮らしではありましたが、新しい生活が始まったのです。

しかしいいことばかりではありません。頬の傷跡を気にする母は人と顔を合わせることを嫌い家に引きこもってばかりの日々、そんななか、どういう経緯なのかＡＢＣＣで定期的に検査を受けることになったのです。

最初は嫌がっていた母でしたが、検査の後に当時手に入ることもないバターやチョコレート、たばこなどを貰ったり、ジープで家まで送って貰ったりするうち気持ちもほぐれてきたものだと思われます。しかし、そんな様子を見た近所の人のなかには、「被爆者のくせして、アメちゃんと仲ようしよる」と、陰口をたたく人もいたといいます。

普段は被爆当時のことを多くは語らぬ母でしたが、晩年にはよく、「アメリカさんは優しかった」と懐かしげに話すことがありました。

それまでにはこんなこともあったのです。

原爆が投下されるほんのひと月ほど間のことです。当時官職にあった養父が、とある集まりの席で、「日本はこの戦争に負ける」という趣旨の発言をしていたことが特高の耳に入ったのでしょうか、短い間ではありましたが拘禁されたのです。当然のことながら近くに住む人たちからは「非国民」と罵られ、通学途中の子どもたちまでもが「ヒコクミン、ヒコクミン…」とはやし立てながら家の前を通っていきます。ときには家に小石が投げ込まれることもあったとか。

元の場所に新しい家を建てたのは昭和35年。かつて田んぼや畑だったところには家が建ち並び、市内外から多くの人が移り住んでいました。そんな人たちのなかには、被爆の証人になって欲しいと手土産を持ってやってくることがあったといいます。いわゆる被爆者手帳欲しさからの「偽りの証言」の依頼です。

またこんなことも―。

通っていた病院の待合室でのことです。母の手にしている被爆者手帳を垣間見てのことか、「被爆者はよかよねえ、なんでんタダで…」と囁き合う人がいたり、腰を悪くして入院した病院では同室の人が聞こえよがしに、「放射能ば浴びれば長生きすっとやろかねえ…」などと呟いていたり等々、耳を疑うような話の数々です。

今にして思えば、「アメリカさんは優しかった」とよく口にしていた母の気持ちもわかるような気がしてきます。

原爆に奪われてしまった4人の家族の命の分までしっかりと生きぬいた母は、平成22年12月8日、95年に及ぶ人生に幕を下ろしました。

私の少年期

――1940年代前半

［証言者］山本　義人

この文章は、山本義人氏の文章を掲載したものである。山本は私の妻の父であり、2021年4月に死去した。その後に遺品を整理している際に見つかった。原爆が投下された時には長崎市を離れている（正確には45年7月31日）が、少年期を長崎で過ごしており、その記録としては貴重であろう。山口編集長などに紹介したところ、『証言』への転載を勧められた。文章は「私の少年期」「続・私の少年期」のふたつがあり、本文章の1～6は前者から、7以降は後者から一部を転載したものである。

前者「私の少年期」は全日本年金者組合筑後地区支部の編集発行の『手記・私の戦中・戦後』、1995年9月30日発行である。戦後50年にB5判型でワープロ原稿を印刷して発行された小冊子である。

山本は、敗戦後は長崎工業から唐津工業に転校し、新制高校となった唐津実業高校を卒業、1950年4月に九州大学経済学部に入学、1954年に法学部に編入し56年3月に大学を卒業した。大学時代には、長崎の証言の会の代表であった鎌田定夫とも面識交流があったと聞いている。卒業後いったん短期間会社づとめをした後、1956年9月から教職につき、政治経済など社会科担当教員として、福岡県立明善高校や久留米高校などに勤務した。高校教職員組合ほか、久留米原水協、久留米平和委員会などでも活躍した。

（木永勝也）

＊＊＊＊＊＊＊＊＊＊＊＊＊

1 「愛国少年」の戦争体験

私は1931年9月10日佐賀県の東松浦半島突端の寒村で生まれた。

生後8日目、中国東北地方で大日本帝国陸軍の関東軍が戦争を始めた。「柳条湖事件」であり、それが15年戦争の始まりとなった。

戦争は1945年8月15日に終わった。その時私は13歳。長崎県立長崎工業学校の2年生に在籍していた。生まれてから13年11カ月間の私の戦争体験はこの時に終わる。13歳の少年における戦争体験とは何か。

戦争は国論の完全な統一を要求する。確実な勝利を期待する政府はことにきびしく要求する。マスコミと教育は国論統一の手段となる。国家権力はそれらを完全な統制の下におく。

幼い少年たちの戦争体験とは、もちろん、彼らが戦場でどのように戦ったかということではない。それをどのように支援したかということでもない。「戦争とファッシズムの時代に、彼らはどのような教育を受けたのか」が中心の主題となるだろう。

私は小学校に入学したが、修了したのは小学校ではなく、国民学校である。1938年4月、佐賀県湊村尋常高等小学校の尋常科1年に入学したのち、いくたびか転校して、1944年3月長崎市浪の平国民学校初等科を修了した。「小学校」は1941年4月にその名称・内容を「国民学校」と変えた。それがナチス・ドイツの「フォルクス・シューレ」の模倣であることを知るためには、私の場合その後の10年の歳月を必要とした。国民学校4年生のとき、池田宣政著「ヒトラー伝」を手に入れてくり返し読み上げた。そのころの私にとってアドルフヒトラーは次第に尊敬すべき人物の一人となっていた。

反復される教条は、ことに人間幼少における教条の反復は、しっかりとかれの頭脳にインプットされる。因果な話だが、18歳のころ学んだドイツ語の大半は記憶に残されていないのに、「天孫降臨」の詔勅はもちろんのこと、「教育勅語」の全文が今も口をついて出てくる。

国民学校の「修身」の時間に先生たちが繰り返した教えに「ことあげせじ」つまり「不言実行は美徳である」という教えがあった。それは少年の私たちに大きな影響を与えた徳目の一つとなった。

1985年、「君が代」の強制に抗議していた私に、福岡県教育委員会が戒告処分の辞令を与えたとき、多くの人たちからたくさんの激励文をいただいた。

そのお礼の書状の中で、私は「かくすればかくなるものと知りながらやむにやまれぬ大和魂」なる和歌をあげ、「君が代」の強制に抗議する行動の根底には少年の日の吉田松陰学習の記憶があることに触れた。「大和魂」をもって「君が代」の強制に反対することは、私たちの世代にとっては、少しも矛盾ではないということを知ってほしいと思っていた。

私たちにとっての戦争体験とは、命のやりとりをした戦場体験ではない。ほとんど、恥多き少年の日の生活体験と学校体験につきる。

2 「アカ」

あの紀元2600年、つまり元号を使えば昭和15年、西暦1940年に私の一家は長崎市小曽根町に転居した。私は長崎市浪の平尋常高等小学校の尋常科3年に転校した。浪の平小学校は祖父・母・私と3代続いて在学し卒業したことになる。

小曽根町はすべて、幕末の長崎通詞で坂本龍馬のパトロンであったともいわれる小曽根乾堂の所有であった。広い小曽根さんの屋敷には、その曾孫と言われる白皙《はくせき》の青年がいた。噂によれば、彼は長崎中学から海軍兵学校の生徒になった。

しかし小曽根町は、狭い土地に、長屋の住人たちがひしめいて暮らしていた。私たちはそこに母方の祖父母の代から3代にわたって住んだことになる。東の方を見上げると、南山手の石畳や西洋館が続いていた。幼い私は小曽根町の路地を通りかかった長崎医大の学生たちの「ここは貧民窟だな」というつぶやきを耳に入れたことがある。

近所のおばさんたちが喧嘩をして「ウヌが亭主は何か！　オリが亭主は職工さんざい！」とわめいている声を聞いた記憶も残る。長崎では三菱造船所の労働者は比較して安定した生活を保障されていたのであろうか。

お向かいには、同学年の女子、さち子さんの家族が住んでいた。鋭い目つきのおじさんは警察官を辞めて、川南造船所の守衛をしていた。おばさんたちが道端でひそひそと「川南でアカがつかまったげな」と立ち話をするのを聞いた。「アカは恐ろしいものだ！」けれどもそのころの私にとっては恐ろしいだけの存在ではなかった。危険だが、どこか魅力的で、「強きをくじき、弱きを助ける義侠の人」という印象のほうが強かった。

それには次のような事情がある。

父の義弟の太田八郎は佐賀県東松浦郡湊村（現在唐津市）の湊小学校高等科を出て、唐津鉄工所に勤めていた。佐賀市にある大きな鉄工所の息子が、そのころの東京帝国大学新人会のメンバーで、帰郷したその学生がオルグをして太田八郎は「全協」の運動に参加することになった。

「全協」とは日本労働組合全国協議会の略であり、1928年3月15日の弾圧で解散させられた「評議会」・日本労働組合評議会のあとを受けて、最初から非合法活動を余儀なくされていた労働組合である。1931年の「満州事変」前後には果敢な反戦闘争を展開していた。

しかしやがてお定まりの逮捕投獄。私の父福次郎や八郎たちの母つまり私の祖母・福永トメは片道12キロの道を毎日毎日唐津警察署に通った。夫の連れ子で義理の息子の八郎が留置場にいた。

のちに祖母は八郎のことを私に「わが身を捨てて人の身救う〝きゃーじゃくし（貝杓子）〟」と言ったことがある。息子を警察にとられた母親の嘆きだけではなく、心優しい義侠の息子を誇りとする気持ちがあったのだと思う。幼い私に添い寝をしてくれた祖母から聞いた話の中で印象の強い言葉に「行かねばならぬ男の道、去らねばならぬ女の道」「天野屋利兵衛は男でござる」がある。その前後の話は忘れたが、これはどうも「忠臣蔵」天野屋利兵衛や「荒神山」の吉良仁吉の話を聞いていたらしい。祖母の添い寝の話が「強きをくじき弱きを助ける貝杓子」への共感を育ててくれたのであろうか。唐津・東松浦地方には昔からそういう気風が強い。古くは「虹の松原一揆」。唐津大手口近辺の近松寺には幡随院長兵衛の墓がある。今もこの地方の日教組では「反主流派」が強く「全教」のシンパが多いと聞いている。

太田八郎は獄中で転向して軍隊に召集され、戦後、中国大陸から引き揚げてきた。1947年の戦後最初の地方選挙では、湊村村会議員に日本共産党公認として立候補し、当選した。日本共産党の湊村村会議員にはさらにもう1人、寒水尚楠がいた。寒水は歯医者で、その一族は当地方の「名門」であった。漱石の作品に出る同姓の人物はやはりその一門だと聞いた。人口3000人の寒村の議会に、2人の共産党議員が選ばれていた。

3　ワーリャ・ヤシコフ

ワーリャ・ヤシコフの一家が、南山手の高台の西洋館から私たちの小曽根に移ってきたのは、太平洋戦争が始まった直後のことだった。学校も当時私たちが「上の上道（うえのうえみち）」とよんだ場所にあるレンガ造りの外国人学校から、私たちの木造校舎浪の平小学校に転校してきた。ワーリャの家族は三姉妹と父母。広い大きな背中の父親は帝政ロシアの貴族で、日本に亡命した「白系ロシア人」であった。もともと大浦の居留地に住んでいた外国人の中でもロシア人はその数が多く、1899年の大浦居留地在住外国人608人の中で、ロシア人は最多の171人という資料もある。小曽根町に一番近い西洋館は「19番」といわれた。それは荒れ果てた無人の廃屋であったが、私たちはそこを遊び場にはしなかった。かつての「19番」は、今はなぜかびっしりと小さな家を建てこませているが、その頃の広々とした無人の廃屋「19番館」は自殺の名所となっていた。白系ロシアの青年がそこで首を吊った。

「なぜ死んだのか？」少年たちは、その理由について様々な議論を重ねた。しかし、人は生きていく上で祖国を必要とするものだということを私たちが学んだのは、戦後の青年期になってからだ。

ワーリャ・リューバ・ジーナのヤシコフ家三姉妹は、2歳ずつ離れていた。同学年の長姉ワーリャから私たちは達者な長崎弁でやり込められていた。この時代この年頃の路地裏の少年と少女は、静かに筋道を立てて話をするという習慣をほとんど持たなかった。

話は飛ぶが1945年の暮れ、長崎思案橋近くの雑踏の中でワーリャ・ヤシコフを見かけた。2年近い時間の隔たりも忘れて、思わず「ワーリャ」と叫んだが、彼女はチラリと振り返っただけで、足早に歩き去った。私は完全に無視された。その時彼女は背が伸びて私よりは確実に10センチ以上成長していた。腕を組んで歩いているのはハンサムな「進駐軍兵士」だった。その光景は私たちに日本の敗戦を痛烈に自覚させた。ヤシコフ家の姉妹のことは、戦前長崎高商の学生だった島尾敏雄の短編にもその名が出てくるが、島尾さんのヤシコフ家についての記述は、私が見聞きした印象よりもはるかに暗いように思われる。私の記憶にあるワーリャは金髪碧眼の、すらりとした美少女であった。

4 戦艦「武蔵」

宇宙戦艦「ヤマト」という劇画を見るとき、古い少年の日の記憶が甦り私の胸は躍る。「大和」は呉で進水し、同型の「武蔵」は長崎で進水した。

長崎湾に忽然として浮かんだ戦艦「武蔵」の「勇姿」を見たのはある冬の朝だった。太平洋戦争は既に始まっていた。帝国陸海軍の連戦連勝が報道されていた。

小曽根から浪の平小学校への通学路には、南山手の石畳が連なっていた。私たちはそこから戦艦「武蔵」を見ることができた。それはまさに「怪物」だった。「武蔵」というその名前を知るものはいなかった。

大人たちは「バケモン（化け物）」と呼んでいた。少年は無邪気に喜んだ。海野十三の科学冒険小説の世界が目の前に現れたのだ。「こんな巨大な戦艦を持つなら、たとえ神風が吹かなくてもアメリカとの戦争に負けることはないだろう」と、そのころの私たちのガキ大将・高等科2年の古賀君は解説した。しかし南山手の高台から望遠鏡で「バケモン」を観察していた私の祖父は、憲兵から厳しい注意を受けた。「スパイの疑いを受けた」と言って憤慨した。

ワーリャたちが南山手の高台から低地の小曽根に移転したのは、そういう事情があったのだろうと思う。

5 先生たち

浪の平小学校では3年生の担任が倉田先生、4年生は松尾先生だった。倉田先生の声は柔らかなバリトンで物静かな語りであった。松尾先生の思い出は、かなり乱暴な先生だという印象だ。「月謝返す。帰れ！」と二言目には言われるぞ」と前年までの担任生徒である高等科の先輩たちが教えてくれた。「かえす」ではなく、「かやす」というその独特の口調は今も耳に残る。

4年生の時に一度、訳もなく殴られた記憶がある。小学校の時殴られたのはこの時だけだった。小学校と書いたが、4年生からは国民学校。小学生新聞が少国民新聞に変わった。教育勅語の暗記が始まったのもこのころからだった。「青少年学徒に賜りたる勅語」は

「紀元2600年」の初め、そのころ在学していた朝鮮統営の小学校で覚えた。

5年生と6年生の担任は連続して水田先生だった。6年生の2学期に個人面接があって、「高等科に行くか、初等科6年修了後の進路について尋ねられた。クラスの8割が同じ国民学校の中にある高等科に上がり、中等学校には男子の2割程度が進学していた。「山本、おまえ、どうするか?」お隣の山崎くんの兄さんが1年前に入学している長崎県立長崎中学校、憧れの「長中」に行きたかった。しかし先生にはなぜか「わからんです」と答えた。

すでに少年雑誌は、うす黒い紙質のうすっぺらな書物となっていたが、兄さん達を持つ友人や貸本屋から借りて読んだ数年前の分厚い「少年倶楽部」や「譚海」などの古雑誌が見知らぬ世界の魅力を伝えた。佐藤紅緑の「少年讃歌」「満潮」「ああ玉杯に花うけて」などは、とりわけて夢中になって読みふけった。少年は「身を立て名を挙げ、世の為に尽くす」という倫理を疑わなかった。それでも、進学の意思について尋ねられ、「わからんです」と答えたのは、少年の「はにかみ」以外のものではなかった。水田先生にはそれが見えなかったらしい。「路地裏の叩き大工のこせがれに上級学校は無理だ」と思うのが常識の時代でもあった。

先生は私に長崎工業の受験をすすめた。そのうえ軍需景気に乗っていた小曽根町の鉄工所の社長に奨学金を出してくれるように頼んだとのことだったが、私の両親は明確にそれを断った。

戦争が終わった年が明けて1946年春、大浦天主堂の近くで水田先生にバッタリ出会った。水田先生の姿は私の担任であった頃よりも小さく見えた。先生の国民服の袖口の黒い汚れが目に入った。

国民学校を「修了」する1944年になると、B29による長崎空襲は次第に激しくなる。横穴防空壕を持つ大浦天主堂まで歩いて数分。空襲警報のサイレンが鳴ると、私は2歳の妹を背中にくくりつけて一目散に避難した。9月に死去した祖父は家を離れようとはしなかった。「日本は負けじゃわい」といい放ち、私の母をハラハラさせていた。

防空壕の中では大浦天主堂の僧侶たちと一緒になった。若い神父に支えられた青い目の痩せた老人がいた。その人は深い静かな目つきをしていた。外国人のようであった。

6　入学試験

長崎工業学校の入学試験では、ペーパーテストはなく、国民学校の内申書と個人面接だけだった。校長先生は九州帝国大学工学部造船科を出た工学士だという話を聞いていた。「山本君、君はこの大日本帝国に生まれた喜びをどう思いますか?」と言う質問がなされた。「はい　天皇陛下のために死ぬことであります」あらかじめ教えられていたとおり、私は「天皇陛下」と叫ぶ直前に「不動の姿勢」をとった。試験官たちは大きくうなずいた。そのとき、これは大丈夫合格だと思った。時として少年たちは大人たちよりも的確に他人の顔色を読むことができる。

長崎工業に通うようになって間もなく、浪の平国民学校の高等科に進んだかつての同級生松井君たちから、朝の大浦天主堂近くの弁天橋で喧嘩を売られた。私は気の強い少年だった。「こいつは生意気だ」という無茶苦茶な口実も腹に据えかねた。私は逃げなかった。通勤途上の大人たちが止めに入ったころには、腫れ上がった顔と暗い目の色が残っていたと思う。仲裁の労働者たちが「こんげん年頃の喧嘩は、激しかもんね」と話していた。弁天橋の欄干に弁当箱を忘れてきたことに気がついたのは、その日の昼休みになってからだった。

中等学校では、武道は必須科目だった。私は剣道ではなく柔道を選択した。これは間違いなく、黒澤明の「姿三四郎」の影響である。けれども柔道着を用意することができないまま、最初の授業に出ることになった。

1944年日本の春、国中のすべての物資は決定的に不足していた。私は講道館柔道六段の松田先生から、江戸弁のべらんめえ口調で散々に叱りつけられ、稽古着を持たない少年たちは、束にされて殴られた。「これはたまらん」と方々を捜し回ったが新品はおろか古着さえも手に入れることはできなかった。一計を案じて、次の時間から父の消防着を借用した。黒と赤のだんだらじまの消防着を身につけた私は、すこぶる滑稽な姿であったに違いないが、私は柔道六段から殴られることを免れた。

かくの如くにして私たちの少年期は急激に青年期に移行していった。

7 長崎工業学校造船科

その頃の長崎市内にはどんな「中等学校」があったか。

国民学校6年生の少年の目にも、自分たちがやがて入学するかもしれない「中等学校」の明らかな序列が見えた。そこには県立・市立・私立の順の格付けがあった。長崎中学校・瓊浦中学校・長崎工業学校が県立で、長崎商業学校は市立、そして私立の中学には海星中学校・東稜中学校・鎮西中学校があった。浪の平国民学校6年男子60人近いクラスのほぼ20％が中等学校に進学し、大部分は高等科に進んだ。男女は別学であったし、女学校のことを正確に知る機会はなかった。

長崎工業学校の造船科に入学したら、留年した先輩生徒が2人。高等科をへて入学した同級生は、クラスの3分の1以上の人数にのぼっていた。12歳の少年にとって周りはみんな大人に見えた。この年頃の1歳2歳の年齢の差は、成人期の何歳差に相当することだろう。

工業学校の授業に、私は新鮮な印象を受けた。造船関係の専門科目には、後に学んだ力学の面白さがあった。工業学校で初めて触れた科目は初めてだというだけでも興味をもつことができた。英語の林田先生には「スワロウ」というあだ名がついていた。そういう感じの先生であった。はじめて「This is a pen」を習うことになった「スワロウ」は一番熱心な教師だといわれていた。

木船構造を教えた若い馬場先生は英語の学習がいかに大切であるかを力説した。「毛唐のことばを勉強するのか？」という雰囲気が支配的な時代であることは少年の目にも明らかであった。造船技術の授業では英語が頻繁に使われた。keel（竜骨）、keelson（内竜骨）、frame（肋骨）など、この時の記憶は今も残る。

しかし英語にかぎらず、授業が行われたのは1年生の間だけだった。2年生になるとスワロウが校長室の前庭の草むしりをしている後ろ姿を見かけることが多くなった。スワロウ先生の髪の毛はすでにかなり薄くなっていたが、実はまだ20代の若さで、結婚したばかり新妻がいるということを、私たちは聞いていた。

（この後の「先生たち」「『教練』その他」「敬礼・欠礼」の3節は省略。）

8　今魚町の下宿

１９４４年の9月母方の祖父山本長平が死んだ。60才だった。空襲が激しくなって、空襲警報の度に避難することが多くなっても、病床の祖父は家を離れなかった。「日本はもう負けじゃわい」という祖父の言葉は、近所の耳目を気にする私の母をハラハラさせていた。祖父が死んだとき「この親不孝者が」とつぶやいた曾祖母山本サカも、１９４５年2月に長平の後を追った。92才だった。そして１９４５年の3月、私の少年の日の故郷小曽根町全体が、強制疎開の対象となって、アッと言う間に打ち壊された。父母と妹３人は父の生まれ故郷佐賀県東松浦郡湊村に疎開した。湊には若い父が建てた家があった。「湊のじいちゃんとばあちゃん」が管理していた。

東松浦郡湊村は今、唐津市湊になっている。当時の唐津には三つの中等学校があった。唐津中学校・唐津工業学校・唐津高等女学校。私はこの際、唐津中学に転校したかった。もともと実業学校ではなく中学校に行きたかった。しかし唐津中学は長崎工業造船科の少年を受け入れなかった。そしてそのとき、私は転校受け入れの可能性が強い唐津工業に行く気分にはならなかった。かくして再び長崎工業に戻ることになる。

父の知人の家があの眼鏡橋の近くの今魚町にあって、大工の職人たちを下宿させていた。その広い大きな家の家主はどこかの銀行の支店長をしている人で、すでに市の郊外に疎開していた。そこを借り受けた大工の棟梁福田さんは大きな建設会社の現場の監督をしていた。父はその人のもとで働くことが多くなっていたのだろう。しかし、父は私とともにそこに下宿していても、頻繁に湊の母や妹たちのもとに帰った。

下宿から学校に通った第1日目の昼休みに深い悲しい失望を味わった。弁当箱の中のご飯の量が異常に少なくて、振り回された鞄の中から取りだした時には、すみっこの3分の1ほどに固まっていたのだ。

今魚町の下宿では、強い印象を受けた人が2人いる。1人は福田さんの奥さんの妹。私より2才年上だった。福田さんには他に最初に結婚した人との家庭があって、その家族の面倒もみているということだった。後にテレビで見る田中角栄と良く似た風貌の人でもあった。

奥さんの妹は、ある夏の朝、熱発して動員先の作業所から早退した私に冷たい果物を与え、枕もとでいろいろなお話をしてくれた。とりとめもない話だったが、聞いていて、温かい、いい気持ちになった。後に、敗戦の翌年に17才で母親となったことを伝え聞いたとき、何となく、裏切られたような、がっかりした気持ちになった。

井関豊彦さんも2才上の少年だった。昼間は大工の弟子をして、夜は私と同じ学校、長崎工業学校の夜間部に通っていた。この人には、体力も知力も気力も、私は遙かに及ばないと思った。彼は、その頃の私の目標となる人間であった。豊彦さんは8月9日、現場から下宿に帰らなかった。その日の彼の建築現場は浦上にあった。

9 学徒動員

2年生になった1945年の4月から、学校の授業は週に1回となった。「学徒動員」ということで、私たちも連日、電力会社の仕事に参加した。疎開家屋が引き倒される前に、天井に張り巡らされた電線を取り払う仕事が割り当てられた。丸山の遊郭の建物が取り壊されるとき、そこに残されていた数々の品物は、私たちにとっては、まさに自主的性教育の教材になった。「花も蕾の若桜　今こそ筆をなげうって　国の大事に殉ずるは　我等学徒の面目ぞ　ああ　紅の血はもゆる」という歌、「学徒動員の歌」を覚えたのはこのころだった。建物の柱に綱を付けてみんなで引っ張ると、家は簡単に倒れた。もうもうと土埃が立った。

そのころ、ある「宮様」が長崎にきた。その人の名前の記憶はまったく消えている。私たちは仕事を休んで、彼を出迎えた。長い長い時間を使って一斉敬礼の訓練があった。宮様の車は一瞬にして過ぎ去った。

1945年の夏、私たち中等学校生徒には夏休みは与えられなかった。

1学期の終業式、7月20日が過ぎても、2年生以下は毎日学校に出て、校庭の隅の赤土山に横穴防空壕を掘る作業の日が続いた。そして空襲は次第に激しくなった。すでに母と妹たちが暮らす湊に帰っていた父から、引きずられるようにして長崎市今魚町福田さんの下宿を離れたのは、7月31日午前8時。ふだんなら徒歩20分の長崎駅に着いた時にはすでに正午近くになっていた。空襲警報の連続で途中の溝や壕に隠れなければならない時間が多かった。正午過ぎに、汽車が長崎駅を出発した。筑肥線終点の東唐津駅に着いたのは深夜午前0時。そのころ、長崎本線の久保田駅で唐津線に乗り替えて5時間で終点の西唐津駅に到着していた。なぜ東唐津駅に着いたのか、今もわからない。それから深夜の街道の12キロを父と子が湊の母のもとについたのは8月1日の明け方近くになっていた。白い乾いた砂利道であった。湊には父方の祖父母がいて、そこは私の故郷であった。

教師たちの言葉より父親の言葉と行動が、愛国少年の行動を規制した。「僕は逃げ出してきた」というたじろぎは、しかしその後の魚釣りや水泳の遊びの中でかんたんに消えた。

私にとっての戦争は、この時すでに終わっていたともいえる。

10　原子爆弾

長崎工業学校から600メートル離れた地点の上空で、原子爆弾は爆発した。そのとき学校にいた級友も先生もみんな死んだ。

あの江口君も岡先生も、ともに、みんな殺された。いちばん仲のよかった後藤富士雪君は、爆風からも熱線からも無事だったが、放射能で殺された。

13歳で死んだ後藤君の顔は、それから60年経った今もはっきりと覚えている。そのやさしげな眼差しの小柄の少年と私は舟に乗って、遭難しそうになったことがある。舟は、長崎の祖父がチヌ釣りに使っていた伝馬。時は工業学校1年生12歳の夏の午後。細長い長崎湾の引き汐があんなにも強い力で二人が乗り込んだ伝馬を湾外に引きずりだそうとするとは！　小菅のあたりで浜辺に舟を寄せた。汐が収まるのを待って浪の平に戻ったときは、あたりはすでに真っ暗になっていた。

後藤君は、あの日、熱線からも爆風からも無傷であったという。その無傷の体で、浦上から大浦まで一気に走り抜けて帰宅したという。しかしその1週間後に身体中に斑点を出して血を吐きながら死んだ。彼は年老いた両親のたった1人の子供であった。

私の親友後藤富士雪君が苦しみながら死んだそのころ、私は美しい夏の玄海灘の浜辺で泳いでいた。

（この後の「8月15日」「仮校舎・大村工員養成所」の2節は省略。）

平和への誓い

岡　信子
（被爆者代表）

ふるさと長崎で93回目の夏を迎えました。大好きだった長崎の夏が76年前から変わってしまいました。戦時下は貧しいながらも楽しい生活がありました。しかし、原爆はそれさえも奪い去ってしまったのです。

当時、16歳の私は、大阪第一陸軍病院大阪日本赤十字看護専門学校の学生で、大阪の大空襲で病院が爆撃されたため、8月に長崎に帰郷していました。長崎では、日本赤十字社の看護婦が内外地の陸・海軍病院へ派遣され、私たち看護学生は自宅待機中でした。8月9日、私は現在の住吉町の自宅で被爆して、爆風により左半身に怪我を負いました。

被爆3日後、長崎県日赤支部より「キュウゴシュットウセヨ」との電報があり、新興善救護所へ動員されました。看護学生である私は、衛生兵や先輩看護婦の見様見真似で救護に当たりました。3階建ての救護所には次々と被爆者が運ばれて、2階3階はすぐにいっぱいとなりました。亡くなる人も多く、戸板に乗せ女性2人で運動場まで運び出し、大きなトラックの荷台に角材を積み重ねるように遺体を投げ入れていました。解剖室へ運ばれる遺体もあり、胸から腹にわたりウジだらけになっている遺体を前に思わず逃げだそうとしました。その時、「それでも救護員か！」という衛生兵の声で我に返り頑張りました。

不眠不休で救護に当たりながら、行方のわからない父のことが心配になり、私自身も脚の傷にウジがわき、キリで刺すように痛む中、早朝から人馬の亡きがらや、瓦礫で道なき道を踏み越え歩き、辺りが暗くなるまで各救護所を捜しては新興善へ戻ったりの繰り返しでした。大怪我をした父を時津国民学校でやっと捜すことができました。「お父さん生きていた！　私、頑張って捜したよ！」と泣いて抱きつきました。

父を捜す途中、両手でおなかから飛び出した内臓を抱えぼうぜんと立っている男性、片脚で黒焦げのまま壁に寄りかかっている人、首がちぎれた乳飲み子に最後のお乳を含ませようとする若い母親を見ました。道ノ尾救護所では、小さい弟をおぶった男の子が「汽車の切符を買ってください」と声を掛けてきました。「どこへ行くの？」と聞くと、お父さんは亡くなり、「お母さんを捜しに諫早か大村まで行きたい」と、私より幼い兄弟がどこにいるか分からない母親を捜しているのです。救護しながら、あの幼い兄弟を思い、胸が詰まりました。

今年1月に、被爆者の悲願であった核兵器禁止条約が発効しました。核兵器廃絶への一人一人の小さな声が世界中の大きな声となり、若い世代の人たちがそれを受け継いでくれたからです。

今、私は大学から依頼を受けて「語り継ぐ被爆体験」の講演を行っています。

私たち被爆者は命ある限り語り継ぎ、核兵器廃絶と平和を訴え続けていくことを誓います。

2021年（令和3年）8月9日

※岡信子さんは、この3カ月後の11月4日に逝去されました。（編集部）

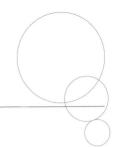

反核・平和運動

新型コロナウイルス感染拡大防止のため休館になった長崎原爆資料館、
2021年８月10日（写真提供　長崎新聞社）

「被爆遺構巡り」動画を制作

畠山　博幸
（長崎の証言の会　会員）

コロナ禍で動画制作を始める

「長崎の証言の会」も、去年、今年と、コロナ禍の影響を受けた。特に大きかったのが、被爆者を中心とした会員が、被爆の痕が残る場所に修学旅行生を案内して、次の世代に被爆体験と核廃絶・平和への思いを伝えてきた「被爆遺構巡り」が中止になるケースが相次いだことだ。

このため、「長崎の証言の会」は、今年、「被爆遺構巡り」の動画の制作を始めた。会員が、「被爆遺構巡り」を案内する様子を撮影して、コロナ禍で長崎市に修学旅行に来ることが出来なくなった児童・生徒に、代わりに動画を見てもらおうという狙いだ。

コロナ禍で、核兵器廃絶運動も、インターネットを活用してパソコンの画面越しに被爆者が体験を語ったり、長崎原爆資料館の学芸員が資料館の展示を紹介したりする取り組みが広がった。「長崎の証言の会」の動画制作も、そうした取り組みのひとつと位置付けられる。

被爆者の案内を2人で撮影

動画の制作は、NHKで記者をしていた私が担当した。テレビ局は分業体制がとられているので、本来であれば、動画の制作は、記者ではなくカメラや編集の経験者が適任だ。しかし、そうした人材を確保するのは困難な事情があった。

4月11日、城臺美彌子会員が、爆心地に一番近い城山小学校コースを案内する様子を、最初に撮影した。本来、「被爆遺構巡り」は、スタートとゴールを平和公園と爆心地としている。撮影は、このスタートとゴールを省略して行った。それでも、撮影時間は約2時間に及んだ。

通常、「被爆遺構巡り」は、2時間30分の時間を取って行われる。しかし、2時間30分の演劇を劇場で生で見る分には飽きないものの、テレビで2時間30分の舞台中継を見るのは辛いものだ。児童・生徒が動画をじっと見てくれるのは、20分あまりではないかと推測する。このため、撮影した動画をそのまま見せるのではなく、被爆遺構の案内の重要部分だけを抜き出して時間を大幅に短くする編集作業が欠かせない。

「被爆遺構巡り」動画の撮影

しかし、1台のビデオカメラで撮影したのでは、動画がブツブツ切れるようにしか編集出来ない。児童・生徒が見やすくするためには、動画が自然に流れるように編集する必要があり、最低でも2台のビデオカメラによる撮影が必要になる。このため、撮影には、私のほか、私の妻も加わった。この結果、撮影した動画は合わせて4時間近くになった。

もっとも時間がかかったのは編集作業

NHKでは、編集のプロでも、25分の番組を編集するのに1週間程度の時間をかけている。試行錯誤が欠かせないためだ。今回の動画制作も、一番時間がかかったのは編集作業だった。

私だけで3回編集をやり直して作った動画を、7月10日に、「長崎の証言の会」の運営委員会で見てもらった。その結果、「長崎市の被爆遺構について知らない人が見ても、わかるようにするべきだ」という多くの指摘を受けた。具体的には、「『被爆遺構巡り』の映像だけではなく、地図を入れることが欠かせない」、「『被爆遺構巡り』で被爆者が持って説明している写真や紙芝居の絵は、写真や紙芝居の絵そのものをしっかり見たい」という指摘だ。また、20分あまりに編集した動画だけではなく、「会員の被爆者の高齢化が一段と進み、被爆者が案内出来なくなる時に備えて、『被爆遺構巡り』の全行程をそのまま動画にして残すべきだ」という意見も出た。

この意見を受けて、写真や紙芝居の絵を撮影し直すとともに、「被爆遺構巡り」の撮影の時には十分に撮影できなかった「少年平和像」の台座に刻まれた「平和」の文字も新たに撮影した。この際、写真については、所蔵している長崎原爆資料館や長崎平和推進協会写真資料調査部会に、動画に使用する許可を申請した。動画が全国に広がる可能性があることを考えると、著作権処理をしっかりしておく必要があるためだ。その上で、運営委員会で出た意見を出来るだけ取り込むように、再び編集作業を行った。

高校の授業にテスト版の動画を提供

手直しした動画を、再度、運営委員会で見てもらう前に、神奈川県小田原市の旭丘高校から、「9月28日の授業で動画を使わせて欲しい」との依頼が入った。急きょの依頼だったため、テスト版として動画を提供した。

コロナ禍の中で、学校側に「被爆遺構巡り」の動画を使いたいという需要があることが確認できた。

「被爆遺構巡り」動画の一場面

今後の動画制作への私見

何のために動画を制作するのか目的を明確にするべきだ。コロナ禍の終息が見通せない現在、最大の目的は、学校で児童・生徒に見てもらうことだと考える。そのためには、動画は20分あまりの時間に収める必要がある。動画にすべての情報を盛り込むのではなく、動画を見る前に先生が児童・生徒に説明する内容を文書で準備することや、動画を見た後に会員の被爆者がオンラインで児童・生徒の質問に答えるようにすることを考えるべきだ。オンラインが難しい場合には、質疑応答案を先生に提供しておくことも検討すべきだ。また、「被爆遺構巡り」で紹介する被爆体験が「証言」誌に掲載されている場合は、どの「証言」に載っているのかも、情報提供するべきだ。

　このように目的を明確にして、動画の制作を急ぐ必要がある。9月25日、森口貢事務局長が、山里小学校を案内するのを撮影した。2コース目の撮影だった。コロナ禍で、動画はいま必要とされている。そのためには、10コースある「被爆遺構巡り」のうち4コースの動画を、年内に完成させることを目標に制作を進めたい。

『証言　長崎が消えた』
長崎の証言の会編集・発行（2006年）
（定価1000円＋税）

原爆は〝浦上〟ではなく〝長崎〟に落とされた。そして浦上地区が壊滅し、長崎市の機能は停止した。これが本書の表題の意味である。

証言の会は、2006年に「西日本文化賞社会文化部門」を受賞した。その記念の意もあって本書は発行された。証言の会活動を始めた1969年から2006年までに『証言』誌に掲載された被爆体験記約1千編の中から特に後世に残したい体験記と若干の論文や詩歌38編を再録している。巻末には『証言』誌に掲載されたのべ1千人の被爆体験記の筆者・証人の名簿を五十音順に並べている。（在庫はありません。）

『証言　長崎が消えた』
長崎の証言の会編集・発行
（定価1,000円＋税）

福岡俘虜収容所第14分所追悼記念碑が完成

――オランダと日本の共同事業でおこなわれる

井原　俊也
（福岡俘虜収容所第14分所追悼記念碑建立委員会事務局長）

太平洋戦争の開始にともなって、１９４２年から日本各地に捕虜収容所が作られました。そのうち九州には福岡俘虜収容所があり、傘下に19の分所と３つの派遣所がおかれました。それらは福岡県、長崎県に集中していました。炭鉱、鉱山、造船所の労働力不足を補うためだったのでしょう。長崎市周辺には、長崎市幸町の三菱重工幸町工場内にあった第14分所と、香焼島の川南造船所の近くに第２分所の２つの収容所がありました。

第14分所は、１９４３年１月から１９４５年の敗戦までの間、開設されていました。長崎市の原爆戦災50年史によりますと、原爆爆心地から１・７㎞の収容所では、オランダ・イギリス・オーストラリア・アメリカの延べ収容者は推計５３９人と記録されています。この収容所での死者はおよそ１１２人に上ります。また、１９４５年８月９日の原爆で、オーストラリア人24人、オランダ人１５２人、イギリス人19人が被爆したといわれています。原爆で亡くなった人は８人です。原爆にあいながらも生き残った人は戦後、連合軍の船でそれぞれ帰国しています。これらの人は、捕虜として苛酷な状況におかれた上に、原子爆弾に被爆するという二重の悲惨な経験をしました。

福岡俘虜収容所第２分所（香焼島）については、多くの人の尽力で、２０１５年９月13日にすでに記念碑が建立されており、今年で７年目を迎えます。故井原東洋一《とよかず》さんや、建立委員会の代表として奮闘していただいた朝長万左男さんらの努力などが大きな原動力になりました。毎年、追悼式がおこなわれ、大きな意義ある活動が続けられています。

第14分所の追悼記念碑については、建立の機運があったものの実現への動きは困難を極めました。収容所が、三菱重工業幸町工場内にあることや、その後この敷地がサッカー場の建設用地になったこと、資金的な問題を抱えていたことなどが主な理由です。しかし、「第14分所にも記念碑を」という声が高まり、オランダの遺族を中心に建立に向けての活動が開始されました。この第14分所関係では、オランダ・オーストラリア・イギリスの被爆者の調査・救援・交流が、故鎌田定夫先生やその後平野伸人さんらによって進められていました。

また、在外被爆者を描いた映画「美しいひと」の上映をきっかけに、被爆二世ロブ・シュカウテンさんとのつながりが出来ました。ロブさんはその後、2015年の被爆70年にあたり、原水禁世界大会のゲストとして、被爆二世分科会や生協の証言を聞く会に出席しました。これらの出会いから、第14分所にも追悼記念碑を建立しようという機運がオランダの人たちの中に起こったのです。

オランダをはじめとする元捕虜の人々を追悼し、不戦・平和を願う目的で計画が進められました。オランダの遺族から、捕虜収容所跡地の所有者である三菱重工業株式会社、その土地を購入してサッカー場などを建設する予定であるジャパネットたかた、そして、平和公園の管理者である長崎市の三者に手紙が送られました。三菱重工からは封も切らずに返送されました。ジャパネットたかたからも前向きな返事はもらえませんでした。唯一、長崎市から土地の提供の返事があり、計画は大きく前進しました。そして、2020年7月21日に、日本側は朝長万左男さん（第2分所建立委員会代表でもある）を代表とした「第14分所追悼記念碑」建立委員会を結成し活動を本格化させました。朝長万左男代表、平野伸人副代表、井原俊也事務局長、世話人としてオランダとのパイプ役や事務的な仕事を引き受けてくれた佐藤恵美子さん、ロブさんが来崎したおりにコンサートを通じて友情を育んだ川久保潔さん、第2分所の建立やその後の追悼・平和祈念式に力を尽くした林田愼一郎さんらが中心人物です。碑の設置場所は、長崎原爆資料館のすぐ前という絶好の場所です。しかし、景観保護区域でもあり文化財保護地域でもあるために、長崎市景観課、土木課、原爆対策課のほか

福岡俘虜収容所第14分所追悼記念碑

に文化庁の許可もいります。これらの庁内手続きやオランダとの調整作業を行っている内に時間はどんどん過ぎていきました。

5月4日は、オランダがドイツとの戦争が終結した記念日です。オランダではもっとも大切な記念日のひとつと言われています。その日に間に合わせることができるか心配しましたが、無事に完成にこぎつけることが出来ました。この碑をオランダの遺族と日本の有志が協力して建立したことに大きな意味があります。

この碑の折り鶴は平和を、鐘は原爆が炸裂した時刻を、6つのブロックは収容所の建物を象徴しています。2021年5月4日の完成式は、オランダ側の出席がコロナ禍でかないませんでしたので、日本側関係者のみで行いました。

除幕が行われ、献花と11時2分にあわせて全員で黙祷しました。その後、建立委員会メンバーからの話があり、会を終了しました。コロナ禍の中での取り組みで、オランダからの出席や予定されていたオランダ大使などの出席もかないませんでしたが、意義深い碑が建立されたと思います。海外との行き来が再開され、オランダなどの遺族が来日する日が待たれます。

長崎安保法制違憲訴訟で政府に忖度した不当判決

関口　達夫
（安保法制違憲国賠訴訟を支える長崎の会事務局長）

安保法制違憲訴訟の判決言い渡しが２０２１年7月5日に長崎地裁で行われ、天川博義裁判長は原告らの訴えを棄却した。安保法制違憲訴訟は、全国22の裁判所で争われており、長崎などこれまで出された18件の判決全てが原告敗訴だ。これらの判決で問題なのは、国の主張を追認し、コピーしたかのようにほぼ同じ内容だということだ。政府に忖度した不当判決と言わざるを得ない。原告、弁護団は判決に抗議し、7月15日控訴した。この裁判は、安保法制は憲法違反であり、平和的生存権などを侵害されたとして、被爆者や戦争体験者、市民ら約２００人が国を相手に1人当たり10万円の損害賠償を求めて２０１６年に提訴した。安保法制は、日本の歴代政権が憲法違反として認めなかった集団的自衛権の行使を安倍政権が強引な憲法解釈によって容認したもので、元最高裁長官ら多くの法律の専門家が明白な憲法違反と断じている。

安保法制は、日本を米国の戦争に参戦させる

この法律の狙いは、アメリカが世界各地で引き起こす戦争に自衛隊を参加させることだ。そのことを裏付けるように、安保法制の制定以降、自衛隊は国是である専守防衛を逸脱し、敵基地攻撃能力のある長距離ミサイルを保有するなど、海外で戦争できる体制を強化している。自衛隊員と日本国民が戦争に巻き込まれる危険性も高まっている。２０１７年に北朝鮮が弾道ミサイル発射を繰り返した時、アメリカは北朝鮮を攻撃することを真剣に検討し、当時の自衛隊制服組トップもアメリカと北朝鮮が戦争になった時安保法制によって自衛隊がどのように参戦するか検討したと新聞のイ

ンタビューで語っている。私たち原告と弁護団は、これらの事実をもとに、戦争の危機に怯え平和的生存権が侵害されていると主張した。これに対して判決は、米朝戦争は発生せず、戦争被害は抽象的として原告らの訴えを切り捨てた。

判決は憲法判断を避けた

その一方で判決は、原告らが安保法制は憲法違反と考え、戦争や被爆の体験を思い出し、多大な精神的苦痛を感じたことが認められると述べた。しかしながら、原告の精神的苦痛は、安保法制が憲法9条に違反したことによる苦痛にすぎず、抽象的なものであり、国家賠償法で守られるべき権利や利益が侵害されたとは認められないとして、原告の訴えを棄却した。その上で、国家賠償法で守られるべき利益の侵害がない以上、裁判所は政府や国会の行為が憲法違反かどうか判断する権限がないとの最高裁判例を持ち出し、憲法判断を避けた。この判決に対して原告弁護団は、直ちに抗議声明を発表した。その中で「裁判所は具体的権利などに紛争がある場合、違憲審査権を行使できるとされており、原告に多大な精神的苦痛が生じているのであれば紛争がある場合にあたるはずだ。裁判所は違憲判断をすべきだった」と批判した。また、アメリカと北朝鮮との戦争が発生せず、戦争被害は抽象的として原告の訴えを棄却したことについて「実際に戦争が始まり国民が巻き込まれてからでないと司法審査ができないと言っているに等しく、裁判所の職責放棄は甚だしい」と抗議した。

裁判所は政府の従属機関

長崎地裁をはじめ一連の安保法制違憲訴訟の判決に共通するのは、安保法制の制定以降日本が戦争に加担し、自衛隊員や日本国民が犠牲になる危険性が高まっているにもかかわらず、その現実に背を向け、安保法制の憲法判断を避けようとする逃げの姿勢だ。そこには、政府や最高裁からにらまれるような判決を書き左遷されたくないという裁判官の保身の心理が働いているのではないか。事実、政府の政策に異を唱える判決を書いた裁判官が左遷されたことがある。１９７３年、北海道長沼町で住民が自衛隊のミサイル基地建設に反対し提起した裁判で「自衛隊は憲法違反」との判決を出した札幌地裁の福島重雄裁判長は、左遷され退職。弁護士に転身した。また、去年安倍政権が最高裁判事の人事に介入したと指摘されていることも、裁判官が政府に忖度する判決を書く理由かもしれない。しかし、本来司法は、三権分立の原則に立って政府や国会の過ちをただす役割を負っている。にもかかわらずその役割を放棄し、政府の従属機関と成り下がっている。このような状態が続けば、政府と国会は、アメリカから要請があれば追随し、戦争に加担する危険性が高い。

裁判官の独立と違憲判決を求める

かつて日本は、アジア諸国を侵略し、中国や欧米諸国との戦争で2000万人を超える犠牲者を出した。私たちはその反省に立ち、日本が安保法制によって海外で戦争をすることを絶対に阻止しなければならない。そのためにはこの裁判で安保法制は憲法違反との判決を勝ち取り、安保法制を廃止に追い込む必要がある。福岡高裁での控訴審では、裁判官に日本がアメリカの戦争に加担するとどのような被害を受けるのか理解してもらうため、アフガニスタン戦争やイラク戦争の映像を法廷で上映するなど新たな戦術を駆使し、違憲判決を勝ち取りたい。同時に、裁判官が政府に忖度せず法律と良心に従って判断できるよう、裁判官の独立と違憲判決を求める100万人の賛同署名を全国で集め各裁判所に提出することにしている。この署名活動を通して裁判所が政府の下部組織となった実態を国民に伝え、司法の独立を取り戻す世論を高めたい。

山田拓民《ひろたみ》さん追悼

横山　照子
（長崎原爆被災者協議会）

山田拓民さんが、長崎被災協の事務局長を務めるようになった1983年頃は、「原爆被爆者対策基本問題懇談会」（基本懇）を跳ね返す運動を、さまざまに工夫しながら取り組んでいた。原爆被害の実相を知らせることが第一だと、「原爆を裁く法廷劇」や、当時「この子たちの夏」でやっていた朗読劇を、集会の中のプログラムの一つに入れたりしていた。

1989年の春だったかと思う。山田さんが、まだ専従に就く前だった。集会で朗読劇を入れることになった。日本被団協が実施した「原爆被害者調査」（'85・11～'86・3）の自由記述から編集された『「あの日」の証言1、2』『被爆者の死1、2』から長崎被爆を抜き出してシナリオを作成した。朗読者5人程でリハーサルしていた時、丁度、山田さんが来合せ、後立ち会ってくれた。じっと聞いていた山田さんが、

《山田さんと家族の被爆》

山田さんは14歳の被爆。県立長崎中学2年生。自宅は城山町に両親・姉1人・弟2人の6人家族だった。山田さんは鳴滝町の学校で、長崎商業の教師をしていた父親は生徒を引率していた大橋兵器工場でそれぞれ被爆。城山の自宅では母親と姉弟たちの4人が被爆。12日に生後8ヵ月の下の弟が死亡、翌日姉が死亡。2人の遺体を母親と2人で火葬した。父の実家の諫早へ引き上げ、行方がわからなかった父親が諫早の病院に居ることがわかり、母と駆けつけると、父親は顔から胸・両腕にすごい火傷。さらに母が23日に、翌日上の弟が死んだ。父と2人っきりになった。父親は何とか命は助かって、教壇に復帰することができたが、1961年肺癌で死亡。翌年、山田さんは宮崎から家族を連れて長崎に戻り、長崎市立高校の教師に。

1983（昭和58）年7月から2016（平成28）年3月まで、長崎被災協事務局長。

ろ向きになり、涙を拭きながら「すごいね」を連発している姿に、私は驚き、新鮮さを感じた。被爆者の40年の苦しみ、原爆死の様子を、ご自分の被爆と重ねられたのだろうか。あまり感情を表面に出さず、冷静に見据えている山田さんだと思っていた。それが、同じ被爆者の痛みを共感し、純粋に涙を流す山田さんの姿に接し、熱い人だと新しい発見だった。

山田さんはあの日、母親と3人の姉弟を原爆に奪われ、父親はケロイドの残る姿で教壇に戻った。被災協の事務所で私たちにしんみり語る人ではなかったが、心の奥底にある「原爆投下を許さない。国は戦争責任を果たせ」の意思は強かった。

その顕著な出来事が、花輪踏み付け事件。1989年9月、米国の核搭載疑惑フリゲート艦が長崎港に寄港。被爆者が平和祈念像前の石段で、反対の座り込みをしている目の前で、艦長が献花。テレビクルーが献花台につまずいて地面に落ちた花輪を、山口仙二さんが踏みつけながら「原爆は被爆者を焼き殺したんだ。毎日沢山の被爆者が今も殺されている」と叫んでいる。傍にいた山田さん達3人も一緒に踏みつけた。3人とも親や兄弟、夫を原爆で奪われた。私も制服姿が近づいた時はぞっとした。山田さん達はあの日のこと、母親や姉弟達のことを思い浮かべ、怒りが沸点を超したのだろう。山田さんの原爆投下を絶対に許せない心が導いた行動だった。

山田さんは「昭和を自分たちの手で書き残そう」と、「自分史」を書く「つたの会」を1993年に立ち上げた。生い立ちからこれまでの人生を、原爆を挟んで書こうと、被災協の会員や会員外へも呼びかけていた。さらに被爆50年の95年に、それを出版しようとの目標も決まり、山田さんの元には「つたの会」のみなさんが、頻繁に訪ねて来ていた。とても嬉しそうに応対していた姿があった。それは山田さんが被災協の仕事を始めたとき、回収されていた1700名の「要求調査票」に目を通し、そこに書かれていた被爆者のさまざまな40年間の苦悩に出会った。山田さんは〈被爆者の許せぬ心〉を背負い、〈原爆被害を受忍しない〉信念をますます強くしたと思う。だから、自分達の原爆を書くことによって、もっと深く原爆と向き合い、「戦争とは何だったのか」「原爆とは何だったのか」を告発する「自分史」の活動に熱心だった。山田さんは書くことが好きで得意な分野だった。

「被災協ニュース」も山田さんが事務局長に就任して、定期的に毎月発行するようになった。山田さんは大学在学中に新聞部だったことで、「ニュース」作りは一人で担っていた。「今月はこの記事を入れて欲しいのだけど」と思っても後の祭り。もう出来上がっている。仕事の早い人だった。

お酒が入ると陽気になり、かつての故郷宮崎の「刈り干し切り唄」を朗々と歌い上げ、みんなを喜ばせてくれた。

私は山田さんの字が大好きだった。特に、墨字が何とも言えない味わいがあった。お祖父さんが書家で、山田さんは父親から手ほどきを受けていて、小学校卒業の頃は初段の腕前だったとか。

毎年、近所の三和町の海や山をスケッチした年賀状をいただいた。もう、その賀状も届かない。

山田さん33年間お疲れさまでした。ありがとうございました。

「平和都市」広島の現在地

――「平和推進条例」とその成立過程から考える

宮崎　園子
（フリーランス記者〔元朝日新聞記者〕）

はじめに

いきなり私事を述べることをお許しいただきたい。

19年間記者として勤めた朝日新聞社を7月に退職した。4年前に赴任した広島から東京本社への転勤を言い渡された時、新型コロナウイルスによって非日常と日常が大転換した状況下、足場が広島から他へ移ることを受け入れられない自分がいた。コロナ禍の異様な空気の中、幼いなりに我慢の日々を過ごしている小学生2人に、生活の激変を親として強いることに不安があったのが大きいが、他にも理由はある。

それは、広島という土地に根を下ろして暮らす一人の生活者だからこそ日々湧き出てくる問題意識を、書き手・伝え手として大切にしたいと思ったからだ。価値観の大きなうねりの中、この先自分がどう生き、どう社会と関わりたいかということを考えた。

自分は、記者生活でどういう物差しを磨いてきたのか。この先、何を目指して、何を背負って、誰に対して、ものを書いていくのか。全国紙の記者として転勤が続き、自分の思うところやひとところにとどまれない生活の中で、私は社会とどう関わりたいのか――。

被爆者の祖父母を持って広島に生まれ、県外・海外で育った自分のアイデンティティが何かを考えていた時期、私はある取材を続けていた。それは、広島市議会が議員発案の条例としてつくろうとしていた「広島市平和推進基本条例」。今年6月に施行したが、それに至る過程はいわば、広島という都市の「アイデンティティ」が何かを見つめ直すことそのもののように私には映った。そして、私は、「平和都市」を自認するヒロシマが、ある種のアイデンティティ・クライシス（自己喪失）に陥っているのでは、と感じるに至った。

ここでは、なぜ私がそう感じたか、新聞記者そして一生活者として考えたことを、自らの反省も含めて指摘したい。ローカルな話かもしれないが、長崎をはじめ平和を願う各地の人々とともに「平和都市のアイデンティティとは」を、考える機会になればと願う。

「被爆75年に施行」目指した条例

まず、「広島市平和推進基本条例」制定の背景事情について、簡単に説明しておきたい。

始まりは、2017年6月にさかのぼる。広島市議会が特別委員会を設け、平和施策と少子化対策についてそれぞれ市政の現状や課題を検討。2019年3月に結果を報告した。その中で、「平和の推進に関する条例」づくりに向けた取り組みを提言。理由は、「被爆者の願いを次の世代へ継承していくため」とした。長崎市議会との連携強化なども課題として上がっていた。

広島市議会では同時期、議会改革推進会議が開かれ、市当局ではなく議会（議員）の発案で、地域の課題に密接に関係した条例をつくろうという機運が高まっていた。他の政令市では、そうした「政策条例」の例がいくつもあったが、広島市には一つもなかったのだ。

市民意見の募集後、政策立案検討会議には、多数の市民が傍聴に駆けつけた

こうしたことを背景に、平和推進に関する条例をつくるべく、2019年、市議会全会派から1名ずつが集まる「政策立案検討会議」が発足。被爆75年となる2020年度中の制定をめざして議論を重ねてきた。

検討会議は1～3ヶ月に一度の頻度で会合を重ね、15回目の会合となった2020年12月、素案をまとめ、パブリックコメントの募集を決めた。翌年2月なかばまでの1ヶ月間募り、3月末までの制定をめざした。

市民の関心は高く、598人・団体、締め切り後も9人・団体から、計1043項目もの意見が寄せられた。事務局の想定以上の反響。意見の精査に時間を要し、3月末までの制定は断念せざるを得なくなった。

2年間にわたる議論をまとめた政策立案検討会議の報告書

市民の意見は多岐にわたった。中でも、最初に広島に赴任した2005年以降、全国紙の記者として被爆者問題など原爆や戦争について広島内外で断続的に取材してきた立場で、私が特に問題だと思った3点を中心に記していきたい。

広島から訴える「平和」とは？

「世界中の核兵器が廃絶され、かつ、戦争その他の武力紛争がない状態」。この条例で、「平和」はそう定義されている。「国際平和文化都市」として、その定義はさすがに狭すぎないだろうか。市民意見では、「単に『戦争』の対義語として『平和』を修辞的に説明しているだけであって、一般市民にとっての『平和』とはかけ離れている」「核兵器廃絶や紛争のみを焦点に当てることは同時に、多くの誤解や社会的弱者を生み出しかねない」などと素案を変更することを求める意見が多く寄せられた。

広島市の都市像を定めた「広島市基本構想」では、平和を「世界中の核兵器が廃絶され、戦争がない状態の下、都市に住む人々が良好な環境で、尊厳が保たれながら人間らしい生活を送っている状態」と定義している。また、広島市男女共同参画推進条例も、「紛争や戦争のない状態だけをいうのではない。すべての人が差別や抑圧から解放されて初めて平和といえる」としている。これらと比べて定義が狭い点について、検討会議の代表議員は「すべての分野を網羅すると焦点がぼける」と説明した。

結局、市民意見は反映されず、素案通りの定義に。「平和推進」と掲げつつ、実態は「核兵器廃絶推進」、という批判は免れない。

「核兵器禁止条約」が存在しなかった素案

平和を事実上「核兵器廃絶」に限定した形の条例素案であるにもかかわらず、素案には、「核兵器禁止条約」というフレーズがまったく見当たらなかった。これについても、多くの市民から指摘の声が寄せられた。

条例策定への動きが始まった頃の2017年7月、122カ国・地域の賛成によって、国連で核兵器禁止条約が採択された。核兵器の一日も早い廃絶を願う市民社会の働きかけが、核兵器を持たない小さな国々などを動かした。交渉会議では、広島市の松井一実市長がスピーチをし、署名式には長崎市の田上富久市長が参加。両市を中心に活動してきた「平和首長会議」の国際パートナーでもあるNGO「核兵器廃絶国際キャンペーン」（ICAN）はその年、ノーベル平和賞を受賞した。条約の批准国・地域が50に達したため、2021年1月に発効したのは記憶に新しい。

だが、こうした動きとともに議論を続けてきた条例であるにもかかわらず、素案の中に、核兵器禁止条約が存在しなかったのだ。ちなみに、広島市議会は、採択後の2017年9月には、日本政府を含む各国に批准を求める意見書を全会一致で採択している。

検討会議は、市民の意見を踏まえ、最終的には「核兵器禁止条約」の文言を入れた。だが、発効の事実のみで、広島市がどう条約に関わろうとしているのかといったことについては、まったく触れられていない。

なんのための平和記念式典か

最も意見が多く、賛否も割れたのは、毎年8月6日に広島市が挙行する平和記念式典のあり方を規定した条文だった。「本市は、平和記念日に、広島市原爆死没者慰霊式並びに平和祈念式を、市民等の理解と協力の下に、厳粛の中で行うものとする」というものだ。

平和記念公園内にある原爆死没者慰霊碑前で毎年挙行される式典中、原爆ドーム周辺では、日本政府の核政策や外交姿勢を批判するデモ団体が、拡声機を使ってシュプレヒコールをあげながら行進する。デモ団体に抗議する団体も参集し、この日は早朝から機動隊が警備にあたる状況が続く。こうしたことを背景に、「厳粛」条項が条例素案に盛り込まれた。

「静かに祈るのが式典の正しいあり方」「政治的主張の場ではない」。「厳粛」条項に賛成する人たちは言う。一方で、反対する人たちは、「表現の自由の侵害だ」「静かに祈っているだけでは平和はこない」と言う。

この問題には、前段がある。式典中の拡声機使用を規制する条例を策定する動きが市当局側にあったが、言論の自由や表現の自由の侵害を問題視した被爆者団体や法曹界から批判の声が上がり、条例化が見送られた経緯があるのだ。がゆえに「厳粛」条項を設けた市議会の政策条例自体が、式典での「静謐」確保を目的としているのではないか、と見る向きもあった。

これについての私自身の考えを述べておきたい。私も、式典は静かな方がいいと考える一人だ。核兵器廃絶を誓うと同時に、原爆犠牲者や死んでいった被爆者たちを追悼するのも、式典の大きな目的だからだ。

だが、だからと言って、条例で規制するというのは、話が違う。被爆者や戦争体験者の取材をする中で、特に動員学徒以上の年齢で体験した人たちの多くが、「自由にものが言えなかった」「見ざる言わざる聞かざる、という空気だった」と振り返った。「お上のいうことに逆らえなかった」とも。

デモ団体側の主張や表現方法には賛同できない点があるが、彼らが、核抑止力を主張する、つまり「核兵器による平和」という考え方に固執する政府代表者を式典に呼ぶのは広島の訴えに反するとして、式典のあり方の見直しを求めている点は、私も同意するところだ。「唯一の戦争被爆国」「核兵器のない世界」というフレーズこそ必ず叫ぶが、一日も早い核兵器廃絶を願う被爆者や各国の人たちが求める核兵器禁止条約の存在をまるで無視するリーダーの姿を、被爆地の市民たちは、いつまで見せられ続けるのだろうか（もっとも、2021年の式典では、総理大臣あいさつの中の「唯一の戦争被爆国」「核兵器のない世界」というフレーズすら、読み飛ばされたが）。

多くの犠牲の結果、私たちが獲得した日本国憲法の

広島市議会開会前に、条例案の問題点を訴える被爆者や平和団体のメンバー＝2021年６月15日、広島市中区

中の大事な理念である言論の自由を尊重しない「平和」条例素案には、法曹界からも批判が寄せられた。広島弁護士会は、二度にわたり、問題視する会長声明を出した。被爆者団体も批判の声を上げた。広島県原爆被害者団体協議会（佐久間邦彦理事長）は、他団体と連名で、「被爆地ヒロシマが、核兵器禁止条約が発効した歴史的な年に、思想・信条、表現の自由を損なう条例を制定することは、世界の平和と核兵器廃絶を求める人々に、計り知れない衝撃を与える」と抗議した。

対話と議論なき「平和都市」

これだけ多くの意見が寄せられた中で、特に、被爆地・広島で草の根の平和運動を続けてきた人たちからは、有識者による勉強会や、市民も交えた討論会の開催を求める提案もあった。広島市民の代表である広島市議会議員たちの発案で、「平和」を掲げた条例をつくるとあって、「世界に向けて恥ずかしくない内容に」と願った人たちは多い。しかし、こうし

広島市平和推進基本条例案を賛成多数で採択した広島市議会＝2021年６月25日、広島市中区

た意見はほぼすべて却下された。制定目標時期ギリギリのタイミングでの市民意見募集に「市民の意見を聞いたというアリバイづくりでは」との批判も上がった。

２０２０年度内（２０２１年3月中）の制定こそ見送ったが、市議会はそれでも制定を急いだ。それまで1～3ヶ月に1回ペースで開いてきた検討会議を、2週間に1回というスピードで開き、市民意見を条文ごとに検討した。中1日で開催された時期もあった。

「世界に対して、行政を始め各界各層の多くの人々と共に『絶対悪』である核兵器を廃絶するために積極的に声を上げ、行動し、核兵器の廃絶と世界恒久平和の実現に努めることを決意し、この条例を制定する」。

前文で制定目的をそううたった条例だが、核兵器を廃絶するために積極的に声を上げ、行動してきた市民たちの意見は尊重されなかった。

「広島市議会初の政策条例」の制定そのものが目的化し、中身の議論がなおざりになった感は否めない。

「陳情書、要望書、請願書を提出したのは、広島の平和活動を長年に渡り牽引してきた団体や個人。互いに意見を交換しながら議論の経過を見守ってきた。しかし検討会議において、合理的な説明もないまま、こ

広島市平和推進条例：素案と成案の比較

条文	条例素案	施行した条例
前文	今日，核兵器の廃絶に向けては，世界的にその機運は高まっているものの，実現までにはいまだ多くの課題がある。	今日，核兵器の廃絶に向けては，核兵器禁止条約の発効など，世界的にその機運は高まっているものの，実現までにはいまだ多くの課題がある。
2条	この条例において「平和」とは，世界中の核兵器が廃絶され，かつ，戦争その他の武力紛争がない状態をいう。	素案のまま
5条	市民は，本市の平和の推進に関する施策に協力するとともに，平和の推進に関する活動を主体的に行うよう努めるものとする。	市民は，平和の推進に関する活動を行うよう努めるものとする。
6条2項	本市は，平和記念日に，広島市原爆死没者慰霊式並びに平和祈念式を，市民の理解と協力の下に，厳粛の中で行うものとする。	本市は，平和記念日に，広島市原爆死没者慰霊式並びに平和祈念式を，市民等の理解と協力の下に，厳粛の中で行うものとする。

れらの問題が放置されたことにより危機感はさらに強まった」。そんな意見も研究者から寄せられた。「平和都市」の看板を草の根で支えてきた市民の声が反映されない条例が、「平和推進」に寄与するだろうか。

被爆地のアイデンティティとは

各条文や条例の成立過程から浮かび上がるのは、核兵器廃絶のために市民が積極的に声を上げたり行動したりすることを不当に制限し、世界平和の実現に向けて努めてきた草の根の市民活動や、日本国憲法が規定する国民の権利を軽視した姿勢にほかならない。

平和教育のあり方や、原爆を越え「戦争」をどう総括するのかといった視点もない。核兵器廃絶をめざす国際社会の中で、被爆地・広島は、自らをどう主体的に位置付けようとしているのだろうか。国内外の人たちとどう手をつなごうとしているのだろうか。

「平和」と訴えるだけの「平和都市」なのだろうか。被爆地として、他のどの都市よりも「平和」を声高に叫ぶだけでなく、そもそも「平和」とは何かを市民の生活レベルで真剣に考え、議論と対話をする機運づくりをすることこそが、広島が担うべき役割ではないだろうか。

おわりに

市民意見募集のころ、私は新聞記者として広島市政記者クラブ所属の記者専用の報道関係者席で取材をしていた。その後、新聞社を退職したため、市民意見を検討する段階に入った4月以降は、一人の市民として、一般傍聴席から議論を見届けてきた。

「市議会にこんな動きがあったとは」。何人かにそう言われた。「もっと早く知っていたら、素案ができる前に行動した」とも。策定過程を、市民の知る権利に答えて報道する役目を果たしきれなかった反省がある。市議会の広報姿勢にも疑問を感じた。

ヒロシマ報道は、1945年8月6日に何が起きたかという、いまだ未解明な部分が多い過去をヒロシマの原点としていつまでも見つめ続ける営みと、核兵器廃絶という、気が遠くなるような未来の目標を見据える営みとが重要視されるが、過去と未来の間、つまり、まさに「今、足元で起きていること」に対して、きちんとした問題意識を持ち続けてきただろうか。私自身、考えてきたつもりではあるが、結果として努力不足だったとしか言えない。広島のマスメディア全体の問題のようにも感じる。

被爆者の平均年齢は、ほぼ84歳になった。そう遠くない将来、間違いなくやってくる「被爆者なき被爆地」は、何を背骨にしてこの先も存在しようとしているのだろうか。そして、コロナ収束後、「平和都市ヒロシマ」は、遠くからわざわざ訪れるべきまちであり続けられるのだろうか。多くの原爆犠牲者たちの無念が染み込んだこの街の足元をきちんと見つめながら、記録し、伝えていくことを細々と続けたい。

核兵器禁止条約の《前文》が描く「新しい世界」

中村　桂子
（長崎大学核兵器廃絶研究センター〔RECNA〕）

2021年1月22日、核兵器禁止条約（Treaty on the Prohibition of Nuclear Weapons：TPNW）が発効を迎えた。核兵器を、人体や社会、環境に対して破滅的な影響をもたらす「非人道兵器」と明確に位置付け、その開発、保有、使用、使用の威嚇などを全面的に違法とした画期的な条約が正式に動き出したことになる。

このことは、過去に作られた数々の軍縮条約の系譜に連なる、一つの国際条約の誕生という以上の意味を持っている。それは、これまでの核軍縮合意の常識を覆す形で、中小の非核兵器国と市民社会がタッグを組み、核兵器の非人道性を焦点化して軍縮を進める「人道的軍縮」アプローチの勝利であった。さらに言えば、力で相手を脅すことで国家の安全を保つという古くて危険な思考から脱し、誰一人として核兵器によって脅かされることのない、「すべての人類の安全保障」へと向かうゆるやかな進化の一歩であった。

その意味で、条約における基本的な考えが宣明された「前文」には、条約がめざす「新しい世界」のビジョンが明確に示されている。ここでは、前文に含まれた「ジェンダー」「先住民」「資源の浪費」「軍縮教育」のキーワードを取り上げ、関連する現状の動きと課題について概観してみたい。

ジェンダー

日本では2021年夏の東京オリンピックをきっかけにジェンダーをめぐる課題があらためて衆目を集めたが、TPNW採択に至る過程においても、アイルランドを中心とする各国が「ジェンダーと軍縮」を核兵器の非人道性を語る上での最重要テーマの一つとして積極的な問題提起を続けた。その結果、核軍縮・軍備管理条約では初めてのこととして、条約前文にジェンダーの視点が明記されたのである。

それは2つの文脈から成る。一つは放射線が女性や女児により大きな影響を与えることへの認識の重要性であり、もう一つは核軍縮に関する意思決定における「ジェンダー平等」の必要性である。核兵器が一旦使用されれば地球上のあらゆる人々に影響が及びうるが、とりわけ女性・女児に対して身体的、精神的、社会的に「均衡を失した影響」が及ぼされる。その意味ではすべての女性・女児が核問題の「当事者」に他ならないが、核軍縮をめぐる国内外の意思決定プロセスにおいては圧倒的なジェンダー不平等が存在し、彼女たちの声が十分に反映されていない、という指摘だ。

事実、性別による格差の存在は核を含む軍縮・安全保障問題を扱う国際会議において顕著である。議長を務めたコスタリカのエレイン・ホワイト大使をはじめ女性のリーダーシップが目立った２０１７年のＴＰＮＷ交渉会議でさえ、各国政府代表団における男女比割合は女性31・３％、男性68・７％であった（国連軍縮研究所、２０１９年）。他の主要会議ではこの不均衡はさらに大きく、２０１５年の国連総会第一委員会では女性29・７％、男性70・３％、核不拡散条約（ＮＰＴ）再検討会議では女性26・５％、男性73・５％と報告されている（国連軍縮研究所、２０１６年）。国連総会第一委員会に参加する女性外交官の割合が1割に満たなかった１９８０年と比べ、不平等性が年々是正されているのは事実と言えるが、アフリカ諸国では２０１５年時点で18％に過ぎないなど（ラテンアメリカ・カリブ諸国は39％）、地域差の拡大も指摘されている。

２０２１年ジェンダーギャップ指数世界１２０位の日本においてこうした視点と具体的な対策が必要であることは言うまでもない。「女性は平和的」といった話ではなく、核軍縮の意思決定への参画は核問題の当事者としての「当然の権利」として認識されるべきである。多様な人々の参加はより効果的な議論を促すことも諸研究から明らかとなっている。

先住民

ＴＰＮＷ前文に国際条約として初めて「hibakusha」の文言が使われたことは良く知られている。核兵器使用のもたらした「容認しがたい苦しみ」の文脈では、広島・長崎の被爆者とあわせて、核爆発実験の被害者についても言及がなされた。

世界各地で2千回以上繰り返された核爆発実験は、とりわけ植民地や少数民族・先住民族が居住する地域において、人々の身体、暮らし、環境にきわめて多様かつ深刻な影響をもたらした。被害の全貌は現代においても十分に解明されておらず、当然ながら必要な援助の手も伸びていない。こうした状況を踏まえ、条約前文は「先住民にもたらす均衡を失した影響」を明記し、本文6条、7条にて核使用・核実験の被害者に対する援助及び核で汚染された地域の環境修復、ならびにそれらの実施に向けた国際協力を義務付けた。

被害者援助及び環境修復の問題は、２０２２年3月22～24日にウィーンで開催される条約の第1回締約国会議における主要議題の一つとなると見られている。「被害者とは誰か」「いかに援助するのか」――これらはすべてこれからの議論に委ねられている。76年経っても被爆者の線引きをめぐる闘いが続く広島・長崎を例にとるまでもなく、これらの議論が複雑かつ困難なものであることは自明であり、これまで人類が培ってきた経験・知見を総動員させ、各国が立場の違いを超えて協働することでしか解決の道はない。

この点、広島・長崎・福島の経験を持つ日本は他国にはできない貢献を果たすことができる。現状でも日本政府は非締約国としてのオブザーバー参加に慎重な姿勢を変えていないが、人道的見地からの被害者援助・環境修復問題への協力は日本が掲げる政策と何ら相違するものではない。日本が繰り返し自認してきた「核兵器国と非核兵器国の橋渡し役」としても、これ以上適切な貢献はないと言えるだろう。原爆被爆者への医療やチェルノブイリ原発事故等の調査・支援でも実績のある被爆地のアカデミアや民間団体とも連携し、締約国会議プロセスへの関与に動き出すことが唯一の戦争被爆国・日本の道義的責務である。

資源の浪費

2020年に「世界終末時計」は残り100秒に針を進めた。かつてないほどの危機的状況が継続している背景の一つが、核保有国が邁進する「核の近代化」である。老朽化が進む核兵器システムの延命と刷新、さらには最新技術を用いた新型核兵器の開発・配備に向け、保有国は毎年巨額を費やしている。世界的な新型コロナウィルス感染拡大とそれにともなう経済状況の悪化を横目に、核軍備増強計画は加速の足を止めず、核保有9カ国の2020年核兵器関連支出総額は、前年比約1500億円増の約7・9兆円にも上ったと報じられる（ICAN、2021年）。

TPNW前文は、近代化計画を名指しし、「経済的・人道資源が浪費」されていると警告した。もちろん条約はコロナ禍の前に作られたものであるが、聖域と言わんばかりに核軍備の拡大に限りある資源を費やし続ける保有国の姿勢に対する厳しい目は、コロナ禍と、さらには昨今の世界的なSDGsへの関心の高まりの中で、ますます市民権を得ているように見える。莫大な核兵器関連支出を振り分けることができれば、感染症対策・貧困対策を含めSDGsの実現にも大きく寄与するであろうし、上述した核被害者支援・環境修復、そして軍縮教育など核軍縮促進に向けた様々な施策の実施にも役立てられることになる。

他方、経済的な側面から核兵器禁止を推進する取組みは、TPNW採択以降、世界各地でいっそう活発になっている。核兵器の製造にかかわる企業に対して銀行などの金融機関が投融資を行わないと表明する動きだ。日本においても、2018年にりそなホールディングズがこうした趣旨の指針を発表し、その姿勢が地方銀行にも影響を与えた。続いて2020年5月には3大メガバンクの一角である三菱UFJフィナンシャルグループが限定的ではあるが同様のアクションを起こした。投資自制の動きは主要な生命保険会社にも見られている。TPNWが狙う「核兵器禁止規範の拡大」効果のあらわれと言っても過言ではないだろう。

軍縮教育

TPNWは、「軍縮教育」の必要性、重要性を明記した初の国際条約でもある。条約前文は、「すべての側面における平和及び軍縮に関する教育ならびに現在及び将来の世代に対して核兵器の危険及び結末についての意識を高めることの重要性を認識し、また、この条約の諸原則及び規範を普及させることを約束し」と盛り込んだ。

軍縮教育とは何か。2002年に国連が出した軍縮・不拡散教育に関する報告書には、軍縮教育の目的として、「一人ひとりが国民として、また世界市民として貢献すべくエンパワーされるよう、知識や技術を授けること」とある。この「エンパワメント」という概念が軍縮教育の鍵である。つまり、教育を通じて単に軍縮に関する知識を授けるのではなく、行動に繋がる力を授けるということだ。核問題は遠い世界の話であって自分には関係ない、一人の人間が動いたところで何も変わらない、核兵器がなくなることはない——こういった悲観的な声をしばしば聞くことがある。軍縮教育というのは、こうした人々に対し、まさに自分たちこそが核問題の「当事者」であることを意識づけるとともに、当事者として世界の変革に関与していくための知識と知恵と力を授けるものである。アントニオ・グテーレス国連事務総長が2018年に発表した「軍縮アジェンダ」にも同様にエンパワメントの必要性が強調されている。

とりわけ日本では、教育と名が付くと学校教育をイメージしがちであるが、軍縮教育はあらゆる層を対象としたものである。国会議員、地方議員、自治体首長・職員、学校教員、メディア関係者、起業家——あらゆる年代のあらゆる立場の人々に軍縮教育を広げていくことが肝要となる。政治的・思想的な差異にかかわらず、核兵器の非人道性に対する認識はすべての人々の考え・行動の基盤となるべきである。そもそも76年前の広島・長崎を含めた核兵器使用の影響について人類はすべての英知を有しているわけではない。さらなる核兵器使用の非人道性の解明と科学的立証に向けて、専門家、政府関係者、市民が協力し、情報共有し、議論を重ねるプラットフォームも必要であろう。

おわりに

TPNWが私たちに投げかけている問いは、単なる核兵器の是非だけではない。問われているのは、これから私たちがどのような未来を望むか、どこに向かって進んでいきたいかといった根源的なことである。先日亡くなられた日本原水爆被害者団体協議会（被団協）代表委員の坪井直さんの言葉を借りれば、核兵器でお互いを脅し合う「正気の沙汰ではない」時代に私たちはあまりに長く生きてきた。ＴＰＮＷは、そこから私たちが脱し、一人ひとりがかけがえのない存在として大切にされ、誰しもが究極の暴力に怯えることのない、真に平和で安全な世界に向かうことを求めている。

20数年間、私が核問題に取り組む中で感じることは、核兵器廃絶を阻んでいる障壁は実は私たち自身の頭の中にあるのではないか、ということだ。核兵器廃絶は理想だが実現はやっぱり難しい。国がそんなに簡単に変わるわけがない。自分にできることどうせちっぽけだ。そんな諦めや思い込みが私たち自身の手足を縛り、力を削いでしまっているのではないだろうか。核兵器禁止条約の時代のスタートラインに立った今こそこの呪縛を解き、条約が描く「新しい世界」に向けて一歩を踏み出していきたいと思う。

長崎にあって哲学する
――三つの出合いを中心に

高橋　眞司
（前長崎大学教授・社会学博士）

序詞　長崎は出会いの場所である。
　　　自分自身と出会えば誓いの場所となる。

Epigram　Nagasaki is a meeting place.
　　　Meeting oneself makes Nagasaki a place to pledge.
　　　　（Translated by Brian Burke-Gaffney.）

はじめに

　東京での学業を終えて、わたしが長崎に赴任したのは１９７３年、いまだ少壮、31歳の時であった。来年、２０２２年夏には、長崎に移り住んで50回目の８月９日を迎えることになる。いたずらに馬齢を重ねてきたという思いがつのる一方、長崎の過去の出来事や事績について問われることも多くなった。そのうちの一つが、いわゆる「77シンポ」、すなわち１９７７年夏に開催された「被爆の実相と被爆者の実情」に関する「ＮＧＯ被爆問題国際シンポジウム」である。

　ところで、この「77シンポ」については、ごく最近、信州の俳句雑誌『みすゞ』（城取信平主宰）に寄稿した「永井隆《浦上燔祭説》批判への道すじ[注1]」と題する論稿の中で、まとめて述べる機会があった。そこで、紙幅の限られた本稿では、「第１節　ＮＧＯ被爆問題国際シンポジウム」については、『みすゞ』の本文を見ていただくこととして、ここではその一端を述べるにとどめ、「三つの出合い」を中心に《長崎にあって哲学する》営みについて述べることとしたい。

第1節　NGO被爆問題国際シンポジウム

私にとって幸運だったのは、赴任して5年目の1977年に、画期的なNGO被爆問題国際シンポジウムが東京、広島、長崎で開催されたことであった（なお、NGOは「非政府組織」を意味する）。77シンポ開催の背景には、核超大国アメリカ合衆国とソヴィエト連邦が、互いに核兵器を向けあって対峙する「東西冷戦」のきびしい現実があった。冷戦が「熱い戦争」に発展することを恐れた第三世界の政治的指導者と民衆のイニシアチヴによって、国連において史上はじめて、核軍縮に特化した「国連軍縮特別総会」を1978年に開催することが決議された。その準備作業の一環として「被爆の実相と被爆者の実情」を明らかにするために、この「NGO77シンポ」は開催されたのであった。(注2) シンポジウム開催の中核を担ったのは「世界世論の動員こそが核兵器禁止のための鍵をなすものであり、あらゆる種類の軍縮にとって、また全面完全軍縮の鍵をなすものである」と信ずるIPB（国際平和ビューロー）であった。シンポジウムの準備と共同討議を深めるために、日本準備委員会が設置され、各都道府県においても準備委員会が発足した。長崎でも長崎準備委員会が立ち上げられた。

長崎に赴任した当時、長崎造船大学（現・長崎総合科学大学）で「哲学」その他の講義に少しずつ慣れてきた私にとって、この「77シンポ」の長崎準備委員会では、おなじ大学の同僚、鎌田定夫先生（以下、敬称を略したところがある）や片寄俊秀、大窪徳行などと協働し、長崎大学医学部の西森一正、武居洋医師などのすぐれた医学者と出会い、(注3) 平和教育部会では長崎の平和教育に携わってきた坂口便《たより》、築城昭平、今田斐男《あやお》らの先生方と相知るに至った。

しかし、何より大きかったのは、長崎の聖フランシスコ病院医長・秋月辰一郎、「長崎被災協」（長崎原爆被災者協議会）の山口仙二、谷口稜曄《すみてる》、下平作江ら多くの被爆者と面識を得たことであろう。また、同僚の日比野正巳とともに、国際調査団の二名、メリー・カウフマン女史（アメリカ合衆国、国際法専攻、ニュルンベルク裁判検察官）とウヴェイス・アハメド氏（スリランカ、教育行政担当）をお連れして、三菱の工場に勤労動員中、被爆して鉄骨の下敷きとなり、以後、一歩も立ち歩くことのできなくなった渡辺千恵子さんを音無町のご自宅に訪問したことは忘れられない、美しい思い出である（『被爆者の現在』増補改訂版、1984年、巻頭に掲載）。

ところで、私にとって今一つ重要なことが起こった。それは77シンポの終了後、ここ長崎においては、秋月辰一郎を中心に、77シンポを継承し、残された課題を遂行し追求するために、「長崎原普協」（長崎『原爆問題』研究普及協議会）が、翌1978年に結成されたことである。

わたしは、この「長崎原普協」調査部会の一員として、長崎大学および長崎総合科学大学の研究機関及び研究者らと共に、「77シンポ」の際に行われた被爆者調査の「一般調査」の集計と分析にたずさわった。そして「長崎原普協」から順次、報告書を「ブックレット」として公刊した。「77シンポ」の際に急遽出版した大冊『長崎原爆被害総合報告　原爆被害の実相――長崎レポート』（1977年）の英文縮約版、“*Report from Nagasaki.*”（1978）ほかは、鎌田定夫、武居洋医師らが編集に当たり、『被爆者の現在』（増補改訂版、1984年）、“*Appeals from Nagasaki.*”（1991）、『長崎からの訴え』（1993年）などは、わたくしが編集に当たった。

第2節　長崎にあって哲学する
――三つの出合いを中心に

ここで、三つの出合いとは、①時代との出合い、②人との出合い、そして、③主題との出合い、をいう。私のイメージを図示すれば、図1の如くになる。「時代との出合い」とは、わたしの場合、「77シンポ」であった。これについては第1節にそのごく一端を記した。

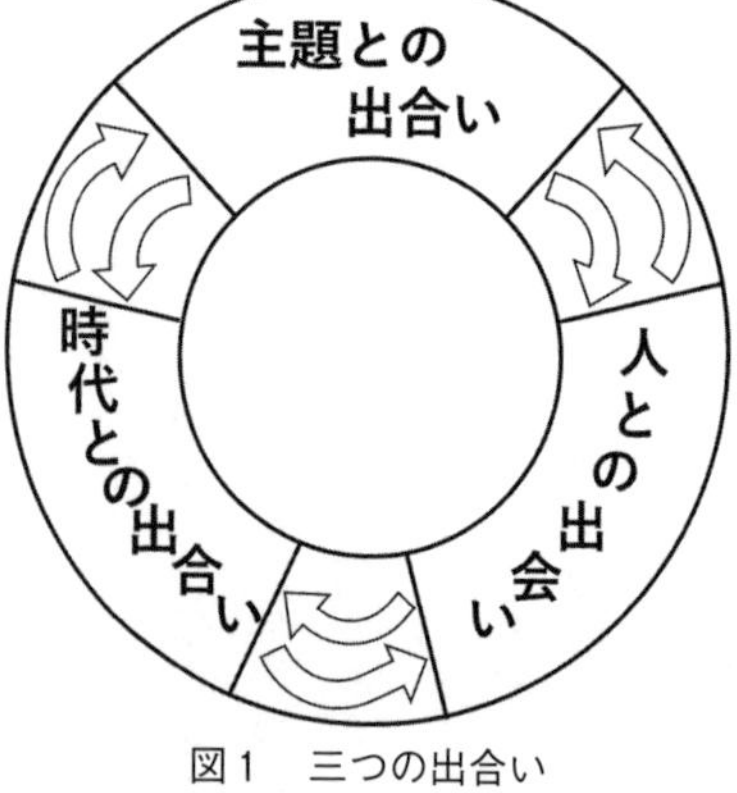

図1　三つの出合い
（図案、高橋眞司；作図、竹下哲史）

しかも、「77シンポ」は、私にとって「長崎にあって哲学する」上で、比類のない豊かな「人との出会い」の場を備えてくれた。

筆頭に挙げるべきは、山口仙二をはじめとする「長崎被災協」の被爆者のことであろう。「仙ちゃん」こと山口仙二は、ニューヨークのホテルで同室していらい、終生、敬愛してやまない友人であった。気風《きっぷ》のいい、そして情愛の深いこと（彼はわたしを「弟」と呼んでくれていた）は、今思い返しても心に沁みるものがある。ニューヨークの第2回国連軍縮特別総会（SSD-Ⅱ）の議場で、「日本被団協」（日本原水爆被害者団体協議会）の被爆者を代表して発言するのに、それなりの統率力と見識、被爆者一人ひとりに対する情愛と人格の高邁さを兼ね備えていたのである。

「被爆者にとって、死ぬのも地獄なら生きるのも地獄」ということばは、逃れるすべもない被爆者の死と生の深淵を語っていて、今に至るまで天啓のように耳朶に木霊《こだま》している。この言葉は「長崎被災協」の相談員、白石照子（現・横山）氏から聞いた。横山氏からは多くの被爆者を紹介していただいた。そのうちの一人、最愛の夫を失い、家を焼失した女丈夫・山口美代子のことば「泣いて、泣いて、涙が涸《か》れる」ということばは、かけがえのない大切な人と家財一切を喪った被爆者の悲しみを深く表現していて、今もなお心を揺り動かされる。

さらに、「長崎にあって哲学する」という学問上の領域で重要な示唆と教示をあたえてくれたのは、秋月辰一郎（聖フランシスコ病院医長）、岡正治（長崎ルーテル教会牧師）、そして肥田舜太郎（日本被団協、被爆者中央相談所・理事長）のお三方であった。

秋月辰一郎《あきづきたついちろう》医師は「長崎原普協」から出版された『被爆者の現在』（初版、1981年：増補改訂版、1984年）への基調報告「核廃絶への長崎の努力」の中で、次のように述べていた。

「国際シンポジウム（NGO）の長崎準備委員会、特に高橋眞司助教授及びそのグループが長崎総合科学大学、長崎大学、原爆病院・大浦診療所・放影研・被災協の医師、ケースワーカーと協力して被爆者と直接にその心の問題まで取り組んでこられた。それは国際シンポジウムが終わってからも、長崎「原爆問題」研究普及協議会（原普協）の調査部会として地道な研究を続けてきた。長崎における唯一の社会科学的な方法によるものと思われる。（中略）

今、世界の超大国が保有している、またこれから保有増加する核兵器の進歩、拡大はこの数十年前の数百万倍である。それがまた、次々に核保有国、さらに核潜在保有国と拡散しつつある。

その膨大なもの、慄然とした人間破壊の恐怖の大きさに比べて、この小冊子の論文は、小さすぎるようである。しかしこの小論文は精一杯の核廃絶への長崎の努力である。

髙橋助教授やそのスタッフの方々に敬意と感謝をもっている。」

『被爆者の現在』をこのように評価する秋月医師は、これを長崎市役所編纂『長崎原爆戦災史』の第4巻「学術編」に20ページ余にわたって収録している。(注4) 本島等市長の時代、1983年に発足した「長崎平和推進協会」(1984年、財団法人)の理事長となった秋月辰一郎先生のこうした評価と推薦があって、その後、私は被爆地長崎のさまざまな被爆行政上の役割を担うこととなった。たとえば、長崎原爆資料館の展示監修者として、私は「被爆者の訴え」コーナーを担当した。伊藤一長市長の時代には、市長の読み上げる「平和宣言文起草委員会」委員、長崎市平和推進専門会議委員ほかを委嘱された。また、長崎原爆の日、8月9日の前後に持たれた国際会議や国連軍縮フェローとの会合、あるいは原水爆禁止世界大会で来崎した海外の科学者・専門家との会合でも、しばしば司会として、通訳のホセ・アギラール神父(永井キリスト教センター)やブライアン・バークガフニ氏(当時、長崎市嘱託)と共に奉仕することもしばしばであった。

岡正治《おかまさはる》牧師は長崎ルーテル教会の牧師を務めるかたわら、「朝鮮人の人権を守る会」の代表をつとめ、日本国内において差別され抑圧され、搾取されてきた朝鮮人の「真の友」としてその人権を守る活動を繰り広げていた。1983年夏、岡先生から「長崎原爆問題キリスト者協議会」(略称「原キ協」)主催の、第1回「反核平和セミナー」への参加のお誘いが届いた。わたしが出席の意向を伝えると、岡先生はすでにプログラムに予定してあったご自身の講演の時間帯を、急遽わたしの講演のために譲って下さった。その後、「反核平和セミナー」での講演は、わたしが学位論文作成のために、「東大・社研」(東京大学社会科学研究所)での国内研修に出かけた1987年度をのぞいて、毎年夏、演題を与えた上で、講演の依頼があった。例えば、1991年1月24日付のお手紙には、「さて、ことしも第9回反核平和セミナーを開催することが決定されました。多数参加者の熱烈な希望もあり貴先生の再々再々再々登場をお願いしたいと存じます。真珠湾攻撃50周年（その報復としての原爆）に際しましてますます世界戦争への危機の高まる1991年、『核時代と私たち』（仮題）について所論を展開して下さいますようにお願いします」とあった。

そして、それらの幾編かはわたしの『長崎にあって哲学する』（全3巻）の実質を構成するものとなった（注5）。岡正治牧師のこのように大きな期待と信頼は、私の精神的成長と飛躍をもたらしてくれたものと思っている。

肥田舜太郎医師はご自身、広島の被爆者であった。そして「日本被団協原爆被爆者中央相談所」理事長として被爆者の医療と健康管理に、文字どおり「生涯を捧げて」きた医師であった。肥田医師は、「原爆ぶらぶら病」の提起者として国際的に知られている。肥田医師の「原爆ぶらぶら病」の提起にはR・J・リフトン教授も注目していたとの由。肥田医師は「長崎被災協」の役員らと相談して、1981年（鹿児島県指宿）および1982年（宮崎県青島）の九州地区被爆者相談事業講習会の講演を、わたしに委嘱された。そして、1982年度、青島での講演記録をパンフレット『原爆死没者と生存被爆者——死没者対策の意味するもの』（被爆者中央相談所報、1984年）として刊行して下さった。さらに、被爆40周年の1985年には、肥田先生は長崎の山下兼彦医師らと相談のうえ、「被爆者をどう捉えるべきか」というテーマについて、長崎で開催された全日本民医連・被爆者医療交流集会の記念講演を私に委嘱された。

この時の講演は「痛苦・苦悩・使命——被爆者をどうとらえるか」と題して、全日本民主医療連合会『民医連医療』160、161、162号（1985‐1986年）に掲載された（のち、『長崎にあって哲学する』に収録）。「77シンポ」から9年目、私が被爆者問題にかかわって、ほぼ10年の節目の講演と言ってよく、反響も身に余るものがあった。被爆者中央相談所理事長としての肥田舜太郎先生は、私に講演のテーマと執筆の機会を与えるだけでなく、『長崎にあって哲学する』（正・続、北樹出版、1994年、2004年）に過分の序文を寄せて下さった。その3冊目の『長崎にあって哲学する・完—3・11後の平和責任』（北樹出版、2015年）は、2011年3月11日に起こった東日本大震災を契機に発生した東京電力の福島第一原子力発電所の過酷事故を扱い、肥田先生の翻訳J・M・グールド『低線量内部被曝の脅威─原子炉周辺の健康被害と疫学的立証の記録』ほかを用いて、「原爆」と「原発」の双方を「核暴力」（"Nuclear Violences"）として捉え、敢えて英語表記の禁則を冒してまで、核兵器と原子力発電の暴力性を同列・同質のものとして取り扱うことによって、人類の生存と存続そのものを脅かす原発の危険性に注意を喚起したのであった。（注6）

むすび──「三つの出合い」

長崎に赴任して5年目の1977年に「77シンポ」という、「被爆の実相と被爆者の実情」に関する一大シンポジウムに際会したわたしは、シンポジウムを通じて、多くの被爆者と出会った。またその際に実施された被爆者調査の統計と分析にたずさわることを通じて、内外の多くの研究者、また科学者の知遇を得ることができた。

1991年、「NGO77シンポ」から15年目、わたしは主著『ホッブズ哲学と近代日本』（未来社）を出版すると、秋も深まったひと日、それを持参して秋月辰一郎先生のご自宅を訪問した。秋月医師は、のちに「社会学博士」の学位を取得することになるこの重厚な書籍を手に取り、喜んで下さった。そしてその翌日、お手紙を書いて下さった。そこには、つぎのように記されていた。

昨日は久し振りゆっくりお話しが出来まして楽しいでした。ご教授御就任並びに著述完成おめでとうございます。助教授の時に本を書いておかないと一生出来ません。

長崎に哲学者がいないのです。頑張ってください。

奥様によろしくお伝えください。

秋月辰一郎

髙橋眞司先生

［1991年］10月22日

秋月辰一郎先生の手紙にある「長崎に哲学者がいないのです。頑張ってください」の一行こそ、わたしが〝長崎にあって哲学する〟という生涯のテーマを抱懐する霊感（inspiration）を与えてくれたのであった（図1参照、172ページに掲載）。その後、3年を経て『長崎にあって哲学する─核時代の死と生』（北樹出版、1994年）が刊行された。内容は「77シンポ」とその際に出会った多くの被爆者たち、同シンポで行われた被爆者調査の分析、そして秋月辰一郎、岡正治、肥田舜太郎先生から委嘱された講演などが織り込まれていた。そして、『長崎にあって哲学する』営みは今日まで続き、正・続・完の3巻に及び、総ページ数は1000ページを超えるものとなった。

　こうして、核時代に広島と並んでかけがえのない長崎に赴任した私は、被爆地長崎で、「77シンポ」開催の「時代と出合い」、山口仙二、谷口稜曄ら多くの被爆者、並びに秋月辰一郎、岡正治、肥田舜太郎という類《たぐい》まれな「人と出会い」(注7)、そうして《長崎にあって哲学する》という「主題に出合う」ことが出来たのである。

【注】

（1）高橋眞司「永井隆《浦上燔祭説》批判への道すじ」、俳句雑誌『みすゞ』850号・851号、2020年12月、2021年1月所収。わたしは同誌を長崎県立長崎図書館郷土課、並びに長崎市立図書館、長崎原爆資料館に寄贈したので、これらの図書館において閲覧することができる。

（2）「77シンポ」の報告書は日本準備委員会編集委員会から出版された。英文（*A Call from Hibakusha of Hiroshima and Nagasaki.*）、和文（『被爆の実相と被爆者の実情』）ともに、朝日イブニングニュース社、1978年出版。

（3）長崎準備委員会「医学・医療委員会」の名簿の冒頭に記された市丸道人教授は、その後、IPPNW（核戦争防止国際医師会議）の第1回会合（1981年）でナガサキの被爆体験を語るという重責を果たされた。

（4）長崎市役所編纂『長崎原爆戦災史』第4巻「学術編」1984年、390-416ページ参照。

（5）高橋眞司『長崎にあって哲学する──核時代の死と生』（北樹出版、1994年）は三部作をなす。後続に『続・長崎にあって哲学する──原爆死から平和責任へ』北樹出版、2004年、および『長崎にあって哲学する・完──3・11後の平和責任』北樹出版、2015年がある。

（6）『長崎にあって哲学する・完』270、273、324ページ。

（7）「人に出会う」という観点から言えば、核兵器と原発の双方を「核暴力（nuclear violences）」として捉える私の立場から顧みて、「核絶対否定」、すなわち、核兵器、核実験のみならず、原子力発電（「原発」）をも否定すべきという立場を早くから唱えていた広島の哲学者・森瀧市郎先生をお訪ねすることがなかったのは、返す返すも残念でならない。森瀧市郎『核絶対否定への歩み』（原水爆禁止広島県協議会［広島県原水禁］、1994年、34-40ページ）参照。森瀧市郎の遺稿集には、「絶対にいなみてやまじ核といえば平和利用のあだし名あれど」の和歌が遺されている。『人類は生きねばならぬ──森瀧市郎追悼集』森瀧市郎追悼集刊行委員会発行、1995年、207ページ。

「私は長崎、広島上空で原爆の威力を測定した」

関口　達夫
（元長崎放送記者）

「あの日飛行機から落下傘が落とされ青白い閃光が広がった。原爆は落下傘で投下されたのだ」。私が取材した何人もの被爆者がそう証言した。その落下傘に取り付けられていた物体が長崎原爆資料館に展示されている。古びたジュラルミン製の細長い筒と真空管のような機器。「原爆の威力や熱度などを測定する落下傘付き爆圧等計測器（ラジオゾンデ）」と説明されている。この機器3個が原爆投下後、長崎市東部に落下したという。しかし、この機器が原爆の威力をどのように計測したかの説明はない。私は、１９９４年テレビ番組を制作するため渡米し、この機器を使って原爆の威力を測定した科学者を取材。測定の決め手は原爆の爆発音だったという意外な事実に驚かされた。この科学者の証言によって測定データが、アメリカの核開発の拠点であるロスアラモス研究所に保管されていることがわかり、私は情報公開法を使ってそのデータを入手した。このデータと測定方法については翌年ＴＢＳ報道特集でスクープとして報道したが、未だに一般的には知られていない。このため、長崎原爆資料館で

ラジオゾンデ（長崎原爆資料館蔵）

事実を正確に伝えて欲しいと考え、今年7月、長崎放送の真島和博取締役報道制作局長に相談。原爆の威力を計測したデータと測定の仕組みを説明したイメージ図などを寄贈してもらった。寄贈を受けた長崎原爆資料館の篠崎桂子館長は、「貴重な情報であり、展示に活用させて頂きたい」と語った。

長崎、広島上空で測定

原爆の威力を測定した科学者は、アイダホ大学名誉教授だったローレンス・ジョンストン博士（1918年~2011年）だ。カリフォルニア大学大学院生だった1944年、のちにノーベル物理学賞を受賞するルイス・アルバレス氏に請われて原爆開発計画に参加。プルトニウムを使った長崎型原爆の起爆装置を共同で開発した。その後、原爆開発の責任者オッペンハイマーの指示で原爆の威力を測定する方法の開発にあたった。彼らは、原爆の爆発音から原爆の威力を測定することを思いつく。落下傘につるした測定器の先端にマイクを取り付け、収録した原爆の爆発音を電波で上空の観測機に発信する。観測機で爆発音を受信すると機械で音を線に変換する。無音であれば直線、爆発すると線が跳ね上がり曲線を描く。その直線と曲線をカメラで撮影し、フィルムに記録した。フィルムに刻まれた爆発時の曲線の継続時間をもとに原爆の威力を割り出すという当時としては画期的な手法を考案した。ジョンスト

ローレンス・ジョンストン博士

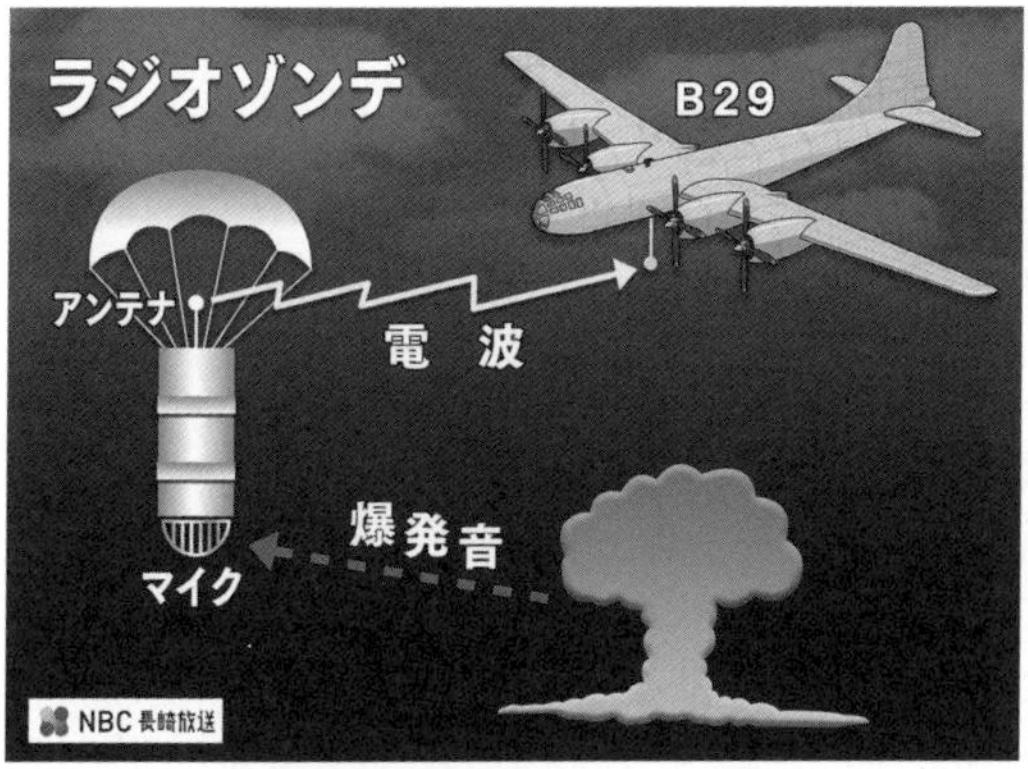

原爆威力測定のイメージ図

ン博士は、8月6日広島上空でこの方法で原爆の威力を測定した。そして、8月9日小倉から長崎へ。その時の経緯をインタビューで語った。

インタビュー　テニアンから長崎へ

「私は、1945年8月初め原爆開発を行っていたロスアラモス研究所からサイパン島近くのテニアン島に派遣されました。測定機器を運び込んだビルは、当時としては珍しく冷房がきいていました。そのビルには長崎原爆の材料であるプルトニウムが25センチ立方体のマグネシウムの箱に保管されており、ライフル銃を持った兵隊が常時警備していました。

8月9日午前3時頃私たちが乗った観測機は、原爆投下機、写真撮影機に続いてテニアン島を離陸しました。3機は、屋久島上空で落ち合うことになっていたのですが、写真撮影機が遅れたため原爆投下機とともに第一目標の小倉へ向かいました。しかし、小倉上空は前夜の八幡空襲のため流れてきた煙に覆われ、原爆投下目標が見えませんでした。日本軍の対空砲火が正確になってきたので投下をあきらめ第二目標の長崎へ向かいました。長崎も雲で覆われ投下目標は確認できませんでした。しかし、雲の切れ間から工場が見えたため原爆が投下されました。私たちの観測機は、原爆投下機の後方約600メートルのやや低い高度を飛んでおり、原爆が弾倉から投下されたのを確認して落下傘付き計測器3個を落としました。私は即座に計測を開始しました。測定器から音が電波で送られてきます。

受信機を調整していたところ針が振り切れ大きな爆風の圧力を計測しました。同時に（爆風の衝撃で）観測機が誰かから大きな棒でたたかれたように感じました。音は直線だったのが爆発の瞬間大きく跳ね上がり次第に

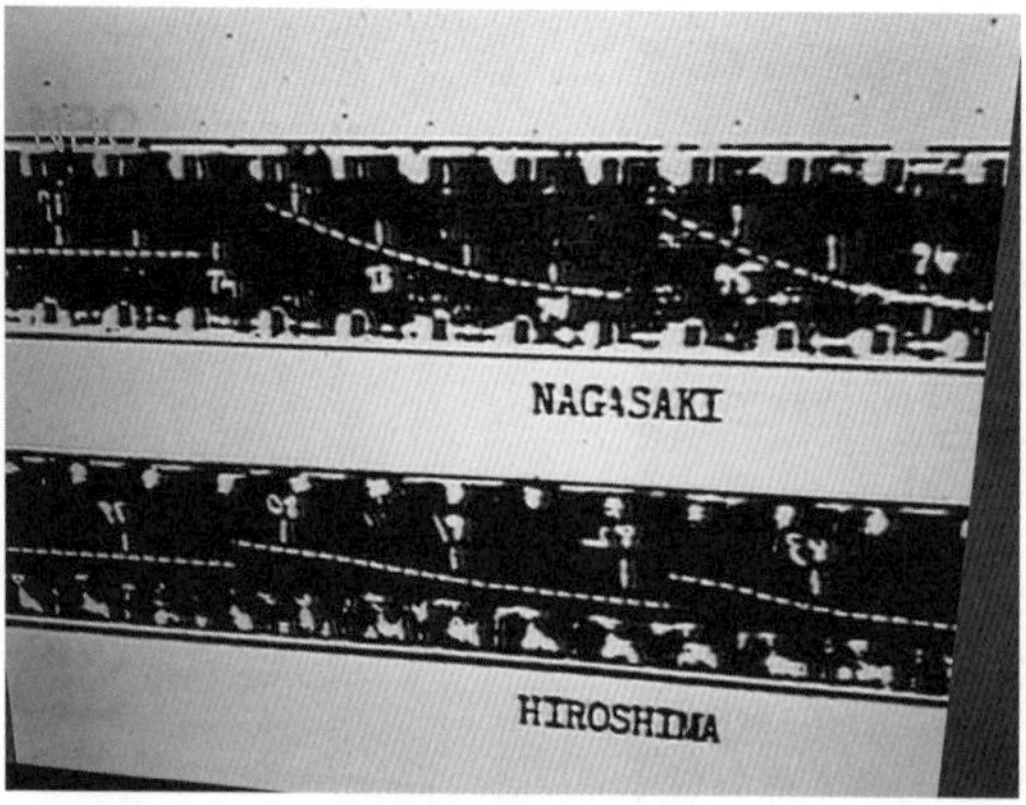

長崎と広島の曲線

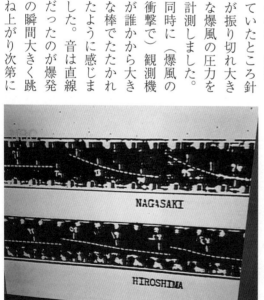

元に戻りました。すると再び跳ね上がり同じ曲線を描きました。爆発音の地上からの反射音を記録したのです。受信機の前にセットしたカメラはフィルムにこの二つの曲線を記録していました。私たちは、この曲線の長さから爆発の継続時間が1・36秒とわかり、数式にあてはめ長崎原爆の威力は、ＴＮＴ火薬約20キロトン相当と算出しました。広島でも同じ方法で計測を行った結果、原爆の威力はＴＮＴ火薬16キロトン相当でした」

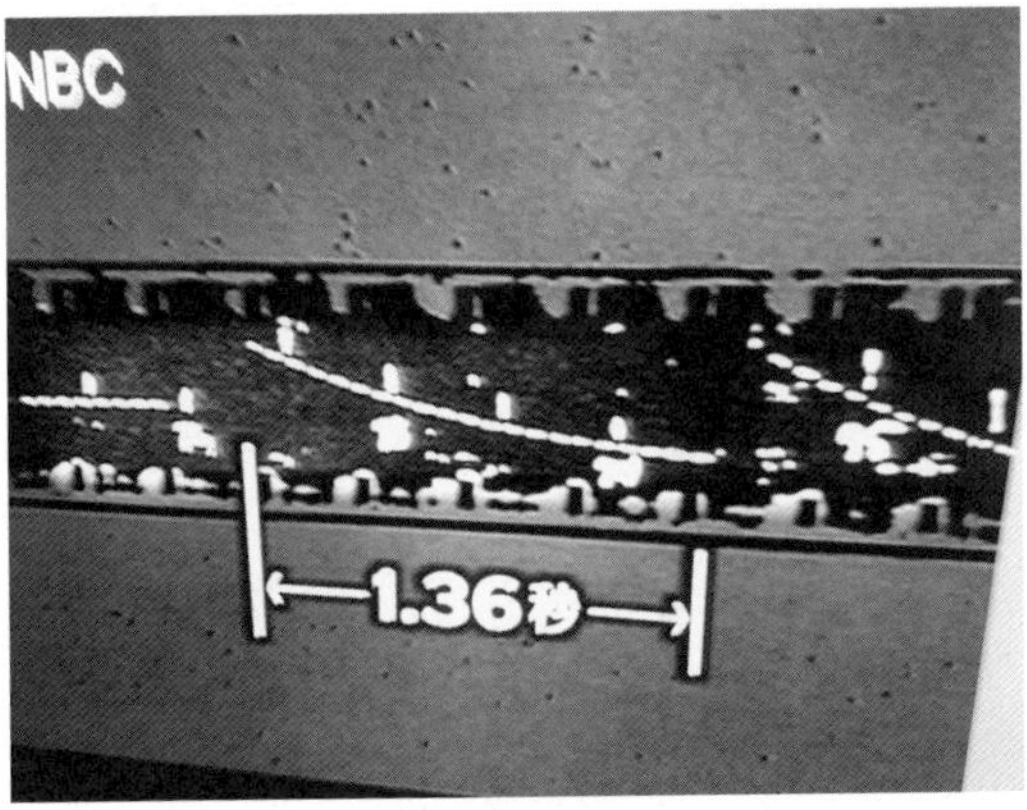

爆発の継続時間

ジョンストン博士は、長崎の上空1万メートルの観測機で原爆の威力を測定した。彼はその時何を目撃したのか。

インタビュー　キノコ雲

「私は、原爆が炸裂した時、計測に夢中でしたが、観測機の小さな窓から強烈な閃光を目撃しました。計測を終えて窓から外を見るとキノコ雲が立ち上っており、地上ではほこりとがれきが巻き上げられていました。火災が発生し煙も立ち上っていました。多くの人々が亡くなっているだろうと思いました。キノコ雲は、1万2千～5千メートルまで立ち上っており、広島のキノコ雲よりかなり高かったです。私たちは、観測機でキノコ雲の周囲を一周し、色々な角度から観測しました。しかし、放射線を浴びないようあまり近づきませんでした」

ジョンストン博士らは、広島、長崎への原爆投下前の1945年7月16日、米ニューメキシコ州の砂漠で行われた人類初のトリニティー核実験で落下傘付き計測器がうまく作動するかテストを行っていた。トリニティー核実験は、高さ約30メートルの塔の上で長崎原爆と同じプルトニウム原爆を爆発させた。

インタビュー　トリニティー核実験

「私たちは、上空の飛行機から落下傘付き計測器を投下し、原爆の威力を測定できることを確認しました。地上から約1万メートルの上空にいればきちんと測定できることがわかりました。この時の原爆の威力もTNT火薬約20キロトン相当で長崎原爆と同じ規模でした。軍部は、トリニティー実験の時、爆心地の周囲に家屋や様々な建物を作りました。これは、爆心地からの距離によって爆風や熱線による被害がどのように変化するか確かめるためでした。どのくらいの距離なら家屋が一瞬にして破壊され燃え上がるかも確認しました。長崎とトリニティーでプルトニウム原爆を爆発させてわかった重要なことは、このタイプの原爆は再生産可能な原爆であるということです。10個原爆を製造したとして最低9個は爆発するタイプの原爆だとわかりました」

原爆投下は人体実験

トリニティーと長崎でその性能が確認されたプルトニウム原爆は、アメリカのその後の核兵器の主流となっていく。トリニティー核実験を撮影したアメリカの映像によって、科学者や軍人たちが実験塔にクレーンを使って原爆を引き上げたことや爆発の状況などはわかっていた。しかし、実験場に家屋や様々な構造物を作り、原爆の爆風と熱線、放射線がどのような被害を及ぼすかを調査していたことは知られていなかったと思う。この事実は、アメリカが、長崎への投下以前に長崎型原爆の破壊力をほぼ把握していたことを示している。だとすれば長崎への原爆投下は、都市をどの程度破壊し、住民をどの程度殺戮できるか、その「効果」を確認するための人体実験だったのではないか。終戦後アメリカは、複数の調査団を長崎、広島に送り込み、原爆が人体と構造物にどのような被害を与えたか克明に調査したことも原爆投下が実験だったことを裏付けている。もちろん原爆投下の目的としては戦争の早期終結やソ連に力を誇示して戦後政治を優位に運ぶことなども指摘されている。しかし、地上で約15万人の市民を殺傷しながらその上空の観測機で科学者が原爆の威力を冷静に測定していた事実は、原爆投下に実験の狙いがあったことを如実に示している。

長崎上空で原爆の威力を測定した後、ジョンストン博士らを乗せた観測機や原爆投下機、後から合流した写真観測機は、燃料が不足しており給油のため沖縄に向かった。

インタビュー　テニアン帰還に出迎えなし

「私は、自分たちが開発した原爆の起爆装置と測定装置がうまく作動し、責任を果たせたので嬉しかったです。沖縄へ向かう飛行機の中で成功の記念に1ドル紙幣に自分と乗組員たちの名前を書きました。沖縄上空にたどり着いた時困ったことがおきました。滑走路が短く私たちの飛行機の着陸許可が下りなかったのです。そこで原爆投下機の機長が、『燃料が尽きてしまう』と照明弾を何発も発射し緊急事態であることを知らせました。基地では救急車を滑走路のそばに待機させましたが、私たちの飛行機は滑走距離を短くする極秘の装置を装備していたので何とか無事着陸できました。そこで燃料を補給し、テニアン島に戻りました。ところが、誰も出迎えてくれなかったのです。報道陣の姿もありませんでした。『料理を少しばかり用意してある』というコックのメッセージが残されていただけでした。対照的に、広島に原爆を投下し、その威力を測定して帰還した時は、司令官らの盛大な出迎えを受け、原爆投下機長らは勲章を授与されました。報道陣の多さにも驚きました。全ての乗組員の故郷の新聞社が記者を派遣しており、私は、ロサンゼルスタイムスのインタビューを受けました」

原爆開発と投下の全貌を明らかにせよ

ジョンストン博士は、長崎からテニアンに帰還した時誰も出迎えなかった理由は、沖縄で給油し、予定の時間を大幅に遅れたためではないかと語った。確かに、軍幹部が出迎えなかったのは、「長崎チーム」の帰還が遅れたからかもしれない。原爆投下機機長チャールズ・スイニーは、テニアンに帰還した後、原爆開発計画の現場幹部だったトーマス・ファレル准将の事務所に出向き、長崎への原爆投下の経過を報告している。（チャールズ・スイニー『私はヒロシマ、ナガサキに原爆を投下した』原書房、2000年）だが、腑に落ちないのは、広島の時のように大勢の報道陣がテニアンに派遣されていたとすれば、当日帰還が遅れたとしても取材したはずだが、していないことだ。翌日以降もジョンストン博士は取材を受けなかったようだ。だとするとアメリカ軍は、2発目の原爆投下についてマスコミに積極的に広報しなかったことになる。確かに広島への原爆投下は、核兵器を世界で初めて実戦で使用したという意味で、アメリカ軍が大々的な広報作戦を繰り広げたのは不思議ではない。しかし、アメリカの戦後の核兵器の主流がプルトニウムを使った長崎型原爆であることを考えれば、長崎への原爆投下がアメリカにとってははるかに重要だったはずだ。にもかかわらずなぜ広報大作戦を展開しなかったのか。疑問が残る。

長崎、広島上空の観測機で科学者が爆発音をてがかりに原爆の威力を測定したという事実は、被爆から49年後に私が取材するまで明らかにされていなかった。長崎原爆資料館では今も「落下傘付き計測器が電波を発信。それをグアムの米軍基地で受信し、原爆炸裂を確認した」と不正確な説明文を展示している。広島平和記念資料館も落下傘付き計測器を展示しているが、その役割については「原爆炸裂に伴う気圧や温度の変化を調べること」と事実と異なる説明をしている。このような説明になったのは、両資料館の責任ではない。アメリカが原爆投下に関する様々な情報を公表してこなかったからだ。長崎の原爆投下目標が長崎市中心部の常盤橋だったことを解明したのもアメリカではなく東京などの研究者や市民であり、被爆から49年後のことだった。こうしてみると、原爆開発と投下については未だに多くの事実が隠蔽されているのではないかとの疑念を抱く。アメリカが多くを語らないのは、戦争とはいえ、長崎、広島で20万人もの無辜の民を殺戮した後ろめたさのためなのか。それとも隠さなければならない

長崎原爆資料館にイメージ図などをNBCが寄贈

事情があるのだろうか。いずれにしても原爆投下によって多くの市民を殺戮したアメリカ政府には原爆開発と投下に隠された事実があるのであれば公表するよう求めたい。同時に二度と惨禍を繰り返させないために未解明の事実を掘り起こし、原爆投下の全貌を明らかにする。そのことが被爆地のメディア、研究者、自治体、そして私たち市民に求められている。

核兵器はあってはいけない

２０１９年10月、修学旅行で来崎した佐賀県嬉野市立吉田小学校に原爆資料館で被爆体験講話をしました。その話の中で、核兵器は大量殺りく兵器であり、絶対に使ってはならないと話しました。その折、ＩＣＡＮが主体となってつくった核兵器禁止条約についても話し、日本もこの条約に参加してほしいと思っていることを話しました。

吉田小学校の子どもたちが学校にもどってから、学校では私の講話についての学習する時間を設け、新聞をつくって発表したそうです。翌年、子どもたちの１人、森脇眞子さんが核兵器禁止条約について自分の思いを書いたものを送ってきました。それが以下の文です。

（長崎の証言の会・羽田麗子）

＊＊＊＊＊＊

森脇　眞子
（佐賀県嬉野市立吉田小学校　６年）

みなさんは、核兵器禁止条約というものを知っていますか。核兵器禁止条約とは、核兵器を作ることも、持つことも、使うこともすべて、国際法違反であるとした、新しい条約のことです。私は、日本がこの条約に反対していることを知りました。世界の人達が安心して暮らすことができるように、日本も条約に参加してほしいと考えます。なぜなら、日本は世界でたった一つの被爆国だからです。日本が参加しなければ、原子爆弾の被害で苦しんだ人やその家族に対して、残念に思わせてしまうのではないでしょうか。

75年前、広島と長崎に原子爆弾が投下されました。その爆弾で、たくさんの人が亡くなられています。そうやって人の命をうばってしまう爆弾は、世界のどこにあってもいけないのです。

インターネットで調べたところ、世界には核を保有している国があり、多くて4000発以上も保有している国もありました。その国々は、核兵器禁止条約には不参加です。その理由としては、自分の国と地域の安全が、核によって守られていると考えているからです。わたしは、核兵器がどの国からもなくなれば、戦うこともなくなるだろうし、この国は強い、弱いなどと思わなくてよくなると思います。この条約に不参加の国があると、条約ができた後も、核兵器はなくなるどころか、世界の国々が条約に反対する国と賛成する国に分断され、核なき世界からはむしろ遠ざかってしまうという考えもあるそうです。調べていくと、日本は『「核の傘」の下の国』と書いてあるページを見つけました。核兵器という傘に守られているという意味です。政治のことは難しくて分からない事も多いですが、戦争で人々が苦しんだことを忘れてはいけないと思います。

戦争について、私は二度としてはいけないし、忘れてはいけないものだと思っています。実際に戦争を経験したことはないので、全てを想像して考えなければいけません。戦争の中を生きてきた人達は、とても悲しく、これからどうなるのだろうなど、いろいろな気持ちを持っていたと思います。

昨年の10月、修学旅行で長崎に行きました。原爆資料館に行く前、私はこんなことを考えていました。「資料館のことを、こわいと思っている人がいるかもしれない。しかし、現実は現実として見なければならない。展示品を現実ととらえるよりも、もっとひどい現実があったのだから」と。実際に見て、被害にあった方は、今までに見たことがないくらいに苦しかっただろうと思う体をしていました。そして、いろいろな物がほとんど焼けたりとけたりしていました。どれほど悲しかったでしょうか。苦しかったでしょうか。防空ごうも見ました。ガイドの方から、避難するときに家族と離れてしまった人もいたと聞き、考えただけでもこわくてさびしいです。語り部の方の話は、初めて知ることばかりでした。だれがだれなのか分からなくなっていたし、つらいことばかりだったと聞きました。私は、もう一度平和な世界に生まれて、幸せになってほしいと思いました。

核兵器がなくなり、安心してみんなが暮らせるようにするために、私達子どもでもできることは何でしょうか。まずは、正しい情報を得るということが大切だと思います。インターネットやテレビなどから得るたくさんの情報の一部を見るのではなく、いろいろな情報から正しい考えを見極められるようにしたいです。また、知らない情報を知ることで、自分のもった意見が本当にいいのかどうかを考えることも大切だと思いました。そして、何より大切なのは、核兵器を持ってはいけないという気持ちを持っておくことだと思います。その気持ちが、これからの世界を変えるかもしれないし、「これからは平和な世界になります」と、核兵器のせいで命を落とした方に伝えているように思うのです。

原爆遺跡巡り

末永　浩

１　爆心地一帯

「原爆投下爆心地標柱」（実際は「落下」とある）の約５００メートル上空で、１９４５年８月６日ヒロシマのウラニウム原爆に続いて、８月９日午前11時２分、アメリカのＢ29が投下したプルトニウム原爆が炸裂した。

テニアン島を出発した米軍機Ｂ29は、北九州市の小倉上空に達したが、雲があり前日の八幡爆撃による被災の煙が、小倉上空へ流れていたので、投下目標地点の小倉造兵廠に投下することができず、そのＢ29は長崎へ向った。

投下目標地点の中島川流域の常盤橋から袋橋がよく見えず、３・５キロメートル北西に行った浦上川流域の上空の雲が切れて、ポッカリと穴が開いたように見えた。それっと投下したのが松山町上空で、その上空５００メートルで原爆は爆発した。これは人道に反する犯罪行為である。一瞬にして浦上一帯は壊滅した。

長崎市によると、原子爆弾による被害状況は次の通り。

死者　７万３８８４人。負傷者　７万４９０９人
（１９４５年12月末まで。当時の推定人口24万人）
罹災人員　12万８２０人
（全壊の所帯人員、半径４キロメートル以内全壊）
罹災戸数　１万８４０９戸
（半径４キロメートル以内の全戸数、市内総戸数の約36％）
全焼　１万１５７４戸
（半径４キロメートル以内、市内の約３分の１にあたる）
全壊　１３２０戸
（半径１キロメートル以内を全壊と見なしたもの）

半壊　5509戸
（半径4キロメートル以内を半壊と見なしたもの）
焼失土地面積　670万2300㎡

爆心地から下の川へ下る階段の右側の発掘されたガラス戸の中に焼けた灰の層や瓦、びんなどがある。白骨も出土したが、これは平和祈念像近くの納骨堂へ移してある。その石段を南へ上る所には、人の背骨がそのまま埋まっている。

すぐそばの下の川の石垣は原爆の上からの圧力で膨らんだままになっていたが、水害で今は新しい石垣に修復されている。私はその膨らんだ石垣を撮った写真を持っている。橋の下手の川の右側の敷石の中に、古い被爆した焼けた石が何枚か、はめこまれている。

広場の中の母子像を、当時の伊藤市長は中心地標の代りに建てようとしたが、被爆者の反対にあって、ここに「被爆50周年記念事業碑」として建立した。私にとっては目障りでもある。

小さな橋を渡った先に、「平和を祈る子」の像、「追悼・長崎原爆朝鮮人犠牲者」、南へ「福田須磨子詩碑」（4月2日命日に集会）、「外国人戦争犠牲者追悼・核廃絶人類不戦」の碑、「電鐵原爆殉難者追悼碑」（当時の敷石と車輪とレールがある。その世話人だった和田耕一さんは今年亡くなった）、「浜口町電停石垣」もある。

原爆資料館やその前の広場への石段の左側に、下から「桜の記念碑」、「長崎誓いの火」の碑には泡立った被爆瓦がはめ込んである。瓦の表面が融けるのは1800度ぐらいと言われる。

広場の左側には、「反核・平和『はぐくむ』」や「あの夏の日」の子供像、「PEOPLE AT PEACE」（ライオンズクラブ）、「隈治人句碑」（雲が首灼《や》く浦上／花を／もっと蒔こう）、「松尾あつゆき原爆句碑」（降伏のみことのり／妻をやく火／いまぞ熾りつ）、「平和の願いを後世へ」（戦争は国を亡ぼす／核兵器は地球をなくす／世界を担う若者よ／未来へ平和を／つないでほしい）。

広場の右側に「平和の母子像」「秦美穂《はたよしお》先生歌碑」（朝の日を／さへぎらふ無き／丘のうへ／焼け立ちて白し／大樹五六本）、「小山誉美歌碑」（誰かここに／かがみゐたらむ／熱線にその身は／焼けて影ひける石）、「長崎之原爆詩碑」「平和」の碑。

原爆資料館の屋上に「被爆した淀川ツツジ、五葉松」と「未来を生きる子ら」の像、その左に「悲しき別れ—荼毘」（松添博・絵）がある。

広場の先に「原爆殉難教え子と教師の像」、樹々に囲まれた水盤の下には「国立長崎原爆死没者追悼平和祈念館」がある。

少し離れているが、爆心地から国道を渡った電鉄軌道のそばに「地蔵菩薩像」と「原子爆弾殉難死者之霊」の石柱がある。

2　平和祈念像の周辺

平和祈念像へ下の国道から上がるエスカレーターの右側に「松山町防空壕群（跡）」の入口の穴が目につく。この丘の周辺や斜面には町内用の横穴式の防空壕がたくさん作られていた。その中に避難していて助かった黒川幸子さん（２０１８年10月27日付け朝日新聞長崎版）がいる。

その上りエスカレーターの途中から右側の道を進むと、「浦上刑務支所中国人原爆犠牲者追悼碑」がある。受刑者及び刑事被告人のうちに中国人が32名、朝鮮の人が少なくとも13名いた。

戦争中、日本は約4万人の中国人を強制連行し、炭坑や鉱山、港湾、土木工事などで苛酷な労働を強いて、わずか1年あまりの間に６８３０名もの死亡者を出した。

長崎県内では三菱鉱業の高島炭鉱に２０５名、端島炭鉱に２０４名、崎戸炭鉱に４３６名、日鉄鉱業の鹿町炭鉱に１９７名の合計１０４２名が強制連行された。死亡者はそれぞれ15名、15名、64名、21名の合計１１５名。その死亡者のうち崎戸の26名と鹿町の6名がこの長崎の浦上刑務支所に拘留されていて、原爆の犠牲となった。

ここで死亡した中国人・呉福有さんの妻・牛秀連さんの証言がある。「私たちは河北省で百姓をしていました。１９４４年（昭和19年）9月のある朝、家で寝ていて、3人の日本兵が戸を蹴破って入ってきました。彼らはいきなり夫を殴りつけ、縄でしばって連れていきました。私は長男を出産して2日後のことでした。動くこともできず、ベッドで泣いてばかりいました。

女手ひとつで3人の子どもと年老いた両親を食べさせなければならないのに、食べ物も着る物もありません。父親は栄養失調で死にました。子どもを学校にやることもできません。昼間、畑仕事が終わると、夜は内職してやりくりする苦しい日がずっと続きました。

私の夫は日本兵に連行されて日本に行ったまま、あれからずっと帰ってこないのです。あの人は生きているのか、死んでいるのか」。

これらの非業の死を悼み、正しい歴史認識と日中友好を願ってこの碑は建立された。

エスカレーターを上り切った所に、「平和の泉」がある。碑文には「…のどが乾いてたまりませんでした／水にはあぶらのようなものが／一面に浮いていました／どうしても水が欲しくて／とうとうあぶらの浮いたまま飲みました――あの日のある少女の手記から」とある（これは山里小学校の『原子雲の下に生きて』の原口幸子さんの文章の引用である）。

この碑と2つの噴水の間の先に「平和祈念像」が見える。池のまわりのタイルには原爆の光をあらわす模様がある。

「世界平和シンボルゾーン」にはたくさんの碑がある。「人生への賛歌」（イタリア共和国ピストイア市）、「生命と平和の花」（ポーランド人民共和国）、「平和の記念碑」（ポルトガル国ポルト市）、「未来の世代を守る像」（オランダ・ミデルブルフ市）、「戦争に対する平和の勝利」（アルゼンティン共和国ブエノスアイレス州サンイシドロ市）、「地球星座」（アメリカ合衆国セントポール市）、「∞無限」（トルコ共和国アンカラ市）、「太陽と鶴」（キューバ共和国）、「平和の碑」（ブラジル連邦共和国サントス市）、「乙女の像」（中華人民共和國。碑の裏に「和平」［胡耀邦、日本語で〃平和〃という意味）、「クローク・オブ・ピース」（平和のマント。ニュージーランド政府）、「Aコール」（ブルガリア人民共和国）、「生命の木・平和の贈り物」（オーストラリア連邦フリーマントル市）、「平和」（ソヴィエト社会主義共和国連邦。母親が子供を抱いた姿の像）、「人生の喜び」（チェコスロバキア社会主義共和国）、「諸国民友好の像」（ドイツ民主共和国。元の東ドイツで今はドイツに統一されている）。

「戦災復興記念」（少年・少女の像）。「長崎の鐘・原爆殉難者之碑」（早崎猪之助さんがよく碑のそばに居られて世話されている）。

「長崎刑務所浦上刑務支所跡」は建物の基礎の部分が残っている。

広場の地下には駐車場がある。ここでは以前、死刑台跡などの発掘を見たし、保存の座り込みをしたこともあった。

「平和祈念像」は広場正面の大きな男性裸身像で、「右手は原爆を示し左は平和を／顔は戦争犠牲者の冥福を祈る……北村西望」。この像には賛否両論があるが、今は長崎観光のシンボルである。

（『長崎の原爆遺跡・慰霊碑ウォークマップ』長崎平和推進協会を参照した。）

東京五輪と新型コロナ

金　星
（会社員、長崎大学大学院修了）

２０２１年８月９日、長崎の平和祈念式典に臨んだ菅義偉首相は、核兵器のない世界の実現を目指すと述べたが、安倍前首相と同様、核兵器禁止条約への署名、批准、オブザーバー参加や被爆地域の拡大について一切言及しなかった。

筆者（中国出身、妻は長崎出身の日本人、長男も長崎生まれ、２０１１年～２０１９年長崎で留学、現在東京で生活・就職）は、長崎と深い絆があるため、残念だと思う。また、菅首相は長崎市内で記者会見した。閉幕した東京五輪について、「開催が1年延期され、様々な制約のもとでの大会となったが、開催国としての責任を果たして無事に終えることができた。選手の皆さん、大活躍だった。素晴らしい大会になった」と振り返った。しかし、筆者は平和な社会づくりにスポーツを役立てるという今回の五輪の意義が実現されたのか、という疑問を持っている。

新型コロナウイルスのパンデミック下での東京五輪が幕を閉じた。開幕1年延期、国立競技場の設計に関する問題、エンブレムの盗作疑惑、組織委員会前会長の女性蔑視発言、無観客開催、歴史認識を問われた開会式、演出担当者らの辞任や解任、弁当の大量廃棄など多くの問題を抱えながら強行された。しかし、感動的なパフォーマンスを数々演じてくれたアスリートのみなさんには心から感謝し、敬意を表する。

五輪の歴史は長く、時代背景とともに常に変化した。古代はオリンピックに参加するために人々は都市間の争いを中止していた。その頃のオリンピックは平和の祭典としての意義があった。近代オリンピックも始まりは平和を開催の意義として、“Citius, Altius, Fortius”（より早く、より高く、より強く）というオリンピック・モットーの下で、お互いに卓越した技を競い合うことである。

近年では政治・経済（商業）色が強くなったことは否めない。東京五輪について、安倍首相（当時）は福島第一原発の汚染水問題を「アンダーコントロール」と招致演説で発言した。「復興五輪」を掲げたものの、今年4月、政府は福島第一原発の処理水をめぐり、国内外の反対にもかかわらず一方的に海洋放出を決定。そして菅首相は「人類がコロナに打ち勝った証し」「希望と勇気を世界中にお届けできる」と豪語したものの、平和の祭典であるはずの五輪がさらなる感染を生みかねない。さらにこの発言について、「主目標と副次効果が入れ替わって、まるで五輪のためにウイルスと闘うような倒錯に陥る」との批判もあった（毎日新聞２０２０年3月18日）。現在、東京五輪は、政権を維持し選挙に臨むための道具になりつつあると指摘された（朝日新聞２０２１年5月26日社説）。

近代五輪は１８９６年の第1回アテネ大会以降、３度中止に追い込まれている（そのうち1回は１９４０年東京）。いずれも戦争の勃発によるもので、戦争以外で五輪開催がここまで脅かされる事態は初めてである。２０２１年2月22日、ニューヨーク・タイムズは「米国の新型コロナの累積死者数は、第一・二次世界大戦とベトナム戦争の戦死者を合わせたものより多い」と報道した。国連のグテーレス事務総長は同年５月24日、世界保健機関（ＷＨＯ）の年次総会で、「世界は新型コロナウイルスとの戦争状態にある」と発言した。

東京五輪が8月8日、閉幕した。７月23日の開幕日に４２０４人だった全国の新型コロナ新規感染者数は、7日に過去最多の1万５７４３人となった。開催都市・東京に緊急事態宣言が発令される下で開幕し、かつてない爆発的な感染拡大の中で閉幕するという、五輪史上前例のない大会となった（しんぶん赤旗２０２１年8月9日）。

五輪開催とコロナ感染拡大が関係あるかどうかについて、なんら検証もせず、根拠を示すこともなく「関係ない」と断言する政府や東京都、組織委員会。その一方で、感染症対策分科会の尾身茂会長は8月4日、衆院委員会で、感染の急拡大について「オリンピックが人々の意識に与えた影響はある」と述べ、五輪開催が気の緩みに影響しているとの認識を示した（朝日新聞2021年8月18日）。また、新たな変異株「ラムダ株」の感染が国内で初めて確認された30代の女性は、五輪の大会関係者だったことがわかった。

この間、コロナの感染がこうして急拡大したが、マスコミ、特にテレビ放送は五輪一色でコロナに関する情報はほとんど流さなかった。特にNHKは五輪関係者の感染状況を伝えないこともあり、政府に忖度、擁護しているかに映った。

2021年7月12日、東京都に4度目となる新型コロナウイルス対策に伴う緊急事態宣言を適用した。期間は8月22日まで。7月23日に開幕する東京五輪の期間を含む。飲食店に酒類の提供停止と営業時間を午後8時までとするよう求めた。8月25日、北海道、宮城、岐阜、愛知、三重、滋賀、岡山、広島の8道県について緊急事態宣言の対象地域への追加を決めた。まん延防止等重点措置は高知、佐賀、長崎、宮崎の4県を加えた。期間はいずれも8月27日から9月12日まで延長。

緊急事態宣言の1回目は2020年4月から5月まで「第1波」の流行時だった。飲食店、スポーツジム、ライブハウスなど幅広い業種が休業要請の対象となった。2回目は、年末年始に感染者数が急拡大した「第3波」の時だった。1回目との違いは、休業要請は行わず、飲食店に対する午後8時までの営業時間短縮に絞った点だった。しかし、2度目の緊急事態宣言では、感染数が増えてきたのに、そこで解除となってしまった。3回目は4月25日からは5月11日までの17日間、短期集中で行われ、その目的は、大型連休での人々の行動を強く抑えることだった。2回目の緊急事態宣言よりも制限を強化する一方、3回目は遠くない出口（宣言解除）を明示していたが、新たに愛知、福岡2県を加え5月末まで延長となった。

なお、4度目の緊急事態宣言の効果は、試算で言うところの「強い対策なし」に等しい。宣言のアナウンス効果はほとんどない。4度目への慣れや政治不信もあるが、五輪開催がアナウンス効果を弱めるのに大きく影響している。対策の中身も、重点措置からの変更は酒類提供の一律禁止ぐらいで、効果もスズメの涙程度だろう。さらに、お酒の提供を続ける飲食店を懲らしめる策は、コロナで危機に直面した飲食店を感染拡大の主犯であるかのように圧迫し続ける。「自分の手を汚さずに圧力をかけさせる気か」と憤る声が各方面から上がった（朝日新聞2021年7月14日）。感染状況は今後どうなっていくのか、懸念される。

筆者が生をうけて31年、今回のような感染症の流行が、社会的な大問題となる事態を経験したことはなかった。しかし、人類の歴史をたどると、感染症の流行が社会に大きな影響を与え、歴史を動かすことは度々あった。

紀元前5世紀、ペロポネソス戦争渦中のアテネで発生した疫病の流行は、ギリシャ文明全体を衰退させる大きな要因となった。6世紀に東ローマ帝国で起きたペストの流行は、時のユスティアヌス帝が成し遂げ、大ローマ帝国再興の夢を阻んだ。さらに14世紀にヨーロッパを襲った黒死病（ペスト菌説のほかに出血熱ウイルス説もある）の流行は、中世社会を終焉させる大きな役割を演じた。

19世紀にインドから世界に波及したコレラや20世紀のスペイン風邪（インフルエンザ）の流行は、近代ヨーロッパの国民国家樹立に多大な影響を及ぼした。今回の新型コロナウイルスの流行も、これまで全盛だったグローバル化社会にブレーキをかけるとともに、通信システムの発達による新しい情報化社会をもたらすものと考えている（参考文献①、濱田篤郎・佐藤一朗、2020）。筆者は現在東京で民間企業に勤めている。もともと会社は五輪中の交通混雑を見越して、時差出勤やテレワーク、リモート会議などの準備を進めていたが、コロナ禍のお陰でデジタル技術による遠隔勤務が実現。不幸中の幸いかもしれない。

現在、新型コロナの変異株「デルタ株」は世界で拡大を続けている。流行の勢いと持続性から見て、結局新型コロナウイルスが人間社会から排除されることはなく、ただインフルエンザと同じく、時間がたつうちに、流行があっても問題が起きにくくなると思う（参考文献②、近藤2021：57-58）。コロナウイルスに汚染されている環境の中で、①ソーシャル・ディスタンシング②マスクの着用③手洗い等の対策を徹底する。将来このような新生活様式が恒常化する可能性は大きい。一方、強権的な手法で新型コロナウイルスの感染を封じ込める「ゼロコロナ戦略」を進めてきた中国では、現在「ウイルスとの共存」を模索すべきだとの声が上がり始めた。

今年は広島と長崎に原爆が投下されて76年。被爆者の救済はいまだに議論が続けられ、東京電力福島第一原発では事故の収束も見通せない。さらに発令と解除を繰り返す新型コロナの緊急事態宣言と異なり、福島第一原発の原子力緊急事態宣言は10年間出たままで解除の見通しがない。この夏には「震災復興の象徴」とされた東京五輪が2つの緊急事態宣言の下で行われた。さらに、現時点（8月27日）の感染状況は五輪の時よりはるかに悪化しているにもかかわらず、東京パラリンピックが8月25日に開幕した。コロナの感染急拡大に歯止めがかからず、医療崩壊の危機が進行する中での開催に不安と懸念、批判の声が上がっている（しんぶん赤旗２０２１年8月25日）。

２０２１年、新型コロナ感染×豪雨×土砂災害という複合災害が日本・中国・欧米で発生した。「多難興邦」（国が多事多難であれば、国民はかえって奮起して国の興隆をもたらすこと）を祈っている。

〈参考文献〉

①濱田篤郎・佐藤一朗（２０２０）「新型コロナウイルス感染症～歴史学的および社会学的観点からの検討」『Clinical Parasitology』31巻1号、7-11頁。https://kenkyuukai.m 3.com/journal/journal_contents.asp?j_type=0&id=3770&co_id=53803&s_id=116&file=1
②近藤誠（２０２１）『新型コロナとワクチンのひみつ』、ビジネス社。

長崎・この一年を振り返る（20年8月〜21年7月）

山口　響（長崎の証言の会）

1、原爆症

○長崎で被爆して皮膚がんなどを発症したと主張する女性と男性が国に原爆症認定を求めた訴訟の控訴審判決で、福岡高裁が、一審長崎地裁（19年5月）で敗訴した2人の控訴を棄却（20年12月24日）。このうち女性の方が最高裁に上告するも、民事訴訟法の条項に照らし今回の訴えは「上告理由に当たらない」として受理せず（21年5月18日付）。
○広島で入市被爆し甲状腺機能低下症を発症した広島県の女性が、原爆症の認定申請を却下されたのは不当として国に処分取り消しを求めた訴訟の判決で、広島地裁が請求を棄却（21年1月27日）。女性の症状はバセドー病治療のために受けた放射線治療が原因の可能性が高いと判決は指摘。
○長崎で入市被爆し心筋梗塞を発症している兵庫県三木市の高橋一有さんが、原爆症と認めなかった国の処分の取り消しや300万円の損害賠償を求めた訴訟の判決で、大阪高裁が原爆症と認める判決（5月13日）。賠償請求は棄却した。一審は原告の全面敗訴だった。
○原爆症認定に関する国と日本原水爆被害者団体協議会（被団協）などとの定期協議が厚生労働省で開かれる（6月30日）。被団協側は現行の認定基準の改定を求めたが、前向きな回答は得られなかった。
○長崎、広島両県市の知事や市長、議会議長の8者でつくる広島・長崎原爆被爆者援護対策促進協議会（八者協）がより被爆者救済の立場に立った原爆症認定制度の運用などを厚生労働省に要望（7月9日）。

2、被爆者健康手帳の交付

長崎への原爆投下翌日に入市被爆したとする長崎市の女性が、被爆者健康手帳の交付申請を却下した市の処分の取り消しなどを求めた訴訟で、長崎地裁が市に手帳交付を命じる判決（12月14日）。市は、証言に記憶の食い違いがあるなどとして申請を却下していた。市は控訴せず、女性に手帳を交付。

3、被爆地域拡大と「被爆体験者」／黒い雨

○国が定める被爆地域の外で長崎原爆に遭ったため被爆者と認められていない「被爆体験者」16人が、県と長崎市に改めて被爆者健康手帳と、新たに第1種健康診断受診者証の交付を求め長崎地裁に提訴（11月13日）。最高裁で敗訴（19年11月21日）していた被爆体験者第2陣原告161人のうちの16人。2017年に最高裁で敗訴が確定した第1陣訴訟の原告のうち28人も同地裁に再提訴し、係争中である。

○他方、広島の「黒い雨」裁判の行く末が長崎の「被爆体験者」にも影響することから、長崎でも多くの動きがあった。

「黒い雨」を浴びたにもかかわらず国の援護対象外とされた84人が、広島県と広島市に被爆者健康手帳の交付を求めた訴訟で、20年7月29日に一審広島地裁が、21年7月14日に二審広島高裁が、それぞれ原告勝訴の判決を下した。政府は上告しないことを決定し（7月26日）、判決は確定した。

一審判決に敗訴した国と広島県、広島市が控訴したのを受け、第二次全国被爆体験者協議会、多・長被爆体験者協議会、被爆体験者訴訟を支援する会が連名で抗議声明を発している（20年8月14日）。

二審判決後、被爆体験者らは、上告断念を国などへ働き掛けるよう長崎県と長崎市に申し入れた。政府の上告断念後、菅義偉首相は、被爆体験者訴訟を黒い雨訴訟とは区別する考えを示す（21年7月27日）。他方、第二次訴訟の原告側は、黒い雨裁判の結果を受けて、早期解決を図るための和解協議を長崎地裁に申し入れた（7月28日）。同訴訟に参加していない長崎被爆地

域拡大協議会（峰松巳会長）もまた、被爆者健康手帳を交付するよう長崎市と県に要請した（7月29日）。
○長崎市が被爆地域の拡大是正や原爆症認定制度の課題解決を目指して設置している市原子爆弾放射線影響研究会（朝長万左男会長）の会合が開かれた（3月25日、12回目の会合）。国が定める市の「被爆地域」外にいた被爆体験者と同程度の線量（20～25ミリシーベルト）のCTスキャンをした欧米の20歳までの約95万人を調査した結果、スキャンをしていない人と比べ、白血病や脳腫瘍の発生率が最大5倍近くだったとする海外の最新の論文が報告された。研究会は21年度中に結論を出す方針。

4、在外・外国人被爆者

○長崎市幸町にあった福岡俘虜収容所第14分所で被爆し、命を落とすなどした外国人捕虜らを追悼する記念碑の完成式（21年5月4日）。場所は長崎原爆資料館の前。完成式にはオランダからも遺族が参加予定だったが、新型コロナウイルス感染拡大に伴い取りやめた。

（本書の井原俊也さんの文章を参照）

5、平和祈念式典、長崎平和宣言、「平和への誓い」

○20年8月9日の平和祈念式典は、新型コロナウイルス感染拡大予防のために参列者を500人に制限するなど、異例の対応を強いられた。沖縄県知事として初参加が予定されていた玉城デニー氏も参加できなかった。

21年度の平和宣言起草委員会も、5月の第1回会合はコロナ禍のために開けず、書面での意見交換となった。

○平和祈念式典で「平和への誓い」を読み上げる被爆者代表の公募に、市内外の20人（男性12、女性8）から応募。県内が11人、県外は9人。国外からの応募はなかった。被爆者代表には、長崎市在住の岡信子さんが選ばれた（21年6月2日）。公募制になった2017年以降、女性が選ばれるのは初。看護専門学校の学生として新興善校で被爆者を救護した経験を持つ。なお、岡さんは、式典で被爆者代表を務め上げたのち、11月4日に逝去している。

6、原爆と資料

原爆投下から76年が経ち、資料が散逸していることから、資料保存・公開の取り組みが活発になっている（**本書の特集「資料から考える『原爆体験の継承』」も参照**）。

○東京都内に住む被爆者らの団体「東友会」に保管されている「相談カルテ」が共同通信の取材に対し一部開示される（20年8月）。被爆2世からの相談も合わせ、既に死亡した人も含めて約5千人分が残されている。

○詩人の東潤が残した被爆直後の長崎の様子を記したルポの直筆原稿が長男宅で見つかる。東は西部軍報道部の一員で、山端庸介らと計5人で8月10日に長崎に入る。惨状を記したルポは「最初の原爆報道記録」と呼ばれ、占領終了後に写真集『記録写真　原爆の長崎』（1952年）に一部が掲載されていた。

○1946年7月に長崎市で発行された歌誌『短歌長崎』復刊第1号について、連合国軍総司令部（GHQ）が内容を事前検閲し、原爆関連などの掲載歌の削除を指示した冊子の実物が見つかる（21年6月）。発行人の被爆歌人・小山誉美《たかみ》の関係資料が長男宅に保管されていた。これまでに知られていた改訂版では削除されている短歌4首を含む。

○長崎大学原爆後障害医療研究所が、原爆投下後の学術調査資料や遺品など79点の目録を作成しオンラインで公開開始（21年1月）。現物は同大附属図書館医学分館に移管。

○長崎市が被爆75年事業の一環で20年度に収集した被爆資料の展示が長崎原爆資料館で行われる（21年3月）。

○長崎原爆資料館の代表的な展示品で、長崎原爆がさく裂した午前11時2分で針が止まった柱時計のレプリカが完成し、同館が公開を開始（3月24日）。1949年に市に寄贈されていたが、劣化が進んでいた。

○県内外の研究者や市民らでつくる「長崎の近現代資料の保存・公開をもとめる会」が公開シンポジウム「失われつつある長崎の近現代資料」を開催（6月19日）。原爆資料館の所蔵資料公開が不十分であること、長崎市庁舎の移転で資料廃棄が懸念されることなどが指摘された。

○NHK長崎放送局が、同局のアナウンサーらが国立長崎原爆死没者追悼平和祈念館が所蔵している被爆体験記を朗読した音声資料を、同館に寄贈（21年7月）。

他方、長崎放送（ＮＢＣ）は、長崎原爆の威力をラジオゾンデで測ったデータや測定に携わった科学者の証言など、米国で入手した取材資料を長崎原爆資料館に寄贈（7月20日）。**（本書の関口達夫さんの文章を参照）**

7、被爆遺構

○長崎新幹線開業に伴って移転される旧長崎駅のホームが解体される。駅舎は原爆によって全焼したが、ホームの屋根を支えた鉄骨の一部が被爆当時からあったとの指摘もある。真相は不明だが今回の解体工事で一部を保管している。
○長崎市が、山王神社境内を発掘調査した結果、出土した石造物が、被爆し倒壊した「四の鳥居」の一部だと判明したと明らかに（21年2月8日）。国指定史跡「長崎原爆遺跡」の調査検討委員会の会合での報告。
○長崎平和推進協会が、長崎原爆の被爆遺構や犠牲者慰霊碑の所在地などをまとめた『長崎の原爆遺跡・慰霊碑ウォークマップ』を出版（21年3月）。

　また、被爆樹木は厳密には「遺構」とは言えないが、長崎市で「被爆建造物等」のひとつとして扱われているので、この項で取り上げる。
○長崎市が、被爆樹木のうち保存対象の30本を写真や動画、地図、解説文で紹介するウェブサイトを公開（21年3月）。被爆75年事業「長崎クスノキプロジェクト」の一環。
○「長崎市原子爆弾被災資料審議会」の樹木医らが長崎市内の被爆樹木7本を調査（3月30日）。結果を踏まえ、市が保存方法などを定める「被爆建造物等」に新たに加えるかどうかを判断する方針。
○厚生労働省が参院決算委員会で、長崎市立城山小にある枯死した被爆樹木のカラスザンショウについて、「旧城山国民学校校舎と一体のもの」であり、保存・展示に向けて国の補助事業の原爆死没者慰霊等事業を活用することが可能との認識を示す（5月24日）。木は２０１６年に枯死したと判断されたが、保存処理が施され、市の被爆遺構の取り扱い基準で最重要のＡランクに分類されている。
○「城山小原爆殉難者慰霊会」が、「嘉代子桜」の苗木10本を長崎市に寄贈（3月29日）。昨年から１００

本を育てており、希望する自治体や学校などに無償で提供する。［注：嘉代子桜は被爆樹木ではない］

8、高校生・大学生

（1）高校生

○「高校生1万人署名活動実行委員会」が長崎市内で第21期メンバーの結成集会を開く（20年9月13日）。コロナ禍のため県南地区の高校生ら17人のみ参加。

○「高校生1万人署名活動東京支部」が「オンライン長崎修学旅行」を実施（11月13日～15日）。被爆者の講話や長崎市内のバーチャルツアーなど。関東の高校生約30人が参加。

○平和活動に取り組む九州の高校生の交流会が長崎市内で開かれる（11月14日～15日）。長崎・福岡・佐賀・大分・熊本の高校生や教職員ら約40人が参加。

○第23代高校生平和大使の結団式が広島市で（12月5日）。今期のメンバーは長崎の6人を含む過去最多の28人。例年は6月に結団式を開いているがコロナ禍のために遅れ、8月のジュネーブ派遣は中止になっていた。第24代は19都道府県から過去最多の35人を選出（21年7月8日）。初めて沖縄・宮崎・愛知からも選ぶ。8月のジュネーブ派遣は2年連続で中止。

○長崎の高校生平和大使とハワイのイオラニ高校の生徒計6人によるオンライン学習交流会「ホオポノポノ・プロジェクト」が20年7月から8月にかけて計3日間実施。

○サッカーJ2の「V・ファーレン長崎」が高校生平和大使と各種の交流を行った。

・高校生平和大使の山口雪乃さん（活水高3年）、大隈ゆうかさん（N高2年）が同社の高田明前社長と対談（20年8月12日）。同日にV長崎が「ザスパクサツ群馬」とホームで対戦した「平和祈念マッチ」前のイベント。

・V長崎と高校生平和大使が長崎から世界へ平和を発信していくことを目的とした提携を結ぶ（8月29日）。7月初旬にクラブ側から打診。

・高校生1万人署名活動実行委員会の長崎市内での署名活動にV長崎のマスコット「ヴィヴィくん」が初参加（10月18日）。

○高校生平和大使と高校生1万人署名活動実行委員会が、２０１７年に国連で核兵器禁止条約が採択された際に賛同した122カ国・地域に対し、さらなる条約推進を訴える手紙を送るキャンペーン（21年1月）。1月22日の条約発効にあわせたもの。
○長崎原爆資料館で配布している観光客向けの地図が刷新される（21年6月）。デザインは県立長崎工業高インテリア科の生徒が担当。同高教諭で「平和案内人」として同館を案内する今泉宏さんの提案がきっかけとなった。

（2）大学生

○県と長崎市、長崎大でつくる「核兵器廃絶長崎連絡協議会」が「ナガサキ・ユース代表団」の9期生9人を発表（20年11月27日）。コロナ禍のために例年の海外での活動は行えず、21年6月19日にオンラインの参加型イベント「核兵器は毀滅、想いは不滅」を開く。
○長崎大学核兵器廃絶研究センターの中村桂子准教授が受け持つ講義を履修した同大の学生34人が長崎原爆資料館の魅力向上策について研究発表（20年12月12日、19日）。原爆被害だけでなく復興をテーマとする展示スペースの開設や、仮想現実（VR）などで五感を刺激する被爆当時の模擬体験コーナーの新設など。
○若者たちが21年5月に東京で新団体「KNOW NUKES TOKYO（ノーニュークストウキョー）」を発足。平和活動を営利化することで、持続可能な取り組みとすることを目指す。共同代表は、元高校生平和大使で上智大3年の中村涼香さん（長崎市出身）と、広島で署名活動などを続けてきた慶応義塾大3年の高橋悠太さん（広島県出身）。
○若者の政治参加を目的に、全国約550人の大学生で活動するNPO法人「ドットジェイピー」長崎、広島両支部が、被爆体験を次世代に語り継ぐ方法を考えるオンラインイベントを開く（20年8月16日）。広島と長崎の大学生ら約60人が参加。

9、被爆二世・三世

加藤勝信厚生労働相が「二世の健診結果を健康管理に効果的に生かせる小冊子のひな型」を検討する考えを示す（20年8月）。厚労省が12月に各都道府県と広島、長崎両市に「被爆二世健康記録簿」のひな型を提示。21年6月より配布を開始した。国が年1回無料で実施している「被爆二世健康診断」について4年分の記録を保存できる冊子で、希望すれば受け取れる。被爆二世の団体は、記録簿の配布を一定程度評価しつつも、国による医療支援の必要性を引き続き訴えている。

10、コロナ禍と市民活動

新型コロナウィルスの感染拡大を防ぐため、さまざまな反核・平和活動が中止を余儀なくされた。

○長崎民謡舞踊連盟が長崎市松山町の市営陸上競技場で20年8月8日夜に長崎市の被爆75年補助事業の一環として行う予定だった「長崎平和盆踊り大会」が中止に。

○8月9日の登校日は、大村・諫早・壱岐各市の市立小中学校で実施している平和学習が中止に。

○被爆75年を期して予定されていた「長崎平和マラソン」が中止され、被爆80年事業として2025年度の開催を目指すことが正式決定（21年1月28日）。

○新型コロナ第4波に伴い、長崎原爆資料館が4月28日から6月7日まで休館。

○7月31日に長崎市で開催予定だった第68回長崎原爆忌平和祈念俳句大会は、会場で一堂に会しての開催を中止。

他方、オンラインでの活動もさまざまに試行された。**（証言の会の取り組みについては、本書の畠山博幸さんの文章を参照）**

○長崎原爆資料館でアバター（分身）ロボットの実証実験（8月8日）。五島市の親子が自宅からパソコンでロボットを操作し、館内を遠隔見学した。

○大村市松原地区の「松原の救護列車を伝える会」が、当時の衛生兵の証言に基づく朗読劇を動画投稿サイト「ユーチューブ」で公開（8月）。朗読劇を収録したDVDを平和学習で活用してもらう予定だったが、大村市内の学校の登校日そのものが取りやめになったため。

○「城山小学校被爆校舎平和発信協議会」が同校舎に展示している資料などを紹介する動画を「ユーチューブ」で配信。

○長崎平和推進協会が原爆投下直後の被害の写真を解説する動画を「ユーチューブ」に投稿した。21年11月時点で再生回数が13万回を突破。

○長崎平和推進協会が「家族・交流証言者」による講

話会をオンラインで初開催（21年6月23日）。

また、長崎原爆被災者協議会の建物の1階にある「被爆者の店」は観光客の激減に伴って20年9月にテナントが撤退。家賃収入がなくなって被災協は財源の大半を失っていたが、全国から約５００万円超の緊急支援金が寄せられる。

11、核兵器禁止条約

○核兵器禁止条約への署名・批准を日本政府に求める意見書や決議などが県内の各自治体で採択された。長崎市議会は、賛成33、反対4、退席1、欠席1で採択（20年11月2日）。反対会派は「令和長崎」。他に採択した議会は、小値賀町（12月7日、全会一致）、長与町（12月11日、全会一致）、大村市（12月16日）、佐々町（21年3月22日）。

他方で、長崎県議会（20年12月18日）、佐世保市（9月15日）、島原市（21年1月21日）、諫早市（2月19日）では、賛成少数で否決されている。佐世保市の朝長則男市長は条約に署名しない日本政府の方針を支持する考えを会見で示す（20年10月27日）。

○日本政府に核兵器禁止条約への批准を促す取り組み「Ｇｏ Ｔｏ ヒジュン！キャンペーン」に携わる長崎出身の学生らが本県関係の国会議員９人に条約への賛否などを尋ねるため、直接面会を申し込んだ。うち、21年2月までに面会に応じたのは４人。

○長崎県弁護士会の中西祥之会長が、日本政府に対し核兵器禁止条約の早期批准を求める声明を発表（20年12月25日）。**（核兵器禁止条約については、本書の中村桂子さんの文章を参照）**

12、被爆者の高齢化

○長崎県と長崎市が交付した被爆者健康手帳の所持者数は２０２０年度末で3万３２４３人（前年同期比２３５４人減）。長崎市は2万４０５４人（前年同期比１６７２人減）。全国では、２０２０年度末で12万７７５５人（前年同期比８９２７人減）。平均年齢は83・94歳で過去最高。

○「長崎原子爆弾被爆者対策協議会」が雲仙市小浜町で運営してきた原爆被爆者温泉保養所「新大和荘」が

閉館（21年1月31日）。「大和荘」時代からの半世紀以上の歴史に幕を下ろした。被爆者の高齢化などで利用者が減少していた。

13、その他

（1）民間の動き

○長崎原爆被災者協議会（長崎被災協）が会員の被爆証言などをまとめた記念誌『平和を　被爆から75年を生きぬいて』を発行（20年8月）。

○日本リアリズム写真集団長崎支部が写真集『長崎の証言　増補改訂版』を出版した。長崎市の被爆75年記念事業の一環。同支部が50年前に発行した『長崎の証言』の写真を含む計140点を掲載。

○長崎原爆直後、諫早市で息絶えた犠牲者が茶毘に付された天満町の百日紅公園内に「慰霊の碑」が建立される（20年8月8日）。約400～500人を葬ったとされる。

○「ヒバクシャ国際署名」活動に本県で取り組んできた県民の会が、2016年9月の活動開始以来、50万筆を達成したと発表（9月9日）。県民の会は、目標を達成したとして21年3月に解散。

○サッカーJ2「V・ファーレン長崎」の選手らが長崎原爆資料館を訪れ、ファンや選手が平和への思いを寄せ書きした旗や千羽鶴、選手のサイン入りTシャツなどを篠﨑桂子館長に手渡す（20年9月）。

○「長崎の原爆展示をただす市民の会」（渡邊正光代表）が長崎原爆資料館を訪れ、同館の常設展示で使用している「南京大虐殺」の表記の修正などを要望（10月16日）。同会は「日本が悪かったから原爆の使用はやむを得ないという原爆正当論を助長する」としている。

○カトリック浦上教会信徒会館の原爆遺物展示室がリニューアルオープン（11月1日）。被爆時に旧浦上天主堂に掲げられていた十字架上のキリストを再現したほか、旧天主堂の外壁に取り付けられていたとみられる石像の天使像を初公開。天使像は米軍のB29爆撃機「ボックスカー」の乗員のひとりが浦上教会に返還した後、一般公開はしていなかった。

○長崎平和推進協会継承部会は、任期満了に伴う役員改選で、2期4年務めた池田道明部会長が退任し、後任に伊藤武治氏を選ぶ（21年4月8日）。

○佐世保市の市民団体が企画する原爆写真展について、市と市教委が後援することが判明（21年6月）。市などは昨年まで、展示と同時に実施した核兵器禁止条約の制定をすべての国に求める「ヒバクシャ国際署名」が「政治的な中立性を保てない」などとして後援を断っていた。今年は新型コロナウィルス感染防止のため、原爆写真展と署名活動を別の日に実施することにし、市と市教委に後援を申請していた。
○集団的自衛権の行使を認めた安全保障法制は違憲であり、平和に暮らす権利が侵害されたなどとして、県内の被爆者らが国に1人当たり10万円の損害賠償を求めた訴訟で、長崎地裁が請求を棄却する判決（7月5日）。原告191人中、113人が控訴（7月15日）。
（本書の関口達夫さんの文章を参照）
○被爆体験記の朗読ボランティアなどに取り組む長崎・広島双方の市民らが、長崎原爆投下前日の暮らしを描いた朗読劇を合同で作り、長崎市内で初披露。7月24、25両日に長崎原爆資料館で開かれたイベント「ナガサキ　映画と朗読プロジェクト」の一環。

（2）行政の動き
○放射線影響研究所が、被爆者の血液や尿などの保存試料に関し、軍事研究での利用を排除する方策など7項目を盛り込んだ外部諮問委員会の「助言」を発表（20年10月28日）。委員長は片峰茂・長崎大前学長。
○東京五輪をめぐっては、聖火リレーが長崎県でも行われる。最終区間となった長崎市では平和祈念像前で俳優の石原さとみさんらが聖火をつなぐ（21年5月7日）。国際オリンピック委員会（IOC）のジョン・コーツ調整委員長が長崎市を訪れ、国立長崎原爆死没者追悼平和祈念館での献花、長崎原爆資料館の視察、中村法道県知事・田上富久長崎市長との懇談など行う（7月16日）。
○国立長崎原爆死没者追悼平和祈念館は新館長に高比良則安氏（4月1日から）、長崎平和推進協会は新理事長に長崎大の調漸氏（6月4日から）がそれぞれ就任。
○長崎市が「平和の新しい伝え方応援事業費補助金」を創設。21年6月から7月にかけて市民から事業を募る。
○長崎市が本年度始めた「平和の文化」事業認定制度

で、第1号としてサッカーJ2「V・ファーレン長崎」の「平和祈念活動」を認定（7月9日）。

（3）国際

○米国が20年11月に臨界前核実験を実施していたとの報道を受け、長崎市の田上富久市長と井上重久市議会議長（21年1月17日）、長崎平和推進協会（18日）、大村市（20日）、雲仙市（21日）がそれぞれトランプ米大統領宛ての抗議文を送る。19日には県平和運動センターと原水爆禁止県民会議が呼び掛けて平和祈念像前で約40人が抗議の座り込み。「核実験に抗議する長崎市民の会」も2月28日に平和公園で抗議の座り込み。同会の座り込みは、1974年から通算405回目。

○英国が保有する核弾頭の上限を現在の180発から260発に引き上げると表明したことを受け、長崎市の田上富久市長がジョンソン首相らへ核軍縮への取り組みを求める要請文を送る（21年3月18日）。被爆者5団体も英政府への抗議文送付（3月23日）。

14、おくやみ

この期間中に以下の方々が亡くなった。カッコ内は逝去日。

○龍智江子（りゅう・ちえこ）さん（20年8月15日）…鶴鳴女学校3年生だった15歳の時、爆心地から1キロの山里町で被爆。翌日の8月10日、自宅跡に立ちすくむ姿が旧陸軍カメラマンの山端庸介によって撮影された。

○岩佐幹三（いわさ・みきそう）さん（9月7日）…学生だった16歳の時、広島市の爆心地から約1・2キロの自宅で被爆。2000年から日本原水爆被害者団体協議会の事務局次長、11年から代表委員、17年から顧問。金沢大名誉教授。

○岩松繁俊（いわまつ・しげとし）さん（9月23日）…17歳の時、学徒動員先の三菱兵器製作所大橋工場で被爆。97年に原水爆禁止日本国民会議（原水禁）議長に就任。長崎大学名誉教授。原爆被害と日本の加害の関係を鋭く論じた。

○秋月壽賀子（あきづき・すがこ）さん（11月19日）…爆心地から1・4キロの浦上第一病院（現聖フラン

シスコ病院）で勤務中に被爆し、医長だった秋月辰一郎氏と共に被爆直後から救護活動に当たる。のちに辰一郎氏と結婚。

○関千枝子（せき・ちえこ）さん（21年2月21日）‥13歳の時に広島で被爆。著書に、被爆した同級生たちを追った『広島第二県女二年西組』など。

○大石又七（おおいし・またしち）さん（3月7日）‥第五福竜丸に乗り組んで操業していた1954年3月1日、太平洋・マーシャル諸島のビキニ環礁で米国が実施した水爆実験「ブラボー」による放射性降下物を浴びた。語り部としても活動。

○小崎登明（おざき・とうめい）さん（4月15日）‥17歳の時、爆心地から2・3キロの三菱兵器住吉トンネル工場で被爆。カトリックの修道士。被爆者として語り部活動も続けた。

○辻幸江（つじ・ゆきえ）さん（5月26日）‥19歳の時、爆心地から1・2キロの三菱長崎製鋼所で被爆。55年に「長崎原爆乙女の会」の代表として、第1回原水爆禁止世界大会で被爆の実相を訴える。70年8月9日の平和祈念式典では、被爆者代表として初めて「平和への誓い」を述べる。

○山田拓民（やまだ・ひろたみ）さん（6月28日）‥旧制県立長崎中2年生だった14歳の時、爆心地から3・3キロの同校で被爆。90年まで高校教諭。1983年から2016年まで33年間、長崎原爆被災者協議会の事務局長を務めた。**（本書の横山照子さんの追悼文を参照）**

○和田耕一（わだ・こういち）さん（7月6日）‥18歳の時、学徒動員で長崎市内を走る路面電車の運転士として働いていて被爆し、救護活動に携わった。長崎電気軌道の犠牲者を悼む「長崎電鉄八月九日の会」代表を長年務めた。

原爆忌俳句

—第68回長崎原爆忌平和祈念俳句大会作品抄—

〈一般の部〉

被爆図を抜けて蛍となる少女　渡辺をさむ（鳥取）

黙祷の影に加わる揚羽蝶　坂田　正晴（大分）

夏蝶の記憶ガラスの音が降る　藤澤美智子（長崎）

敗戦日いのち一つの傘寿かな　赤澤　敬子（東京）

被爆七十五年『原爆俳句』上梓して重し　横山　哲夫（長崎）

長崎忌十四の少年だった僕　中村　重義（福岡）

生きてあれ生きてあれよと蝉の声　中村　重義（福岡）

八月のどのページにも火の臭い　渡辺をさむ（鳥取）

桑の実を噛んで老いゆく不信の世　櫻井　久子（和歌山）

夏の蝶風にあの日の火の記憶　桑原　淑子（宮崎）

あの日の水凹むほど呑む蝶のいて　小山　淑（長崎）

ゴム跳びのあの子のかけら又八月　小川　裕子（長崎）

原爆忌何も映さぬ鏡あり　山本　則男（福岡）

〈ジュニアの部〉

原爆忌手ですくいとる重い水　鍵　千咲姫

教科書にたった三行原爆忌　川原　未夢

空のいろ融《と》けたラムネの瓶のいろ　柳田　継互

麦匂ふ村に被曝の碑の建ちぬ　山根　大知

語り部から受け継ぐ平和パズルのピース　大川　真滉

昭和の日戦争知らぬ罪を知り　原田晋之介

シャーペンを止め顔上げ思う長崎忌　沖中　陽音

原爆忌地球はあの日を覚えてる　川添　男丸

千羽鶴紙と祈りを重ね折り　吉岡　優里

秒針のゆっくり進む長崎忌　宇都宮駿介

起き抜けの心臓しづか原爆忌　山根　大知

ケンカした友にラインす原爆忌　谷口　春菜

※被爆後76年目を迎えた原爆忌平和祈念俳句大会も68回目となりました。「長崎の証言の会」もこの趣旨に賛同して、「長崎の証言の会賞」の盾を贈っています。今年は、コロナウィルスの感染拡大防止のために、紙上大会として開催した、とのことでした。

21 秋・新刊紹介

『核兵器廃絶への道』
スティーブン・リーパー
シフト・プロジェクト
800円＋税

著者は、「核兵器廃絶への道」を閉ざしているのは、近代の風潮ではないかと指摘している。自国の安全保障を国家による集団意識で考え、人類全体という意識と対峙しているのである。もし核兵器が使用されたら、その被害はとてつもなく悲惨であるということから、核兵器禁止条約が上程され国連の場に移った（2021年1月発効）。近代社会は人間の精神性を軽視しているのではないだろうか。宣教師の父・ディーン・リーパー氏は、1954年9月の台風での洞爺丸事故で、自分の救命具を溺れかけている女性に渡して救い、亡くなられた。そのような父母から多くの精神面の教えを受けたことなど、この本をぜひ読んでほしいと私は思う。

（森口　貢）

『憲法九条と幣原喜重郎』
笠原十九司
大月書店
3,200円＋税

憲法9条の発案者が、幣原喜重郎首相であったことを証明しようと書かれた。

通説は、連合国軍最高司令官のマッカーサーが発案し日本政府に押し付けたというもの。連合国の中に天皇制廃止の意見があったため、天皇制を残しても日本が軍事国家として再び台頭しないことを保証するためだったとしている。

しかし、この本は、1946年1月24日、マッカーサーとの2人だけの会談で、幣原が提案したと主張している。根拠は、幣原が後に知人に語った内容を記した「平野文書」などだ。この中で、幣原は、原爆の出現で次の戦争では都市がことごとく灰塵に帰すとして、「戦争をやめることを真剣に考えなければならない。戦争をやめるには武器を持たないことが一番の保証になる」と語っている。憲法9条には発案の段階から原爆が影響を与えていたことになる。

（畠山博幸）

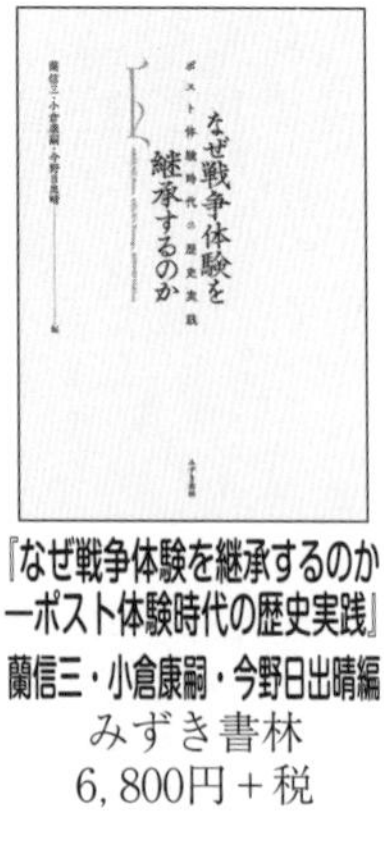

『なぜ戦争体験を継承するのか ーポスト体験時代の歴史実践』
蘭信三・小倉康嗣・今野日出晴編
みずき書林
6,800円＋税

「戦争体験の風化」が言われだしてから、おそらくもう半世紀以上が経つ。したがって本書は、編者の一人が言うように「ただ単に『戦争体験の風化』に抗する継承実践を掬い上げるという従来型の問題設定」を取ったものではなく、「戦争体験の継承」そのものの意義が自明でなくなった時代の戦争体験の〈忘却と想起〉のあり様について、包括的に論じることを目的としている。

第一部は、広島市立基町高校の「原爆の絵」の取り組み、アウシュビッツの記憶、戦友会の世代交代、創作特攻文学、戦争体験の聞き取りにおけるトラウマ体験の問題をそれぞれ扱う。

第二部は、長崎原爆資料館など全国の平和博物館の実践を紹介している。遊就館や満蒙開拓平和記念館、「女たちの戦争と平和記念館」(wam)など多様な館を扱っていて、刺激的だ。

（山口　響）

今と昔の
長崎に遊ぶ
長崎大学の
プロフェッショナルたちが探求する、
長崎の多彩な魅力

『今と昔の長崎に遊ぶ』
増﨑英明編著、長崎大学地域文化研究会著
九州大学出版会
2,400円＋税

長崎大学の講義「今と昔の長崎に遊ぶ」を基礎として、長崎の歴史と文化についてさまざまな側面から論じたもの。

この証言集の読者にとって関心があるであろう文章は、大平晃久氏による「軍事都市としての長崎」であろうか。氏が言うように長崎の歴史のこの側面は従来ほとんど語られていない。要塞と重砲兵大隊、各国軍隊の後方拠点としての長崎、軍需産業と市街地形成の3つの観点から長崎の近現代史を説明し、「原爆に関連しない軍事遺構・跡地がほどんど注目されないという長崎ローカルの問題」を指摘している。

その他、長崎医科大生たちの1945年、潜伏キリシタン関連遺産、軍艦島、長崎の岬、グラバー、小島養生所、海軍伝習など近代史、さらに近世史を中心に扱った全17章がある。近世史は木村直樹氏の章がわかりやすい。（山口　響）

梅林宏道の仕事の深層【1】
北朝鮮の核兵器
—世界を映す鏡—
梅林宏道
北朝鮮の核兵器とミサイル開発についてのファクト【事実】を整理・分析、国際政治の歴史と現状を明らかにしつつ、北朝鮮とは私たちにとって何かを考察する新機軸の書き下ろし論考。

『北朝鮮の核兵器—世界を映す鏡』
梅林宏道
高文研
2,500円＋税

核兵器や米軍など安全保障問題について幅広く論じてきた筆者が、北朝鮮の核問題についてまとめたものである。

「視座を正す」と題された序章では、北朝鮮の核兵器だけではなく、アメリカやロシアなどの国々の核兵器の方がよほど大きな脅威になっており、それらのバランスの中で北朝鮮の核問題を論じる必要性が強調されている。

つづく第1章から第5章までは、50年代以降から現在に到る北朝鮮核問題の軌跡をたどる。94年の危機から米朝枠組み合意への流れ、2000年代の6カ国協議、オバマ政権期の膠着状態、トランプ政権以降の米朝関係など、この30年ほどの流れをおさえておきたい読者にとって、本書はきわめて便利だ。

韓国の民衆運動をはじめとしたアジアの社会運動と関わりを持ってきた筆者なりの視点が新鮮である。（山口　響）

「日韓」のモヤモヤと大学生のわたし

『「日韓」のモヤモヤと大学生のわたし』
加藤圭木監修、一橋大学社会学部加藤圭木ゼミナール編
大月書店
1,600円＋税

なんだか変わったタイトルの本だが、内容は真摯な考察が展開された本である。

本書は、朝鮮近現代史・日朝関係史が専門である加藤圭木氏のゼミの学生がまとめた、日韓関係の入門書である。

「慰安婦」問題や軍艦島の世界遺産をめぐる問題などでは先行研究も参照し、歴史問題など的確に事実関係がまとめられている。のみならず、植民地支配への評価（現在の自分たちにとっての向き合い方）、韓国社会での兵役や「反日」言説の意味、韓国の現状（北朝鮮との関係など）への評価など、一言では答えが出せない問題に取り組み語りあいながら、自分たちなりの回答が模索されている。

はるかに上の世代の私としては、若い世代のストレートな悩みや感情が興味深かった。同世代の大学生に読んでもらい、意見交換の材料にしてみたいと、改めて思った1冊である。（木永勝也）

広島平和宣言

76年前の今日、我が故郷は、一発の原子爆弾によって一瞬で焦土と化し、罪のない多くの人々に惨《むご》たらしい死をもたらしただけでなく、辛うじて生き延びた人々も、放射線障害や健康不安、さらには生活苦など、その生涯に渡って心身に深い傷を残しました。被爆後に女の子を生んだ被爆者は、「原爆の恐ろしさが分かってくると、その影響を思い、我が身よりも子どもへの思いがいっぱいで、悩み、心の苦しみへと変わっていく。娘の将来のことを考えると、一層苦しみが増し、夜も眠れない日が続いた。」と語ります。

「こんな思いは他の誰にもさせてはならない」、これは思い出したくもない辛く悲惨な体験をした被爆者が、放射線を浴びた自身の身体《からだ》の今後や子どもの将来のことを考えざるを得ず、不安や葛藤、苦悩から逃れられなくなった挙句に発した願いの言葉です。被爆者は、自らの体験を語り、核兵器の恐ろしさや非人道性を伝えるとともに、他人を思いやる気持ちを持って、平和への願いを発信してきました。こうした被爆者の願いや行動が、75年という歳月を経て、ついに国際社会を動かし、今年1月22日、核兵器禁止条約の発効という形で結実しました。これからは、各国為政者がこの条約を支持し、それに基づき、核の脅威のない持続可能な社会の実現を目指すべきではないでしょうか。

今、新型コロナウイルスが世界中に蔓延し、人類への脅威となっており、世界各国は、それを早期に終息させる方向で一致し、対策を講じています。その世界各国が、戦争に勝利するために開発され、人類に凄惨《せいさん》な結末をもたらす脅威となってしまった核兵器を、一致協力して廃絶できないはずはありません。持続可能な社会の実現のためには、人々を無差別に殺害する核兵器との共存はあり得ず、完全なる撤廃に向けて人類の英知を結集する必要があります。

核兵器廃絶の道のりは決して平坦ではありませんが、被爆者の願いを引き継いだ若者が行動し始めていることは未来に向けた希望の光です。あの日、地獄を見たと語る被爆者は、「たとえ小さなことからでも、一人一人が平和のためにできることを行い、かけがえのない平和を守り続けてもらいたい。」と、未来を担う若者に願いを託します。これからの若い人にお願いしたいことは、身の回りの大切な人が豊かで健やかな人生を送るためには、核兵器はあってはならないという信念を持ち、それをしっかりと発信し続けることです。

若い人を中心とするこうした行動は、必ずや各国の為政者に核抑止政策の転換を決意させるための原動力になることを忘れてはいけません。被爆から3年後の広島を訪れ、復興を目指す市民を勇気づけたヘレン・ケラーさんは、「一人でできることは多くないが、皆一緒にやれば多くのことを成し遂げられる。」という言葉で、個々の力の結集が、世界を動かす原動力となり得ることを示しています。為政者を選ぶ側の市民社会に平和を享受するための共通の価値観が生まれ、人間の暴力性を象徴する核兵器はいらないという声が市民社会の総意となれば、核のない世界に向けての歩みは確実なものになっていきます。被爆地広島は、引き続き、被爆の実相を「守り」、国境を越えて「広め」、次世代に「伝える」ための活動を不断に行い、世界の165か国・地域の8千を超える平和首長会議の加盟都市と共に、世界中で平和への思いを共有するための文化、「平和文化」を振興し、為政者の政策転換を促す環境づくりを進めていきます。

核軍縮議論の停滞により、核兵器を巡る世界情勢が混迷の様相を呈する中で、各国の為政者に強く求めたいことがあります。それは、他国を脅すのではなく思いやり、長期的な友好関係を作り上げることが、自国の利益につながるという人類の経験を理解し、核により相手を威嚇し、自分を守る発想から、対話を通じた信頼関係をもとに安全を保障し合う発想へと転換するということです。そのためにも、被爆地を訪れ、被爆の実相を深く理解していただいた上で、核兵器不拡散条約に義務づけられた核軍縮を誠実に履行するとともに、核兵器禁止条約を有効に機能させるための議論に加わっていただきたい。

日本政府には、被爆者の思いを誠実に受け止めて、一刻も早く核兵器禁止条約の締約国となるとともに、これから開催される第1回締約国会議に参加し、各国の信頼回復と核兵器に頼らない安全保障への道筋を描ける環境を生み出すなど、核保有国と非核保有国の橋渡し役をしっかりと果たしていただきたい。また、平均年齢が84歳近くとなった被爆者を始め、心身に悪影響を及ぼす放射線により、生活面で様々な苦しみを抱える多くの人々の苦悩に寄り添い、黒い雨体験者を早急に救済するとともに、被爆者支援策の更なる充実を強く求めます。

本日、被爆76周年の平和記念式典に当たり、原爆犠牲者の御霊に心から哀悼の誠を捧げるとともに、核兵器廃絶とその先にある世界恒久平和の実現に向け、被爆地長崎、そして思いを同じくする世界の人々と手を取り合い、共に力を尽くすことを誓います。

令和3年（2021年）8月6日
広島市長　松井　一實

長崎平和宣言

今年、一人のカトリック修道士が亡くなりました。「アウシュビッツの聖者」と呼ばれたコルベ神父を生涯慕い続けた小崎登明さん。93歳でその生涯を閉じる直前まで被爆体験を語り続けた彼は、手記にこう書き残しました。

世界の各国が、こぞって、核兵器を完全に『廃絶』しなければ、地球に平和は来ない。
核兵器は、普通のバクダンでは無いのだ。放射能が持つ恐怖は、体験した者でなければ分からない。このバクダンで、沢山の人が、親が、子が、愛する人が殺されたのだ。
このバクダンを二度と、繰り返させないためには、『ダメだ、ダメだ』と言い続ける。核廃絶を叫び続ける。
原爆の地獄を生き延びた私たちは、核兵器の無い平和を確認してから、死にたい。

小崎さんが求め続けた「核兵器の無い平和」は、今なお実現してはいません。でも、その願いは一つの条約となって実を結びました。

人類が核兵器の惨禍を体験してから76年目の今年、私たちは、核兵器をめぐる新しい地平に立っています。今年1月、人類史上初めて「全面的に核兵器は違法」と明記した国際法、核兵器禁止条約が発効したのです。

この生まれたての条約を世界の共通ルールに育て、核兵器のない世界を実現していくためのプロセスがこれから始まります。来年開催予定の第1回締約国会議は、その出発点となります。

一方で、核兵器による危険性はますます高まっています。核不拡散条約（NPT）で核軍縮の義務を負っているはずの核保有国は、英国が核弾頭数の増加を公然と発表するなど、核兵器への依存を強めています。また、核兵器を高性能のものに置き換えたり、新しいタイプの核兵器を開発したりする競争も進めています。

この相反する二つの動きを、核兵器のない世界に続く一つの道にするためには、各国の指導者たちの核軍縮への意志と、対話による信頼醸成、そしてそれを後押しする市民社会の声が必要です。

日本政府と国会議員に訴えます。

核兵器による惨禍を最もよく知るわが国だからこそ、第1回締約国会議にオブザーバーとして参加し、核兵器禁止条約を育てるための道を探ってください。日本政府は、条約に記された核実験などの被害者への援助について、どの国よりも貢献できるはずです。そして、一日も早く核兵器禁止条約に署名し、批准することを求めます。

「戦争をしない」という日本国憲法の平和の理念を堅持するとともに、核兵器のない世界に向かう一つの道として、「核の傘」ではなく「非核の傘」となる北東アジア非核兵器地帯構想について検討を始めてください。

核保有国と核の傘の下にいる国々のリーダーに訴えます。

国を守るために核兵器は必要だとする「核抑止」の考え方のもとで、世界はむしろ危険性を増している、という現実を直視すべきです。次のNPT再検討会議で世界の核軍縮を実質的に進展させること、そのためにも、まず米ロがさらなる核兵器削減へ踏み出すことを求めます。

地球に住むすべての皆さん。

私たちはコロナ禍によって、当たり前だと思っていた日常が世界規模で失われてしまうという体験をしました。そして、危機を乗り越えるためには、一人ひとりが当事者として考え、行動する必要があることを学びました。今、私たちはパンデミック収束後に元に戻るのではなく、元よりもいい未来を築くためにどうすればいいのか、という問いを共有しています。

核兵器についても同じです。私たち人類はこれからも、地球を汚染し、人類を破滅させる核兵器を持ち続ける未来を選ぶのでしょうか。脱炭素化やＳＤＧｓの動きと同じように、核兵器がもたらす危険についても一人ひとりが声を挙げ、世界を変えるべき時がきているのではないでしょうか。

「長崎を最後の被爆地に」

この言葉を、長崎から世界中の皆さんに届けます。広島が「最初の被爆地」という事実によって永遠に歴史に記されるとすれば、長崎が「最後の被爆地」として歴史に刻まれ続けるかどうかは、私たちがつくっていく未来によって決まります。この言葉に込められているのは、「世界中の誰にも、二度と、同じ体験をさせない」という被爆者の変わらぬ決意であり、核兵器禁止条約に込められた明確な目標であり、私たち一人ひとりが持ち続けるべき希望なのです。

この言葉を世界の皆さんと共有し、今年から始まる被爆１００年に向けた次の25年を、核兵器のない世界に向かう確かな道にしていきましょう。

長崎は、被爆者の声を直接聞ける最後の世代である若い皆さんとも力を合わせて、忘れてはならない76年前の事実を伝え続けます。

被爆者の平均年齢は83歳を超えています。日本政府には、被爆者援護のさらなる充実と、被爆体験者の救済を求めます。

東日本大震災から10年が経過しました。私たちは福島で起こったことを忘れません。今も続くさまざまな困難に立ち向かう福島の皆さんに心からのエールを送ります。

原子爆弾によって亡くなられた方々に哀悼の意を捧げ、長崎は、広島をはじめ平和を希求するすべての人々とともに「平和の文化」を世界中に広め、核兵器廃絶と恒久平和の実現に力を尽くしていくことを、ここに宣言します。

２０２１年（令和３年）８月９日

長崎市長　田上　富久

長崎原爆朝鮮人犠牲者追悼早朝集会メッセージ

昨年、ヘンリー・キッシンジャー氏の「新型コロナウイルスが終息しても、世界は以前と全く違う所になるだろう」という言葉を紹介しました。コロナウイルスの感染拡大は終息していませんが、世界はもとには戻らないことが明らかです。

敢えて言えば、1945年8月のヒロシマ・ナガサキがパクス・アメリカーナ（「アメリカによる平和」）の始まりでした。そのパクス・アメリカーナ、アメリカの世界支配体制が、終わりを迎えています。

今年1月6日、トランプ大統領に煽られた支持者が連邦議事堂に乱入し、議事堂を一時占拠し、全世界を震撼させせました。議事堂暴動で逮捕された150人のうち、およそ5人に1人は軍隊経験者で、現役警察官、現役軍人と私立民兵に組織された退役軍人が30％近くを占めていました。捜査が進むとアメリカ陸海軍の現役兵、退役軍人、政府機関職員の中に「白人至上主義者」が多数侵入し、テロ勢力の武装化が進行している実態が浮かび上がったのです。

2021年4月13日、ワシントンポストは「国内テロリズムは、米国が四半世紀で見たことがないレベルに上昇した」、「極右は昨年だけで78回の攻撃を実行し、1994年以来最高だった」とデータを発表しました。シンクタンク戦略国際問題研究所（CSIS）は「国内テロに分類される攻撃は、四半世紀以上にわたって米国では見られないレベルにまで上昇している。過激派、ローンウルフ、暴力的な民兵の米国の国内テロリズムを明らかにした」報告書を発表しました。

バイデン大統領は6月15日、米国で初めてとなる全32頁の『国内テロに対抗するための新たな国家戦略』（National Strategy for Countering Domestic Terrorism）を発表しました。メリック・ガーランド司法長官が中心になって起草したと言われています。

「戦略」は、人種・宗教的偏見に基づく暴力や反政府主義の武装集団による暴力などを「国内テロ」と位置づけ、「差し迫った脅威だ」として、「戦略」の対象は、陸軍、海軍、海兵隊、州兵の米現役兵と「ベテラン」と名付けた退役軍人、予備役の個々人です。

また「白人至上主義」は、退役軍人、予備役兵個人の奥深くに浸透し、オンラインプラットフォームが凶暴な「白人至上主義者」の考えを広める中心的役割を演じており、ソーシャルメディアサイトを国内テロ戦争の「最前線」とまで呼んでいます。「戦略」はソーシャルネットワーク（SNS）、eゲームの監視、監督行政措置を打ち出しました。QAnon（キューアノン）や「Stop the Steal（選挙泥棒をやめろ）」運動といった小さな非公式集団から民兵組織まで、国内テロを起こす方法にはさまざまな種類があることを指摘しています。

アメリカでは、暴力過激主義が何世紀にもわたって、特に憎しみと偏見に基づいて故意にそして悪意を持って標的にした多くのアメリカ人の血を流しました。それからアジア系アメリカ人に対する暴力と外国人排斥のフレームアップ、反ユダヤ主義の急増などにも、つねに暴力、殺人が伴いました。

奴隷解放が宣言された南北戦争後のアメリカ憲法修正第13条は、警察官による黒人への迫害と奴隷労働を合法化しています。昨年5月から全米を覆ったブラックライブズマター（黒人の命だって大切だ）BLMは、400年前のイギリス帝国の奴隷貿易が現在の資本主義世界の土台となった歴史もあきらかにし、BLM運動の若者はアメリカ、ヨーロッパの政治経済の功労者の像の解体に起ち上がりました。

ピューリサーチセンターはアメリカ全土が南北戦争当時のように政治的二極分化し、州、市ごと地理的に分断と対立が深まっていて、あたかも二つの国家になっていると報告しています。

バイデン大統領は7月8日、ホワイトハウスで記者会見し、アフガニスタンから米軍撤退を8月末で完了させると発表しました。最大で10万人規模の兵力を張り付けていた米軍は事実上アフガンから手を引くことになります。

次にバイデン米大統領は7月26日、ホワイトハウスでイラクのカディミ首相と会談し、年末までにイラクの駐留米軍が戦闘任務を終えると発表しました。バイデン政権は中国への対応などの優先課題を念頭に、中東への関与の低下を進める狙いがあるとマスメディアは報道しています。

2001年9月11日の米国同時多発テロを受けて、アメリカがアフガニスタンに侵攻しました。2003年、米軍と連合軍が、イラクに対する侵略を開始しました。イラクのフセイン政権を打倒し、フセインを死刑にしてもイラク戦争は終息せず、戦火は、アフガニスタン、イラク、パキスタン、シリア、イエメンに広がり、20年間の戦争による死者は米軍が7014人、アメリカの請負業者7950人、各国の国軍と警察が17万7073人、アメリカ以外の連合軍が1万2468人、各国の民間人が33万5745人、ムスリムなどの戦士が25万9783人で合計80万1000人が犠牲になりました。

アメリカ政府が20年間に戦地で死傷した兵士に対する補償金や年金、心を病んで帰還した兵士のケアなどにも莫大なコストがかかり、これらを含めるとアフガン戦争の総費用は248兆円を超える、とする試算もあります。ブッシュ、オバマ、トランプ、バイデンの四代の大統領によるアフガニスタン、イラク戦争はずるずると引き継がれ、アメリカ自身も甚大な損害を出しました。にもかかわらず、アフガニスタンではタリバン政権が復活し、イラクではIS（イスラム国）が再結集をはじめています。

アメリカはアフガニスタン、イラク戦争に敗北したと言わざるを得ません。同時に、アメリカ軍は勝てない軍隊、戦えない軍隊の烙印が押されてしまいました。

2008年、アメリカ発のリーマンショック恐慌は、アメリカ、EU諸国をはじめ先進国は国家財政出動で民間企業の負債を肩代わりして乗り切りました。世界経済は2008年以後も不況から脱出することができないまま、各国は返済不可能な負債を雪だるま式に膨らませています。アメリカ経済は国家財政を支えるために国債発行を続けざるを得ず、そのために金融緩和策を継続するという借金中毒に陥りました。そこにコロナパンデミックと経済恐慌が襲いかかったのです。

おおよそ以上の事柄が、アメリカの歴史的没落、パックス・アメリカーナの終わりを決定づけ、アメリカ国家の分断の危機を深めていると言えます。

バイデン政権のブリンケン国務長官は、アメリカの没落の危機、国内分断の危機を中国やロシアとの軍事的対決を煽って乗り切ろうとしています。中国包囲を目的にした「Quad（クワッド）」として知られる日米豪印戦略対話（4カ国戦略対話）をイギリス、フランスにも拡大し、中国のウィグル自治区問題、香港問題、台湾問題を煽っています。日本政府菅政権は中国包囲の先陣を切っています。

対する中国・習近平氏はコロナウイルス感染を封じ込める国内体制づくりに成功し、経済成長を進めると共に、海軍を増強し大洋進出、世界大国化の道を奔走しています。

この米中対決は南北朝鮮の分断体制を焦点化させざるを得ません。長崎原爆朝鮮人犠牲者の悲願である南北朝鮮の平和的統一のための働きを強くしなければなりません。

コロナウイルスはヒトとヒトとの接触で感染し、群れて生活する動物であるという人間の本質を突きました。コロナウイルス感染症は人間同士の貧富の格差、民族差別を拡大し、被抑圧者に犠牲を強くしました。しかし、人間は問題の解決が明らかになってから問題は立てられるという「ミネルヴァのフクロウは日暮れて飛ぶ」のことわざどおり、コロナウイルス感染を封じ込め克服できる科学の発展を手にしています。ヒトの全遺伝子が解読され、ウイルスの正体があきらかにされ、免疫とワクチンの仕組みも明らかになり、メッセンジャーRNAワクチンの接種が始まりました。コロナウイルスは突然変異を繰り返し、ワクチンの改良と接種が追っかけるというイタチごっこになりましたが、反科学主義に立つべきではありません。近代ヒューマニズムは科学の発展を基礎にした人間賛歌です。

朝鮮人、中国人への民族差別は意識だけの問題ではありません。権力者、政治の差別行政が差別の実体を拡大再生産させるのであって、差別行政にたいして政治闘争として戦うべき問題です。

それにしても日本政府と各自治体の朝鮮学校の幼稚園、小中学校生徒、朝鮮高校に対する「教育補助金」からの除外ほど酷い差別は世界的に異例です。これこそジェノサイドでありポグロムです。許してはなりません。

本日は早朝にもかかわらず多数のご参加をいただきありがとうございました。

2021年8月9日

長崎在日朝鮮人の人権を守る会

柴　田　利　明

●長崎の証言の会・案内

1 長崎の証言の会の目的と性格

1967年11月、厚生省が発表した原爆白書の「健康、生活の両面において、国民一般と被爆者との間にはいちじるしい格差はない」という結論に対する批判を動機として、私たちは自主的な実態調査、証言運動を開始し、以来53年、一貫して原爆被爆者の立場に立つ反核の証言と告発を進めてきました。

この運動の目的は次のとおりです。

(1)核兵器禁止・廃絶と世界平和の確立。

(2)被爆者の救援と国家補償にもとづく「援護法」の実現。

(3)被爆体験・戦争体験の継承、被爆者を中核とする国民的、国際的連帯の強化。

この3つの課題の実現のために、語りべ活動、証言記録の収集、平和教育、文化活動、調査研究、証言集の刊行などを進めていく。

2 『証言』と『ナガサキ・ヒロシマ通信』

年刊の総合誌『**証言―ナガサキ・ヒロシマの声**』と『**ナガサキ・ヒロシマ通信**』（年3回）を発行し、会員と読者へ配布します。

このほか、『**証言双書**』など個人または複数名の証言記録集を発行します。

3 新会員の募集と入会手続

この会の目的に賛成し、所定の会費を納めた人は、だれでも会員になれます。現在、証言運動の持続と前進のために、新しい会員を募集中です。多数のご参加を訴えます。

入会ご希望の方は、①氏名、②年齢、③職業（勤務先）、④現住所、⑤所属団体またはサークル名等を記入のうえ、会費をそえて事務局へお申し込みください。

〈会費〉(1)一般会員年間5000円。(2)賛助会員年間一口5000円以上（いずれも『証言』と『通信』を直送）。(3)『通信』のみ1500円。

〈事務局〉
〒852-8105
長崎市目覚町25-5　長崎の証言の会
（電話・FAX）095-848-6879
振替　01800-1-4420

＜長崎の証言の会会則より＞

この会は、私たちと私たちの家族や友人、知人たちが受けた戦争と原爆の残虐性と非人道性を告発・証言し、一切の核兵器の禁止・廃絶と世界平和の確立、被爆者の救援、被爆体験の継承と連帯の強化をめざして、思想や党派のちがいをこえた自主的民主的市民運動をすすめる。（第二条、目的）

●『証言第36集』原稿募集

1945年8月の体験を中心に、それまでの生活、その後の76年の年月、そして現在もっとも強く感じていることなどを書いてください。とくに原爆があなたに与えた影響や、それにどう対決してきたかを、家族や友人たちと話しあいながらまとめてください。

戦前、戦中、戦後をふり返り、未来を見つめる証言、遺言として、ご応募ください。

①私の被爆体験とこの76年の記録。
②被爆者の家族、友人としての証言。
③被爆語り部活動、平和教育・文化活動など草の根の平和運動、国際連帯と原水禁運動等の記録、被爆実態調査、平和研究論文。
④被爆体験記等の読書感想、書評・紹介。

[原稿枚数その他]
①400字詰め15枚以内（それ以上も考慮します）②手記、聞き書き、エッセイ、ルポ、詩、句、絵画、写真、マンガ、その他ジャンルと形式は自由。③誰でも投稿できます。（被爆体験の有無を問わない）

[送り先]　長崎市目覚町25-5、長崎の証言の会事務局　TEL・FAX095-848-6879　**[締切]**　2022年6月末日

編集後記

今年もまた、コロナ禍のために発行が遅延し、年末ギリギリになってしまった。読者に対しては誠に申し訳ない限りだが、編集会議は開けない、聞き取りにも行けないでは、どうしようもない。来年は通常通りのスケジュールに戻れるような状況になることを期待したいが…。

お詫びついでにもうひとつ、今号では核兵器禁止条約に関する特集を組むはずであったが、予定していた原稿依頼などに着手できず、実現できなかった。ただし、大矢正人さんの巻頭言と「反核・平和運動」の項の文章で同条約について論じられているので、そちらをご覧いただきたい。来年3月が初の締約国会議であり、国際的にこの条約が効力を発揮するのはいよいよこれからのことだろう。

「長崎・この一年を振り返る」の原稿をまとめていて、今年は物故者がひどく多かったような印象だ。先日も、山田拓民さんが遺した資料のうち、被災協に運び込むものを選別するために、ご自宅まで伺ってきたところだ。亡くなってもなお人間が語りかけてくる、ということについては、今号の特集「資料から考える『原爆体験の継承』」をご参照いただきたい。

今年もまた、編集・原稿執筆にご協力いただいたすべての皆さん、昭和堂の皆さんに深く感謝申し上げる。

（山口　響）

証言 2021 ーナガサキ・ヒロシマの声（第35集）

発行日	2021年12月15日
編集者	長崎の証言の会
発行所	長崎の証言の会 〒852-8105 長崎市目覚町25—5　電話・FAX(095)848-6879 振替　01800—１—4420
印刷所	㈱ 昭 和 堂 〒854-0036 長崎県諫早市長野町1007-２　電話(0957)22-6000
発　売	汐文社 〒102-0071 東京都千代田区富士見１—６—１富士見ビル１Ｆ 電　話(03)6862-5200 ＦＡＸ(03)6862-5202

(ISBN　978-4-8113-0233-1)